★ ★ ★ ★ ★

2011年版

国家司法考试
理论法学要义

叶晓川/编著

中国政法大学出版社

2011·北京

图书在版编目（CIP）数据

　　国家司法考试理论法学要义：2011年版／叶晓川编著．—北京：中国政法大学出版社，2011.4

　　ISBN 978-7-5620-3924-2

　　Ⅰ.国…　Ⅱ.叶…　Ⅲ.法学-法律工作者-资格考试-自学参考资料

Ⅳ.D92

　　中国版本图书馆CIP数据核字（2011）第063095号

书　　名	国家司法考试理论法学要义 GUOJIA SIFA KAOSHI LILUN FAXUE YAOYI
出版发行	中国政法大学出版社（北京市海淀区西土城路25号）
	北京100088信箱8034分箱　邮编100088　fada.sf@sohu.com
	http://www.cuplpress.com　（网络实名：中国政法大学出版社）
	（010）58908433（编辑部）　58908325（发行部）　58908334（邮购部）
承　　印	固安华明印刷厂
规　　格	787×1092mm　1/16
印　　张	9
字　　数	200千字
版　　本	2011年5月第1版　2011年5月第1次印刷
书　　号	ISBN 978-7-5620-3924-2/D·3884
定　　价	15.00元

前言　Preface

司考，为了幸福的活着

　　我从事司法考试理论法学部分辅导已有些年头。这些年里，我听的最多的两个汉字就是"司考"，她已经成了我生活中必不可少的一个话题。我每年都在不停地重新整理书稿、分析真题、预测考点，与考生朋友一起在沉闷的教室里学习理论法学。我只能说：苦但快乐着！

　　为什么司考？从功利主义的角度讲，通不过司法考试，法律职业的大门对你永远是紧锁的，你将很难拥有一份体面的工作、不能养活自己，进而继续啃老；从职业尊严方面看，通不过司法考试，你即使再有水平，也很难骄傲地与别人交谈。我碰到不少的学员朋友，他们反馈给我的信息是：老师，没通过司法考试，我都不敢说自己是学法律的！

　　尽管很多人对司法考试制度指责颇多，也尽管每年的通过率不断提高而招来贬值的嘲讽，但司考依然是我们这些法律人不能割舍的情怀。我们愿意为了她而在热浪滚滚的教室里一坐就是七八个小时，我们愿意为了听老师讲课而放弃暖暖的被窝，不为别的，我们只是为了幸福的活着！

　　司考之路艰辛，我愿意陪着喜欢我的朋友一起努力，我也将尽全力把枯燥的理论法学尽可能有趣地讲给你听。

　　末了，还要提示朋友们理论法学的核心考点：

　　1. 社会主义法治理念：除了卷一的几道选择题，卷四论述题往往有一题会考查对社会主义法治理念的理解。

　　2. 法理：第一章（法的本体）每一节都很重要；第二章（法的运行）核心是执法、司法、法律解释和法律推理；第三章（法的演进）核心是法系；第四章（法与社会）核心是法与道德的关系。

　　3. 法制史：西周的礼；战国的《法经》和商鞅变法；汉代以后封建法律的儒家化和封建刑制改革；《唐律疏议》的内容；宋代以后皇权强化的法律表现；清末修律的成果；中华民国时期的宪法；罗马法重要制度前后的变化；英国法三大法律渊源及其相互关系；美国法律的创新；法国的宪法和民法典；《德国民法典》。

　　4. 宪法：宪法的基本理论；《宪法》中公民的基本权利和国家机构的职权、宪法修正案；2010 年《选举法》的修改。

5. 司法制度和法律职业道德：《法官职业道德基本准则》；《律师法》。

朋友，我懂你！你司考的征途有我相伴，不会孤单。坚持就是胜利。我期待你的成功，我愿意分享你成功的快乐！

叶晓川

2011 年 4 月

Contents 目录

第一章　社会主义法治理念的基本理论

本部分的基本考点包括：

1. 社会主义法治理念的基本概念和特征：社会主义法治理念的基本概念（法治、法治理念、社会主义法治理念）、社会主义法治理念的基本特征（政治性、人民性、科学性、开放性）、社会主义法治理念的本质属性（坚持党的领导、人民当家作主和依法治国的统一；党的事业至上、人民利益至上、宪法法律至上）；

2. 社会主义法治理念的理论渊源和实践基础：社会主义法治理念的理论渊源（马克思主义法治思想、中国传统法律思想、西方资本主义法治思想）、社会主义法治理念的实践基础；

3. 社会主义法治理念的地位和作用：社会主义法治理念的地位（马克思主义法治思想中国化的最新成果、中国特色社会主义理论体系的重要组成部分、社会主义法治建设的指导思想）、社会主义法治理念的作用；

本部分的核心考点为：社会主义法治理念的基本概念、特征、本质属性，社会主义法治理念的理论渊源，社会主义法治理念的地位。

考点详述

一、社会主义法治理念的基本特征和本质属性

（一）社会主义法治理念的基本概念

1. 法治，通常的理解就是法律之治，即通过法律治理国家；同时，法治又是指通过法律使权力和权利得到合理配置的社会状态。

2. 法治理念是对法治的性质、功能、目标方向、价值取向和实现途径等重大问题的系统化认识和反映。它根植于一国法治实践之中，反映法治现实，对法治实践起着指导和推动作用。

3. 社会主义法治理念是中国特色社会主义的法治理念，它反映和指引着社会主义法治的性质、功能、目标方向、价值取向和实现途径，是社会主义法治的精髓和灵魂，也是立法、执法、司法、守法和法律监督的指导思想。

（二）社会主义法治理念的特征

1. 鲜明的政治性；

2. 彻底的人民性；

3. 系统的科学性；

4. 充分的开放性。

（三）社会主义法治理念的本质属性

1. 坚持党的领导、人民当家作主和依法治国的统一，是社会主义法治理念的本质属性。

2. 坚持党的事业至上、人民利益至上、宪法法律至上，是坚持党的领导、人民当家作主和依法治国"三者统一"的必然要求。

3. 切实把"三个至上"的要求落实到社会主义法治的各个方面。

二、社会主义法治理念的理论渊源和实践基础

（一）社会主义法治理念的理论渊源

1. 马克思主义法治思想是社会主义法

治理念的理论基础。

（1）马克思、恩格斯的思想理论体系构成了社会主义法治理念的理论基础和源头。

（2）列宁关于社会主义法治的探索和论述不仅构成了社会主义法治理念的理论基础，而且标志着社会主义法治实践的开端。

（3）毛泽东等老一辈无产阶级革命家的法治思想。

（4）中国特色社会主义法治思想。中国特色社会主义理论体系既包含社会主义法治理念的内容，又构成了社会主义法治理念的理论基础。

中国特色社会主义理论体系中的法治思想，即中国特色社会主义法治理论，主要由以下几个方面构成：一是坚持党的领导、人民当家作主和依法治国的有机统一，这是社会主义法治的根本原则；二是坚持党的事业至上、人民利益至上和宪法法律至上，这是社会主义法治的根本要求；三是强调依法治国、建设社会主义法治国家，以人为本、执法为民、严格公正执法、维护公平正义，紧紧围绕中心、保障服务大局，坚持并加强和改善党的领导，这是社会主义法治的重要内容；四是坚持人民代表大会制度，这是中国特色社会主义法治的政治基础；五是建设公正高效权威的社会主义司法制度，这是中国特色社会主义法治的重要保障。

2. 中国传统法律思想是社会主义法治理念的文化资源。

具体包括：民为邦本的思想、公正执法的思想、以法治国的思想、礼法并用的思想。

3. 西方资本主义法治思想为社会主义法治理念提供了有益的借鉴。

（二）社会主义法治理念的实践基础

社会主义法治理念的提出，是在总结我国社会主义法治实践的基础上，借鉴其他国家法治实践经验教训，经过几代中国共产党领导人的不断凝练，逐步形成的指导社会主义法治建设的重大理论成果。

新中国成立近60年来，特别是改革开放30年来，在建设中国特色社会主义的伟大实践中，社会主义法治建设虽然经历了曲折，但是仍然取得了巨大成就。中国共产党领导中国人民进行社会主义法治建设的丰富实践，为社会主义法治理念的不断升华奠定了坚实的实践基础。

三、社会主义法治理念的地位和作用

（一）社会主义法治理念是马克思主义法治思想中国化的最新成果

新中国的成立，极大地推动了马克思主义法律观中国化的进程。这一进程可以划分为四个阶段：

1. 以毛泽东同志为主要代表的第一代中央领导集体，将马克思主义法律观的基本原理与新中国的政权和法制建设相结合，提出并实施"民主建国"，制定第一部《中华人民共和国宪法》（1954年9月20日通过），实现了马克思主义法律观中国化的第一次重大创新。

2. 以邓小平同志为主要代表的第二代中央领导集体，创造性地阐释了一系列具体而明确的法律思想，提出了社会主义法制建设"有法可依、有法必依、执法必严、违法必究"的"十六字方针"，实现了马克思主义法律观中国化的第二次重大创新。

3. 以江泽民同志为主要代表的第三代中央领导集体，正式确定"依法治国，建设社会主义法治国家"的治国方略，实现了马克思主义法律观中国化的第三次重大创新。

4. 以胡锦涛同志为总书记的中央领导集体，从建设社会主义法治国家全局的高度，不断加深对什么是社会主义法治国家、怎样建设社会主义法治国家的认识，提出

了"社会主义法治理念"这一崭新命题，解决了建设什么样的法治国家、如何建设社会主义法治国家的重大问题，实现了马克思主义法律观中国化的第四次重大创新。社会主义法治理念的提出，是对前三次马克思主义法律观中国化成果的继承、发展和升华，它标志着我们党对建设中国特色社会主义法治国家的规律、中国共产党执政规律有了更加深刻的认识和把握。

（二）社会主义法治理念是中国特色社会主义理论体系的重要组成部分

中国特色社会主义理论体系，是包括邓小平理论、"三个代表"重要思想以及科学发展观等一系列重大战略思想在内的科学理论体系。

（三）社会主义法治理念是社会主义法治建设的指导思想

胡锦涛总书记指出："我国的法治是社会主义的法治，社会主义法治必须以社会主义法治理念为指导。"社会主义法治理念作为指导社会主义法治实践，保证社会主义法治国家建设顺利进行的思想和观念体系，对中国特色社会主义法治建设具有重大而深远的影响。

 命题预测举要

社会主义法治理念的理论渊源

1. 马克思主义法治思想是社会主义法治理念的理论基础。

2. 中国传统法律思想是社会主义法治理念的文化资源。

3. 西方资本主义法治思想为社会主义法治理念提供了有益的借鉴。

■精编题库测试题

1. 社会主义法治理念的特征包括哪些：

A. 政治性

B. 人民性

C. 科学性

D. 开放性

答案——ABCD

简析——社会主义法治理念的特征包括上述四个选项。

2. 以下哪个选项是社会主义法治理念的本质属性：

A. 坚持党的领导、人民当家作主和依法治国的统一

B. 坚持党的事业至上、人民利益至上、宪法法律至上

C. 强调以人为本、严格公正执法

D. 坚持并加强和改善党的领导

答案——A

简析——坚持党的领导、人民当家作主和依法治国的统一，是社会主义法治理念的本质属性，因此选A。

第二章　社会主义法治理念的基本内容

考点要述

本部分的基本考点包括：

1. 依法治国：依法治国是社会主义法治的核心内容、依法治国的基本内涵；

2. 执法为民：执法为民是社会主义法治的本质要求、执法为民的基本内涵；

3. 公平正义：公平正义是社会主义法治的价值追求、公平正义的基本内涵；

4. 服务大局：服务大局是社会主义法治的重要使命、服务大局的基本内涵；

5. 党的领导：党的领导是社会主义法治的根本保证、党的领导的基本内涵；

本部分的核心考点是：依法治国的基本内涵，执法为民的基本内涵，公平正义的基本内涵。

考点详述

一、依法治国

（一）依法治国是社会主义法治的核心内容

1. 依法治国是我们党治国理政观念的重大转变。

2. 依法治国是实现国家长治久安的重要保障。

3. 依法治国是发展社会主义民主政治的必然要求。

（二）依法治国的基本内涵

1. 人民民主是依法治国的政治基础。

党的十七大把"扩大人民民主，保证人民当家作主"作为坚定不移发展社会主义民主政治的首要任务。人民民主是依法治国的政治基础和政治前提。

2. 法制完备是依法治国的重要标志。

完善中国特色社会主义法律体系是建设社会主义法治国家的基础和前提。法制完备首先是指形式意义上的完备，即法律制度的类别齐全、规范系统、内在统一。实质意义上的完备则指法律制度适应社会

发展的需要，满足社会发展的客观要求，同时符合公平正义的价值要求。

3. 树立宪法法律权威是依法治国的必然要求。

依法治国的核心就是树立宪法法律权威，坚持宪法法律至上。任何组织和个人都不得凌驾于宪法之上，必须严格遵守宪法。任何法律都不得与宪法相冲突。

4. 权力制约是依法治国的关键环节。

在社会主义国家，权力制约原则表现为议行合一，即权力统一原则和民主集中制原则。我国以人民代表大会机关作为统一行使国家权力的机关，它并不排斥行使国家权力的各部门之间的分工，但以代表人民意志的立法权作为主导，一切国家机关向人民的代表机关负责并接受它的监督。另一方面，这一原则并不排斥平衡与制约，而是在国家权力的统一和人民代表大会属于主导地位前提下的平衡与制约。

二、执法为民

（一）执法为民是社会主义法治的本质要求

1. 执法为民是中国共产党始终坚持立党为公、执政为民宗旨的必然要求；

2. 执法为民是"一切权力属于人民"的宪法原则的具体体现；

3. 执法为民是社会主义法治始终保持正确政治方向的根本保证。

（二）执法为民的基本内涵

1. 以人为本是执法为民的根本出发点；

2. 保障人权是执法为民的基本要求；

3. 文明执法是执法为民的客观需要。

三、公平正义

（一）公平正义是社会主义法治的价值追求

1. 公平正义是社会主义法治建设的根本目标；

2. 公平正义是新时期广大人民群众的强烈愿望；

3. 公平正义是立法、行政和执法司法工作的生命线。

（二）公平正义的基本内涵

1. 法律面前人人平等是公平正义的首要内涵。

2. 合法合理是公平正义的内在品质。

3. 程序正当是实现公平正义的方式与载体。

正义不仅应当实现，而且应当以人们看得见的方式实现。程序正当有两方面的价值，其外在价值在于能够为实体正义的实现提供保障，其内在价值在于能实现程序的正义。

4. 及时高效是衡量公平正义的重要标尺。

迟来的正义为非正义。及时高效，要求以公平正义为前提和基础，以最短的时间，以最少的成本投入，实现最大程度的公平正义。

四、服务大局

（一）服务大局是社会主义法治的重要使命

（二）服务大局的基本内涵

1. 把握大局是服务大局的前提条件。

2. 围绕大局是服务大局的根本保证。

3. 立足本职是服务大局的基本要求

五、党的领导

（一）党的领导是社会主义法治的根本保证

（二）党的领导的基本内涵

1. 坚持党对社会主义法治的思想领导。

2. 坚持党对社会主义法治的政治领导。

3. 坚持党对社会主义法治的组织领导。

 命题预测举要

依法治国的地位和依法治国的基本内涵

依法治国是社会主义法治的核心内容；依法治国是我们党治国理政观念的重大转变；依法治国是实现国家长治久安的重要保障；依法治国是发展社会主义民主政治的必然要求。

依法治国的基本内涵包括人民民主、法制完备、树立宪法法律权威、权力制约四方面。

精编题库测试题

1. 下列属于公平正义内涵的是：

A. 坚持法律面前人人平等，任何组织或者个人不得有超越宪法和法律的特权

B. 坚持合理合法

C. 坚持实体优先程序

D. 坚持及时高效

答案 ABD

简析 C是错误的。因为坚持实体优先程序原则，将可能造成程序违法，不利于实现实质正义，因此应当坚持程序正当。

2. 关于社会主义法治，下列哪些选项是正确的：

A. 依法治国的基本内涵包括人民民主、树立宪法法律权威、权力制约三个方面

B. 党对社会主义法治的组织领导，主要就是通过任命重要干部

C. 党对社会主义法治的思想领导，主要是通过坚持马克思主义在法治意识形态领域的指导地位

D. 党对社会主义法治的政治领导，主要是政治原则、政治方向、重大决策的领导，核心是路线、方针和政策的领导

答案 CD

简析 A 是错误的。依法治国离不开完备的法律，依法治国的基本内涵应包括人民民主、树立宪法法律权威、法制完备、权力制约等四个方面。

B 是错误的。党对社会主义法治的组织领导，主要就是通过推荐重要干部。对于政府机关干部，党无权直接任命，只能采取推荐的方式。

第三章　社会主义法治理念的基本要求

考点要述

本部分的基本考点包括：

1. 健全完善立法：健全完善立法的基本要求（科学立法、民主立法、法制统一、体系完备）；

2. 坚持依法行政：坚持依法行政的基本要求（合法行政、合理行政、高效便民、权责统一、政务公开提高依法行政能力和职业道德水平）；

3. 严格公正司法：严格公正司法的基本要求（维护司法公正、提高司法效率、树立司法权威、发扬司法民主）；

4. 其他基本要求：加强制约监督 自觉诚信守法 繁荣法学事业 坚持依法执政；

本部分的核心考点是：行政的合法、合理和司法的公正、效率。

考点详述

一、健全完善立法的基本要求

1. 科学立法；

2. 民主立法；

3. 法制统一；

4. 体系完备。

二、坚持依法行政的基本要求

1. 合法行政是依法行政的根本要求。行政要合法亦即合法行政，是指行政机关实施行政管理，应当依照法律、法规、规章的规定进行；没有法律、法规、规章的规定，行政机关不得作出影响公民、法人和其他组织合法权益或者增加公民、法人和其他组织义务的决定；行政机关的行政管理行为，应当符合法律的原则和精神。

2. 合理行政是合法行政的重要补充。行政要合理亦即合理行政，是指行政机关实施行政管理，应当遵循公平、公正的原则，平等对待行政管理相对人，不偏私、不歧视；行使行政自由裁量权应当符合法律目的，排除不相关因素的干扰；所采取

的措施和手段应当必要、适当；行政机关实施行政管理可以采用多种方式实现行政目的的，应当避免采用损害当事人权益的方式。

3. 高效便民是依法行政的价值体现；

4. 权责统一是依法行政的必然要求；

5. 政务公开是依法行政的重要保障；

6. 不断提高依法行政能力和职业道德水平。

三、严格公正司法的基本要求

1. 维护司法公正。司法公正是司法工作的灵魂，是依法治国的重要标志。司法人员必须自觉用司法公正理念指导司法工作，维护实体公正、程序公正，做到法律效果、政治效果和社会效果相统一。

2. 提高司法效率。

3. 树立司法权威。

4. 发扬司法民主。

 命题预测举要

一、坚持依法行政的基本要求

坚持依法行政的基本要求是：合法、合理、高效便民、权责统一、政务公开、提高依法行政能力和职业道德水平。

二、严格公正司法的基本要求

严格公正司法的基本要求：维护司法公正、提高司法效率、树立司法权威、发扬司法民主。

精编题库测试题

1. 下列关于依法行政说法错误的是：

A. 行政相对人可以通过政务公开制度了解任何政务信息

B. 公务人员要提高依法行政能力和职业道德水平

C. 行政机关要高效便民地为行政相对

人服务

D. 行政机关及其公务人员权责要统一

答案——A

简析——A是错误的。政务公开必须依法进行，对于涉及国家机密的政务信息，政府有权不予公开。

2. 关于公正司法的说法正确的是：

A. 司法公正是司法工作的灵魂，要维护实体公正、程序公正

B. 司法机关要提高司法效率

C. 司法制度建设应当以公正、高效、权威为价值目标

D. 人民直接参与司法，是实现司法主体民主的唯一途径

答案——ABC

简析——D是错误的。司法主体民主通过两个途径，一是人民直接参与司法，例如陪审员制度和检察机关的人民监督员制度；二是司法人员通过人民代表大会制度产生。

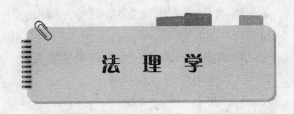

第一章 法的本体

考点要述

本部分的基本考点包括：

1. 法的概念：法的概念的争议、法的定义、马克思主义关于法的本质的基本观点、法的特征（规范性、国家意志性、普遍性、强制性、程序性、可诉性）、法的作用（规范作用与社会作用、法的局限性）；

2. 法的价值：法的价值的含义、法的价值的种类（秩序、自由、正义）、法的价值冲突及其解决；

3. 法的要素：法律规则（法律规则的含义、逻辑结构、法律规则与语言、法律规则与法律条文的区别、法律规则的分类）、法律原则（法律原则的含义、种类、法律原则与法律规则的区别）、法律规则与法律原则的适用、权利与义务（权利、义务的含义、分类及相互关系）；

4. 法的渊源：法的渊源的概念（法的渊源的含义）、正式的法的渊源与非正式的法的渊源、当代中国法的正式渊源（宪法、法律、行政法规、行政规章、地方性法规、自治条例和单行条例）、正式的法的渊源的效力原则（不同位阶的法的渊源之间的冲突原则、同一位阶的法的渊源之间的冲突原则、位阶出现交叉时的法的渊源之间的冲突原则）、当代中国法的非正式渊源（判例、政策、习惯）；

5. 法律部门与法律体系：法律部门（法律部门的含义、法律部门的划分标准）、公法、社会法与私法的含义与区别、法律体系（法律体系的含义、研究法律体系的意义）、当代中国法律体系（我国主要法律部门）；

6. 法的效力：法的效力的含义、法的效力的根据、法的效力范围、法对人的效力（法对人的效力原则）、法的空间效力、法的时间效力（法的生效时间、法终止生效的时间、法的溯及力）；

7. 法律关系：法律关系的概念与种类（法律关系的含义与特征、法律关系的种类）、法律关系主体（法律关系主体的含义和种类、权利能力和行为能力）、法律关系的内容（法律关系主体的权利与义务）、法律关系客体（法律关系客体的含义和种类）、法律关系的产生、变更与消灭（法律事实、法律事件与法律行为）；

8. 法律责任：法律责任的概念（法律责任的含义、法律责任的特点、法律责任与权力、权利、义务的关系）、法律责任的竞合、归责与免责（法律责任的归责原则、法律责任的免责条件）、法律制裁（法律制裁的含义）；

本部分的核心考点为：法的本质、法的基本特征、法的价值冲突及其解决原则、法律规则的逻辑结构、法律原则与法律规则的区别、权利和义务的相互联系、当代中国法的非正式渊源、法的效力、法律责任、法律制裁。

考点详述

一、法的概念

（一）法的概念的争议

法概念争议的核心在于法律与道德之间是否存在概念上的联系。

目前存在两种争议：①法律实证主义：不承认法律和道德存在必然联系，以权威性制定与社会实效为定义要素，具体分为以权威性制定为主、社会实效为辅的分析法学和以社会实效为主、权威性制定为辅的法社会学与法律现实主义。②非实证主义：承认法律和道德存在必然联系，其中传统自然法学以内容的正确性作为法的概念的唯一定义要素；第三条道路以权威性制定、社会实效与内容的正确性三要素同时作为法的定义要素，代表人物为阿列克西。

（二）马克思主义关于法的本质的基本观点

马克思主义法学认为，法的本质有三个层次：

1. 法的本质最初表现为法的正式性：法的正式性体现在法总是公共权力机关按照一定的权限和程序制定或认可的；法的正式性还体现在法总是依靠正式的权力机制保证实现；法的正式性也体现在法总是借助于正式的表现形式予以公布。

2. 法的本质其次反映为法的阶级性：在阶级对立的社会，法所体现的国家意志实际上只能是统治阶级意志，国家意志就是法律化的统治阶级意志。①法体现的统治阶级意志，不是统治阶级内部各党派、集团及每个成员的个别意志，也不是这些个别意志的简单相加，而是统治阶级的整体意志、共同意志或者根本意志。②在一定情况下，法还同时反映被统治阶级或同盟阶级的某些要求和愿望。③法所体现的统治阶级意志具有高度统一性和极大权威性，故法律也具有统一性和权威性。

3. 法的本质最终体现为法的社会性：法律是由统治阶级所处的社会物质生活条件所决定的。按照这种观点，立法者不是在创造法律，而只是在表述法律。

（三）法的特征

1. 法是调整人的行为的社会规范。

（1）规范性是指：针对的对象是不特定的大多数人；针对规范制定生效后发生的行为有效；在其有效期限内，针对同样的情况反复适用。

（2）法律调整的对象仅仅是人们的行为，而不涉及离开行为单纯的人的内心世界、思想、灵魂。而宗教规范和道德规范不但调整人的行为，更多地调整人的内心世界。

（3）法律调整的行为不是单个的人的行为，而是人们的交互行为。

（4）法与自然法则、技术规范、其他社会规范的区别：

第一，法律与自然法则和技术规范：自然法则是自然现象之间的联系，自然现象的存在与人的思维和行动无关，因此它不具有文化的意蕴；技术规范调整人与自然之间的关系；社会规范则是无数思维着的理性的个人行动的结果。从这个意义上说，社会规范也是一种文化现象。

第二，法律与其他社会规范：法律是一种以公共权力为后盾的、具有特殊强制性的社会规范；而习惯、道德、宗教、政党政策等社会规范则建立在人们的信仰或确信的基础上，通过人们的内心发生作用。

2. 法是公共权力机构制定或认可的具有特定形式的社会规范。

国家形成法律的基本方式包括制定和认可。认可分为明示认可和默示认可。明示认可是指立法者在制定法律时将已有的不成文的零散的社会规范系统化、条文化，使其上升为法律；默示认可是指立法者在法律中承认已有的社会规范具有法的效力，但却未将其转化为具体的法律规定，而是交由司法机关灵活掌握，如有关"从习惯"、"按政策办"等规定。

3. 法是具有普遍性的社会规范。法的普遍性的含义：①在国家权力所及的范围内，法具有普遍效力或约束力；②近代以来，法的普遍性也要求平等地对待一切人的普遍性，要求法律面前人人平等；③近代以来的法律虽然与一定的国家紧密联系，具有民族性、地域性，但是法律的内容始终具有与人类的普遍要求相一致的趋向。

4. 法是以权利义务为内容的社会规范。宗教、道德等社会规范，其内容主要是对主体的义务性要求。法作为一种特殊的社会规范，具有既关注权利也关注义务的两面性。

5. 法律是以国家强制力为后盾，通过法律程序保证实现的社会规范。

没有保证手段的社会规范是不存在的。法律是一种最具有外在强制性的社会规范。

6. 法是可诉的规范体系，具有可诉性。

法律作为一种规范人们外部行为的规则，可以被任何人在法律规定的机构中通过争议解决程序加以运用的可能性。法的可诉性有两层含义：可争讼性和可裁判性（可适用性）。

（四）法的作用

1. 法的作用分类：规范作用与社会作用。

2. 法的规范作用。

（1）指引作用：指法对本人的行为具有引导作用。对人的行为的指引有两种形式：个别性指引，即通过一个具体的指示形成对具体的人的具体情况的指引；规范性指引，是通过一般的规则对同类的人或行为的指引。从立法技术上看，法律对人的行为的指引通常采用两种方式：确定的指引，即通过设置法律义务，要求人们作出或抑制一定行为，使社会成员明确自己必须从事或不得从事的行为界限；不确定的指引，又称有选择的指引，指通过宣告法律权利，给人们一定的选择范围。

（2）评价作用：法律作为一种行为标准，具有判断、衡量他人行为合法与否的评判作用。

（3）教育作用：指通过法的实施使法律对一般人的行为产生影响。这种作用又具体表现为示警作用和示范作用。前者主要是通过制裁违法行为从而达到对企图违法者的示警作用；后者则通过奖励先进，表彰合法的方式达到对一般人行为起到示范作用。

（4）预测作用：凭借法律的存在，可以预先估计到人们相互之间会如何行为。人们可以事前预计到自己或者他人的行为是合法还是违法，在法律上是有效还是无效，会有什么法律后果等。

（5）强制作用：指法可以通过制裁违法犯罪行为来强制人们遵守法律。

3. 法的社会作用。法的社会作用，是指法作为特殊的社会规范，为实现阶级统治的社会目的而发挥的作用。法的社会作用大致包括两个方面：一是政治职能，即维护阶级统治；二是社会职能即履行社会公共事务。

4. 法作用的局限性。

（1）法律是以社会为基础的，因此，法律不可能超出社会发展需要"创造"社会。

（2）法律是社会规范之一，必然受到其他社会规范以及社会条件和环境的制约。法在实施过程中，离不开所需的人员条件、精神条件和物质条件。

（3）法律自身条件的制约，如语言表达力的局限。

（4）法的作用不可能涵盖整个社会生活。法的作用范围不是无限的，而是有限的，不少社会关系、社会生活领域，例如人们的思想、信仰等，不宜采用法律手段，而应采用道德规范等社会规范加以约束。

二、法的价值

（一）法的价值的含义

1. 所谓法的价值，简单地说就是指法对人的有用性。

2. 法的价值既包括对实然法的认识，更包括对应然法的追求。

（二）法的价值的种类

1. 自由。

（1）法的价值上所言"自由"，即意味着法以确认、保障人的这种行为能力为己任，从而使主体与客体之间能够达到一种和谐的状态。

（2）就法的本质来说，它以"自由"为最高的价值目标。

（3）法律是自由的保障，自由是判断法律善恶的标准之一。良法应当是自由之法。

（4）自由在法的价值中的地位，还表现在它不仅是评价法律进步与否的标准，更重要的是它体现了人性最深刻的需要。

（5）自由是有限度的、有范围的，而这个限度和范围由法律来设立。对于公民个人而言法无禁止即自由。

（6）法律何时及何种情况下限制自由是正当的：

第一，伤害原则。在《论自由》一书中，密尔把人的行为分为自涉行为和涉它行为。前者只影响自己的利益或者仅仅伤害到自己，后则影响到别人或者伤害到别人。密尔认为只有伤害别人的行为才是法律检查和干涉的对象，未伤害任何人或仅仅伤害自己的行为不应受到法律的惩罚。简言之，社会干预个人行动自由唯一的目的是自我保护，只有为了阻止对别人和公共的伤害，法律对社会成员的限制才是合理的，可以证成的。

第二，法律家长主义。法律家长主义原则也称父爱主义，其基本思路是，禁止自我伤害的法律，即家长式的法律强制是合理的。家长式的法律强制是指为了被强制者自己的福利、幸福、需要、利益和价值，而由政府对一个人的自由进行的法律干涉。如禁止自杀、禁止决斗、强制戒毒等法律法规都是该原则体现。

第三，冒犯原则。冒犯原则的基本思路是：法律禁止那些虽不伤害别人但却冒犯别人的行为是合理的。这里的冒犯行为是指使人愤怒、羞耻或惊恐的淫荡行为或放肆行为，如人们忌讳的性行为、虐待尸体、亵渎国旗。这种行为公然侮辱公众的

道德信念、道德感情和社会风尚，因此必须受到刑事制裁。

第四，法律道德主义原则。法律道德主义的基本思路是：一个人的行为只要违背了一个社群所接受的道德准则，就应该受到法律的禁止或者惩罚。

2. 秩序。

（1）法学上所言秩序，主要是指社会秩序。它表明通过法律机构、法律规范、法律权威所形成的一种法律状态。

（2）法律总是为一定秩序服务的，也就是说，在秩序问题上，根本就不存在法律是否服务于秩序的问题。所存在的问题仅在于法律服务于谁的秩序、怎样的秩序。

（3）"秩序"之所以成为法的基本价值之一，是因为：任何社会统治的建立都意味着一定统治秩序的形成；秩序本身的性质决定了秩序是法的基本价值；秩序是法的其他价值的基础。

3. 正义。

（1）正义是法的基本标准：法律只有合乎正义的准则时，才是真正的法律。

（2）正义是法的评价体系，正义担当着两方面的角色：A. 它是法律必须着力弘扬与实现的价值；B. 它可以成为独立于法之外的价值评判标准，用以衡量法律是"良法"抑或"恶法"。

（3）正义也极大地推动着法律的进化：①正义形成了法律精神上进化的观念源头，使自由、民主、平等、人权等价值观念深入人心；②正义促进了法律地位的提高，它使得依法治国作为正义所必须的制度建构而存在于现在民主政体之中，从而突出了法律在现在社会生活中的位置；③正义推动了法律内部结构的完善，它使得权力控制、权力保障等制度应运而生；④正义也提高了法律的实效。

（三）法的价值冲突及其解决

1. 从主体而言，法的价值冲突常常出

现于三种场合。①个体之间法律所承认的价值发生冲突；②共同体之间价值发生冲突；③个体与共同体之间的价值冲突。

2. 平衡价值冲突的原则。

（1）价值位阶原则：这指在不同位阶的法的价值发生冲突时，在先的价值优于在后的价值。一般而言，自由代表了人的最本质的人性需要，它是法的价值的顶端；正义是自由的价值外化，它成为自由之下制约其他价值的法律标准；而秩序则表现为实现自由、正义的社会状态，必须接受自由、正义标准的约束。

（2）个案平衡原则：这是指在处于同一位阶的法的价值之间发生冲突时，必须综合考虑主体之间的特定情形、需求和利益，以使得个案的解决能够适当兼顾双方的利益。

（3）比例原则：即使某种价值的实现必须以其他价值的损害为代价，也应当使被损害的价值减低到最小限度。

三、法的要素

法的要素是指法的各种组成成分，包括：法律规则、法律原则、法律概念。

（一）法律规则

1. 法律规则的含义。法律规则是指具有一定的结构形式，并以规定权利义务和相应法律后果为内容的行为规范。

2. 法律规则的逻辑结构。任何法律规则均由假定条件、行为模式和法律后果三个部分构成：

（1）假定条件：指法律规则中有关部门适用该规则的条件和情况的部分，即法律规则在什么时间、空间、对什么人适用以及在什么情境下法律规则对人的行为有约束力的问题。包含两个方面：法律规则的适用条件和行为主体的行为条件。

（2）行为模式：指法律规则中规定人们如何具体行为之方式的部分。根据行为要求的内容和性质不同，法律规则中的行为模式分为三种：可为模式、应为模式、勿为模式。

（3）法律后果：指法律规则中规定人们在作出符合或不符合行为模式的要求时应承担相应的结果的部分，是法律规则对人们具有法律意义的行为的态度。根据人们对行为模式所做出的实际行为的不同，法律后果又分为两种：①合法后果，又称肯定式的法律后果；②违法后果，又称否定式的法律后果。

3. 法律规则与语言。

（1）一切法律规范都必须以作为"法律语句"的语句形式表达出来，具有语言的依赖性。离开了语言，法律就无以表达、记载、解释和发展。法律人在其工作中每时每刻都与语言打交道。如果没有语言，法律人就失去了架构规范与事实之间的桥梁。

（2）法律规则是通过特定语句表达的，但是，法律人适用法律解决具体案件时适用的不是语句自身或语句所包含的字或词的本身，而适用的是语句所表达的意义。因此，我们要将法律规则与表达法律规则的语句予以区分。

（3）解释法律实质上就是要揭穿法律条文的字词所表达的意义。语言的意义具有歧义性和模糊性，这就说明了法律为什么需要解释，也表明了法律是开放的而不是封闭的。

（4）表达法律规则的特定语句往往是一种规范语句。

（5）根据规范语句所运用的助动词的不同，可以区分为命令句和允许句。命令句是指使用了必须、应该或禁止等这样一些道义助动词的语句，允许句是指使用了可以这类道义助动词的语句。

（6）但是这并不意味着所有的法律规则的表达都是以规范语句的形式表达，而是可以用陈述语气或陈述句表达。

4. 法律规则与法律条文。

（1）从其表述的内容来看，法律条文可以分为规范性条文和非规范性条文。

规范性条文是直接表述法律规范（法律规则和法律原则）的条文，非规范性条文是指不直接规定法律规范，而规定某些法律技术内容（如专门法律术语的界定、公布机关的时间、法律生效日期等）的条文。

（2）法律规则是法律条文的内容，法律条文是法律规则的表现形式：并不是所有的法律条文都直接规定法律规则的，也不是一个条文都完整地表述一个规则或只表述一个法律规则的，即法律规则和法律条文并非一定是一一对应关系。

5. 法律规则的分类。

（1）授权性规则和义务性规则（按照规则的内容规定不同）：

第一，授权性规则，是指规定人们有权做一定行为或不做一定行为的规则，即规定人们的"可为模式"的规则。

第二，义务性规则，是指在内容上规定人们的法律义务，即有关人们应当作出或不作出某种行为的规定。它分为两种情况：命令性规则（指规定人们的积极义务，即人们必须或应当做出某种行为的规则）和禁止性规则（指规定人们的消极义务或不作为义务，即禁止人们作出一定行为的规则）。

（2）确定性规则、委任性规则和准用性规则（按照规则内容的确定性程度不同）：

第一，委任性规则，是指内容尚未确定，而只是规定某种概括性指示，由相应国家机关通过相应途径或程序加以确定的法律规则。

第二，准用性规则，是指内容本身没有规定人们具体的行为模式，而是可以援引或参照其他相应内容规定的规则。

（3）强行性规则和任意性规则（按照规则对人们行为规定和限定的范围或程度不同）：

第一，强行性规则，是指内容规定具有强制性质，不允许人们随便加以更改的法律规则。义务性规则、职权性规则属于强行性规则。

第二，任意性规则，是指规定在一定范围内，允许人们自行选择或协商确定为与不为、为的方式以及法律关系中的权利义务内容的法律规则。

（二）法律原则

1. 法律原则的含义。法律原则是法的构成要素之一，为法律规则提供基础性的、指导性的价值准则或规范。

2. 法律原则的种类。

（1）按照法律原则产生的基础不同，分为公理性原则和政策性原则。

第一，公理性原则，即由法律原理（法理）构成的原则，是由法律上之事理推导出来的法律原则，是严格意义的法律原则，例如法律平等原则、诚实信用原则。

第二，政策性原则是一个国家或民族出于一定的政策考量而制定的一些原则，如我国宪法中规定的"依法治国，建设社会主义法治国家"的原则，"国家实行社会主义市场经济"的原则，婚姻法中"实行计划生育"的原则。

（2）按照法律原则对人的行为及其条件之覆盖面的宽窄和适用范围大小，分为基本原则和具体原则。

第一，基本法律原则是整个法律体系或某一法律部门所适用的、体现法的基本价值的原则，如宪法所规定的各项原则。

第二，具体法律原则是在基本原则指导下适用于某一法律部门中特定情形的原则。

（3）按照法律原则涉及的内容和问题不同，分为实体性原则和程序性原则。

①实体性原则是指直接涉及实体性问题的原则，例如，宪法、民法、刑法、行政法中规定的多数原则。②程序性原则是指直接涉及程序性问题的原则，如诉讼法中规定的"一事不再理"原则、辩护原则、非法证据排除原则、无罪推定原则。

3. 法律原则与法律规则的区别：

（1）在内容上，法律规则的规定是明确具体的，它着眼于主体行为及各种条件（情况）的共性；其明确具体的目的是削弱或防止法律适用上的"自由裁量"。与此相比，法律原则的着眼点不仅限于行为及条件的共性，而且关注它们的个别性。

（2）在适用范围上，法律规则由于内容具体明确，它们只适用于某一类型的行为。而法律原则对人们的行为及其条件有更大的覆盖面和抽象性，它们是对从社会生活或社会关系中概括出来的某一类行为、某一法律部门甚或全部法律体系均通用的价值准则，具有宏观的指导性，其适用范围比法律规则宽广。

（3）在适用方法上，法律规则是以"全有或全无的方式"应用于个案当中的：如果一条规则所规定的事实是既定的，或者这条规则是有效的，在这种情况下，必须接受该规则所提供的解决办法。或者该规则是无效的，对裁决不起任何作用。而法律原则的适用则不同，它不是以"全有或全无的方式"应用于个案当中的，因为不同的法律原则是具有不同的"强度"的，而且这些不同强度的原则甚至冲突的原则都可能存在于一部法律之中。

（三）法律规则与法律原则的适用

1. 穷尽规则，方得适用法律原则。法律原则用来补充规则漏洞，法律规则用来保障法律的确定性与可预测性，避免自由裁量的滥用。

2. 除非为了实现个案正义，否则不得舍弃法律规则直接适用法律原则。目的是为在安定性（规则）与合目的性（原则）之间，应首先保障安定性（规则）。

3. 没有更强理由，不得径行适用法律原则。

（四）法律概念

法律概念本身不是法律规则或法律原则，而是表述法律规则和原则之内容的工具。它附属于法律规则或法律原则。

（五）法律权利与法律义务。

1. 法律权利和义务的相互联系。

（1）从结构上看，两者是紧密联系、不可分割的。它们的存在和发展必须以另一方的存在和发展为条件。

（2）从数量上看，两者的总量是相等的。

（3）从产生和发展看，两者经历了一个从浑然一体到分裂对立再到相对一致的过程。

（4）从价值上看，权利和义务代表了不同的法律精神，它们在历史上受到重视的程度有所不同，因而两者在不同国家的法律体系中的地位有主、次之分。在民主法治社会，法律制度较为重视对个人权利的保护。此时，权利是第一性的，义务是第二性的，义务的设定的目的是为了保障权利的实现。

2. 权利与义务的分类。

（1）基本权利义务与普通权利义务。①基本权利义务是宪法所规定的人们在国家政治生活、经济生活、文化生活和社会生活中的根本权利和义务。②普通权利义务是宪法以外的普通法律所规定的权利和义务。

（2）绝对权利义务与相对权利义务。①绝对权利和义务，又称"对世权利"和"对世义务"，是相对应不特定的法律主体的权利和义务。②相对权利和义务又称"对人权利"和"对人义务"，是对应特定的法律主体的权利和义务。

四、法的渊源

（一）法的渊源的概念

法的渊源主要是指法形式意义上的渊源，也就是法的效力渊源，即一定的国家机关依照法定职权和程序制定或认可的具有不同法的效力和地位的法的不同表现形式，如制定法、判例法、习惯法、法理等。

（二）正式的法的渊源与非正式的法的渊源

1. 法的正式渊源是指那些可以从体现于国家制定的规范性法律文件中的明确条文形式中得到的渊源，如宪法、法律、法规等，主要为制定法。

2. 法的非正式渊源则指那些具有法律意义的准则和观念，这些准则和观念尚未在正式法律中得到权威性的明文体现，如正义标准、理性原则、公共政策、道德信念、社会思潮、习惯。

（三）当代中国法的正式渊源

1. 宪法。

2. 法律。广义上讲，法律泛指一切规范性文件；狭义上讲，仅指全国人大及其常委会制定的规范性文件。在当代中国法的渊源中，法律的地位和效力仅次于宪法。法律由于制定机关的不同可分为两类：一类为基本法律，即由全国人大制定和修改的刑事、民事、国家机构和其他基本法律；另一类为基本法律以外的基本法律，即由全国人大常委会制定和修改的规范性文件。

3. 行政法规。专指作为国家最高行政机关即国务院所制定的一种规范性文件。其地位仅次于宪法和法律。

4. 地方性法规、民族自治法规、经济特区的规范性文件。

省、自治区、直辖市以及省级人民政府所在地的市和经国务院批准的较大的市的人民代表大会及其常委会有权制定地方性法规。民族自治地方的人民代表大会有权根据当地特点，制定自治条例和单行条例，但应报上一级人民代表大会常委会批

准之后生效。经济特区根据全国人大或全国人大常委会的授权可以制定有关的法规和规章。

5. 特别行政区的法律。根据特别行政区基本法的规定，特别行政区依法享有立法权。

6. 规章。

（1）部门规章：由国务院组成部门及直属机构在各自职权范围内制定的规范性文件。其规定事项应当属于执行法律或国务院的行政法规、决定、命令的事项；并在其权限范围内施行。

（2）地方政府规章：省、自治区、直辖市人民政府以及较大市（省级人民政府所在地的市和经国务院批准的较大的市和经济特区所在地的市）的人民政府依照法定程序制定的规范性文件。一般可就下列事项作出规定：为执行法律、行政法规、地方性法规的规定，需要制定的事项和属于本行政区域具体行政管理事项；并在其权限范围内施行。

7. 国际条约、国际惯例。

（1）国际条约是指我国作为国际法主体同外国缔结的双边、多边协议和其他具有条约、协定性质的文件。

（2）国际惯例是指以国际法院等各种国际裁决机构的判例所体现或确认的国际法规则和国际交往中形成的共同遵守的不成文的习惯，是国际条约的补充。

（四）正式的法的渊源的效力原则、备案与审查

1. 不同位阶。一般：下位法必须服从上位法，即宪法＞法律＞行政法规＞地方性法规；

例外一：自治条例与单行条例与上位法矛盾并不必然丧失法律效力，因为该立法机关具有一定的变通权限，在此权限内不服从"下位法必须服从上位法"的原则；

例外二：经济特区的法律与法律矛盾，

由于经济特区的立法属于授权立法，因此由全国人大常委会裁决。

2.同一位阶。一般原则：特别法优于普通法；新法优于旧法。

例外一：同一位阶的交叉，即同时适用"特别法优于普通法"与"新法优于旧法"出现不同的结果时，由制定机关裁决（法律由全国人大常委会裁决、行政法规有国务院裁决）。

例外二：地方性法规与部门规章不一致，首先交由国务院提出意见；如果国务院认为应当适用地方性法规的，适用地方性法规；如果国务院认为应当适用部门规章，提请全国人大常委会裁决。

3.改变或撤销法律、行政法规、地方性法规、自治条例和单行条例、规章的权限。

（1）全国人民代表大会有权改变和撤销它的常务委员会制定的不适当的法律，有权撤销全国人民代表大会常务委员会批准的违背宪法和《立法法》第66条第2款规定的自治条例和单行条例。

（2）全国人民代表大会常务委员会有权撤销同宪法和法律相抵触的行政法规，有权撤销同宪法、法律和行政法规相抵触的地方性法规，有权撤销省、直辖市、自治区的人民代表大会常务委员会批准的违背宪法和《立法法》第66条第2款规定的自治条例和单行条例。

国务院有权改变或者撤销不适当的部门规章和地方性规章。

（3）省、自治区、直辖市的人民代表大会有权改变或者撤销它的常务委员会制定的和批准的不适当的地方性法规。

（4）地方人民代表大会常务委员会有权撤销本级人民政府制定的不适当的规章。

（5）省、自治区的人民政府有权改变或撤销下一级人民政府制定的不适当的规章。

（6）授权机关有权撤销被授权机关制定的超越授权范围或者违背授权目的的法规，必要时可以撤销授权。

4.备案。行政法规、地方性法规、自治条例和单行条例、规章应当在公布后的30日内依照下列规定报有关机关备案：

（1）行政法规报全国人民代表大会常务委员会备案。

（2）省、自治区、直辖市的人民代表大会及其常务委员会制定的地方性法规，报全国人民代表大会常务委员会和国务院备案；较大市的人民代表大会及其常务委员会制定的地方性法规，由省、自治区、直辖市的人民代表大会常务委员会报全国人民代表大会常务委员会和国务院备案。

（3）自治州、自治县制定的自治条例和单行条例，由省、自治区、直辖市的人民代表大会常务委员会报全国人民代表大会常务委员会和国务院备案。

（4）部门规章和地方政府规章报国务院备案；地方政府规章应同时报本级人民代表大会常务委员会备案；较大市的人民政府制定的规章应当同时报省、自治区的人民代表大会常务委员会和人民政府备案。

（5）根据授权制定的法规应当报授权决定规定的机关备案。

5.审查要求与审查建议。国务院、中央军事委员会、最高人民法院、最高人民检察院、省级人大常委会认为行政法规、地方性法规、自治条例和单行条例同宪法或者法律相抵触的，可以向全国人民代表大会常务委员会书面提出进行审查的要求，由常务委员会工作机构分送有关的专门委员会进行审查、提出意见。上述五个主体以外的主体提出的被称为审查建议，对于审查建议先由由常务委员会工作机构进行研究，必要时，送有关的专门委员会进行审查、提出意见。

（五）当代中国法的非正式渊源

1. 非正式渊源适用的条件。

（1）正式的法的渊源完全不能为法律决定提供大前提；

（2）适用某种正式的法的渊源会与公平正义的基本要求、强制性要求和占支配地位的要求发生冲突；

（3）一项正式的法的渊源可能会产生出两种解释的模棱两可性和不确定性。

2. 非正式渊源的类型。

（1）习惯。习惯是人们在长期社会生活中逐步地、自发地形成的特定行为，是共同理性的体现。习惯中为国家认可的那部分具有正式法的渊源的意义，其他部分则是我国法的非正式渊源。

习惯成为正式法源必须具备三个要件：①客观要件：必须是一定区域内长期存在的、为民众一直遵守且反复适用的惯行；②主观要件：参与这一惯行的社会成员，对于该惯行的适法性产生确信；③形式要件：该习惯以法律的形式表现出来。

（2）判例。判例在英美法系属于法的正式渊源。我国最高人民法院选择并定期发表某些有代表性的判决，并要求其他法院在审理工作中以这些判决作为判例加以参考，即案例指导制度。其意义在于：为将来的法官运用该制定法解决具体案件提供了思路、经验和指导；使制定法的语言的外延和内涵在一定程度上得到厘清。

（3）政策。执政党的政策通过法律程序由国家接受后就成为了国家政策。中国共产党的政策对法律的制定和实施具有指导作用。《民法通则》第6条规定："民事活动必须遵守法律，法律没有规定的，应当遵守国家政策。"

五、法律部门与法律体系

（一）法律部门

1. 法律部门的含义。

（1）法律部门也称部门法，是根据一定标准和原则所划定的调整同一类社会关系的法律规范的总称。法律部门是构成法律体系的基本单位。

（2）法律部门离不开成文的规范性法律文件，但二者不是一个概念，区别为：①有的法律部门的名称是用该部门基本的规范性法律文件的名称来表述的，如作为一个法律部门的"刑法"和作为一个规范性文件的《刑法》或《刑法典》。但单一的规范性法律文件不能包括一个完整的法律部门。②同时，大多数规范性法律文件并非各自包含一个法律部门的规范，可能还包含属于其他法律部门的规范。

2. 划分法律部门的标准。划分法律部门的主要标准是法律所调整的不同社会关系，即调整对象；其次是法律调整方法。

（二）公法、社会法与私法的含义与区别

公法与私法的划分，最早是由古罗马法学家乌尔比安提出来的。随着社会的发展，"法律社会化"现象的出现，又形成了一种新的法律即社会法，如社会保障法。

（三）法律体系

1. 法律体系也称为部门法体系，是指一国的全部现行法律规范，按照一定的标准和原则，划分为不同的法律部门而形成的内部和谐一致、有机联系的整体。

2. 法律体系的特征。

（1）法律体系是一国国内法构成的体系，它只反映一国由本国制定实施的调整本国社会关系和社会秩序的法律状况，而不包括完整意义的国际法即国际公法。

（2）法律体系是一国现行法构成的体系，反映一国法律的现实状况，它不包括历史上废止的已经不再有效的法律，也不包括尚待制定、还没有制定生效的法律。

（3）法律体系是由一国现行的全部法律规范所组成的不同类别的部门法（即法律部门）所构成的体系。即构成法律体系的基本单位是法律部门，并非法律规范。

（四）当代中国法律体系

1. 七个法律部门：宪法、行政法、民法、商法、经济法、劳动法与社会保障法、自然资源与环境保护法、刑法、诉讼法。

2. 三个不同层级的法律规范：法律，行政法规，地方性法规、自治条例和单行条例。

六、法的效力

（一）法的效力的含义

法的效力，分为广义和狭义两种解释。广义的法的效力，是指法的约束力和强制力。通常，法的效力可以分为规范性法律文件的效力和非规范性法律文件的效力。前者具有普遍的约束力，而后者只有个别约束力。狭义的法的效力，仅指由国家制定和颁布的规范性法律文件的效力，即法律对哪些人，在什么空间、时间范围内有效。一般认为，法律效力包括对人的效力、空间效力和时间效力三个方面。

（二）法的效力的根据

1. 法的效力来自于法律。法律有国家强制力，法律规定了具体的否定性法律后果，任何明显的违法行为都会受到国家相应的制裁；法律保障社会成员的利益满足，因此法律具有效力。

2. 法的效力来自于道德。法律与人们的道德观念相一致，法律建立在社会主流道德基础之上，法律体现了公平、正义，因而人们服从政府、遵守法律。

3. 法的效力来自于社会。民众从小就养成了模仿他人所为的习惯，包括按照别人的行为守法的习惯。法律维护社会秩序，社会要求人们的行为符合法律。

（三）法对人的效力

1. 在世界各国的法律实践中先后采用过四种对自然人的效力的原则：

（1）属人主义即法对自然人的效力以国籍为准，法适用于本国人不适用于外国人。本国自然人无论在国内外，都受本国法律制约。

（2）属地主义即法对自然人的效力以地域为准，凡居住在本国领域内的本国人和外国人，一律受本国法律制约。而本国人在国家领域外，则不适用本国法律。

（3）保护主义即以本国利益为准，只要侵犯了本国利益，无论是本国人还是外国人，也不论是在本国还是外国，都受本国法律制约。

（4）以属地主义为主，与属人主义、保护主义相结合的"折衷主义"：居住在本国领域，一律适用居住国的法，但有关公民义务，民法中的婚姻、家庭、继承，刑法中有特殊规定的某些犯罪，一般要适用本国法。这是近代以来多数国家采用的原则，我国也是如此。

2. 根据我国法律，对自然人的效力包括两个方面：

（1）对中国公民的效力。中国公民在中国领域内一律适用中国法律，中国公民在国外也适用中国法律，但是当中国法律和所在国法律发生冲突时，要根据具体的国际条约和国内法的规定，来确定是适用中国法还是外国法。

（2）对外国人和无国籍人的效力：

第一，对在中国领域内的外国人和无国籍人的法律适用问题。外国人和无国籍人在中国领域内，除法律另有规定者外，适用中国法律。

第二，在中国领域外的外国人和无国籍人的法律适用问题。外国人在中国领域外对中国国家或者公民犯罪，而按《中华人民共和国刑法》规定的最低刑为3年以上有期徒刑的，可以适用中国刑法；但是按照犯罪地的法律不受处罚的除外。

（四）法的空间效力

一般来说，一国法律适用于该国主权范围所及的全部领域，包括领土、领水及其底土和领空，以及作为领土延伸的本国驻外使馆、在外船舶及飞机。

（五）法的时间效力

1. 法的生效时间。法律的公布是法律生效的前提。

2. 法终止生效的时间。

（1）明示的废止：法律本身规定的有效期届满，有关机关颁发专门文件宣布废止，新法律取代原有法律同时宣布旧法作废。

（2）默示的废止：适用法律中，出现新法与旧法冲突时，适用新法而使旧法事实上被废止。

3. 法的溯及力。法的溯及力也称法律溯及既往的效力，是指法律对其生效以前的事件和行为是否适用。如适用，就具有溯及力；如不适用，就没有溯及力。

（1）就有关侵权、违约的法律和刑事法律而言，一般以法律不溯及既往为原则。目前各国采用的通例是"从旧兼从轻"的原则，即新法原则上不溯及既往，但是新法不认为犯罪或者处刑较轻的，适用新法；

（2）而在某些有关民事权利的法律中，法律有溯及力。

七、法律关系

（一）法律关系的概念与种类

1. 法律关系的含义和特征。法律关系是在法律规范调整社会关系的过程中所形成的人们之间的权利和义务关系。其特征主要有：

（1）法律关系是根据法律规范建立的一种社会关系，具有合法性。①法律规范是法律关系产生的前提。②法律关系不同于法律规范调整或保护的社会关系本身。③法律关系是法律规范的实现形式，是法律规范的内容（行为模式及其后果）在现实社会生活中得到具体地贯彻。法律关系是人与人之间的合法关系。

（2）法律关系是体现意志性的特种社会关系。

法律关系像法律规范一样必然体现国家的意志。破坏了法律关系，其实也违背了国家意志。但特定法律主体的意志对于法律关系的建立与实现也有一定的作用。

（3）法律关系是特定法律关系主体之间的权利和义务关系。

2. 法律关系的种类。

（1）调整性法律关系和保护性法律关系（按照法律关系产生的依据、执行的职能和实现规范的内容不同）：

第一，调整性法律关系是基于人们的合法行为而产生的、执行法的调整职能的法律关系，它所实现的是法律规范（规则）的行为规则（指示）的内容。调整性法律关系不需要适用法律制裁，法律主体之间即能够依法行使权利、履行义务，如各种依法建立的民事法律关系、行政合同关系。

第二，保护性法律关系是由于违法行为而产生的、旨在恢复被破坏的权利和秩序的法律关系，它们执行着法的保护职能，所实现的是法律规范（规则）的保护规则（否定性法律后果）的内容，是法的实现的非正常形式。它的典型特征是一方主体（国家）适用法律制裁，另一方主体（通常是违法者）必须接受这种制裁，如刑事法律关系。

（2）纵向（隶属）的法律关系和横向（平权）的法律关系（按照法律主体在法律关系中的地位不同）：

纵向（隶属）的法律关系是指在不平等的法律主体之间所建立的权力服从关系。其特点：法律主体处于不平等的地位。如亲权关系中的家长与子女，行政管理关系中的上级机关与下级机关。法律主体之间的权利与义务具有强制性，既不能随意转让，也不能任意放弃。

横向法律关系：如民事财产关系等。

（3）单向（单务）法律关系、双向（双边）法律关系和多向（多边）法律关系

（按照法律主体的多少及其权利义务是否一致）：

单向法律关系是法律关系体系最基本的构成要素。其实，一切法律关系均可分解为单向的权利义务关系。

双向（双边）法律关系，是指在特定的双方法律主体之间，存在着两个密不可分的单向权利义务关系，其中一方主体的权利对应着另一方的义务，反之亦然。

多向（多边）法律关系，又称"复合法律关系"或"复杂的法律关系"，是三个或三个以上相关法律关系的复合体，其中既包括单向法律关系，也包括双向法律关系，例如，行政法中的人事调动关系。

（4）第一性法律关系（主法律关系）和第二性法律关系（从法律关系）（按照相关的法律关系作用和地位的不同）：

第一，一切相关的法律关系均有主次之分，例如，在调整性和保护性法律关系中，调整性法律关系是第一性法律关系（主法律关系），保护性法律关系是第二性法律关系（从法律关系）。

第二，在实体和程序性法律关系中，实体法律关系是第一性法律关系（主法律关系），程序性法律关系是第二性法律关系（从法律关系）。

（二）法律关系主体

1. 法律关系主体的含义和种类。法律关系主体是法律关系的参加者，即在法律关系中一定权利的享有者和一定义务的承担者。在中国，根据各种法律的规定，能够参与法律关系的主体包括以下几类：①公民（自然人）。②机构和组织（法人）。③国家。

2. 权利能力和行为能力。

（1）权利能力。

第一，权利能力又称权义能力（权利义务能力），是指能够参与一定的法律关系，依法享有一定权利和承担一定义务的

法律资格。

第二，公民的权利能力可以从不同角度进行分类。

首先，根据享有权利能力的主体范围不同，可以分为一般权利能力和特殊权利能力。前者又称基本的权利能力，是一国所有公民均具有的权利能力。后者是公民在特定条件下具有的法律资格，只授予某些特定的法律主体。

其次，按照法律部门的不同，可以分为民事权利能力、政治权利能力、行政权利能力、劳动权利能力、诉讼权利能力等。这其中既有一般权利能力，也有特殊权利能力。

最后，法人的权利能力没有上述的类别，与公民的权利能力不同，法人的权利能力自法人成立时产生，至法人解体时消灭。

（2）行为能力。行为能力是指法律关系主体能够通过自己的行为实际取得权利和履行义务的能力。公民的行为能力不同于权利能力，具有行为能力必须首先具有权利能力，但是具有权利能力并不必然具有行为能力。

第一，确定公民有无行为能力，其标准有二：一是能否认识自己行为的性质、意义和后果；二是能否控制自己的行为并对自己的行为负责。

第二，公民的行为能力也可以进行不同的分类，根据其内容不同分为权利行为能力、义务行为能力和责任行为能力。

第三，公民的行为能力问题，是由法律予以规定的。世界各国的法律，一般都把本国公民划分为完全行为能力人、限制行为能力人和无行为能力人。

第四，法人组织也具有行为能力，但与公民的行为能力不同，表现在：一是公民的行为能力有完全与不完全之分，而法人的行为能力总是有限的，由其成立宗旨

和业务范围所决定。二是公民的行为能力和权利能力并不是同时存在。法人的行为能力和权利能力却是同时产生和同时消灭的。

（三）法律关系的内容

1. 法律关系主体的法律权利和法律义务。

（1）法律关系的内容就是法律关系主体之间的法律权利和法律义务。它是法律规范的指示内容（行为模式、法律权利与法律义务的一般规定）在实际的社会生活中的具体落实，是法律规范在社会关系中实现的一种状态。

（2）法律关系主体的权利和义务与作为法律规范内容的权利和义务虽然都具有法律属性，但它们所属的领域、针对的法律主体以及它们的法的效力还是存在一定的差别。

具体表现在：

第一，所属的领域相同。作为法律规范内容的权利和义务是有待实现的法律权利和法律义务，即"应有的"法律权利和义务，属于可能性领域；法律关系主体的权利和义务是法律关系主体在实施法律（遵守法律或适用法律）的活动过程中所实际享有的法律权利和正在履行的法律义务，即"实有的"法律权利和义务，属于现实性领域。

第二，针对的主体不同。法律上规定的权利和义务所针对的是一国之内的所有的不特定的主体；而法律关系主体的权利和义务所针对的主体是特定的，即在某一法律关系中的有关主体。

第三，法的效力不同。法律上的权利和义务由于针对的是不特定的主体，因而属于"一般化的法律权利和法律义务"，其具有一般的、普遍的法的效力。而法律关系主体的权利和义务由于针对的是特定的法律主体，故属于"个别化的法律权利和

法律义务"，其仅对特定的法律主体有效，不具有普遍的法的效力。

（3）法律关系主体的权利和权利能力既有联系又有区别。①两者的联系表现在：权利以权利能力为前提，是权利能力这一法律资格在法律关系中的具体反映。②两者的区别：一是任何人具有权利能力，并不必然表明他可以参与某种法律关系，而要能够参与法律关系，就必须要有具体的权利。二是权利能力包括享有权利和承担义务这两方面的法律资格，而权利本身不包括义务在内。

（四）法律关系客体

1. 法律关系客体的概念。法律关系的客体是指法律关系主体之间权利和义务所指向的对象。

2. 法律关系客体的种类。

（1）物：法律意义上的物是指法律关系主体支配的，在生产上和生活上所需要的客观实体。①物理意义上的物要成法律关系客体，须具备以下条件：应得到法律之认可；应为人类所认识和控制；能够给人们带来某种物质利益，具有经济价值；须具有独立性。②但有几种物不得进入国内商品流通领域，成为私人法律关系的客体：人类公共之物或国家专有之物，如海洋、山川、水流、空气；文物；军事设施、武器；危害人类之物（如毒品、假药、淫秽书籍）。

（2）人身。

第一，活人的（整个）身体，不得视为法律上之"物"，不能作为物权、债权和继承权的客体。

第二，权利人对自己的人身不得进行违法或有伤风化的活动，不得滥用人身，或自践人身和人格。

第三，对人身行使权利必须依法进行，不得超出法律授权的界限，严禁对他人人身非法强行行使权利。

第四，人身（体）部分的法律性质：当人身之部分尚未脱离人的整体时，即属人身本身；当人身之部分自然地从身体分离，已成为与身体相脱离的外界之物时，亦可视为法律上之"物"；当该部分已植入他人身体时，即为他人人身之组成部分。

（3）精神产品。精神产品是人通过某种物体或大脑记载下来并加以流传的思维成果，也被称为"智力成果"或"无体财产"。

（4）行为结果。即义务人完成其行为所产生的能够满足权利人利益要求的结果，可分为：物化结果、非物化结果。

3. 实际的法律关系有多种，而多种多样的法律关系就有多种多样的客体，即使在同一法律关系中也有可能存在两个或两个以上的客体。例如买卖法律关系的客体不仅包括"货物"，而且也包括"货款"。

4. 多向（复合）法律关系之内的诸单向关系有主次之分，因此其客体也有主次之分。

（五）法律关系的产生、变更与消灭

1. 法律关系产生、变更与消灭的条件。

（1）法律关系的形成、变更和消灭，需要具备一定条件：法律规范、法律事实。

（2）所谓法律事实就是法律规范所规定的、能够引起法律关系产生、变更和消灭的客观情况或现象。①法律事实是一种客观存在的外在现象，而不是人们的一种心理现象或心理活动。②法律事实是由法律规定的、具有法律意义的事实，能够引起法律关系的产生、变更或消灭。

（3）法律事实的种类

第一，法律事件：法律事件是法律规范规定的，不以当事人的意志为转移而引起法律关系形成、变更或消灭的客观事实。法律事件又分成社会事件和自然事件两种。

第二，法律行为：善意行为、合法行为能够引起法律关系的形成、变更和消灭。恶意行为、违法行为也能够引起法律关系的形成、变更和消灭。

第三，在研究法律事实问题时，还有两种复杂的现象：其一，同一个法律事实（事件或者行为）可以引起多种法律关系的产生、变更和消灭。其二，两个或两个以上的法律事实引起同一个法律关系的产生、变更或消灭。

在法学上，人们常常把两个或两个以上的法律事实所构成的一个相关的整体，称为"事实构成"。

八、法律责任

（一）法律责任的概念

1. 法律责任的含义。法律责任指的是行为人由于违法行为、违约行为或者由于法律规定而应承受的某种不利的法律后果。

2. 法律责任的特点。①法律责任的最终依据是法律；②法律责任具有国家强制性。

（二）法律责任的竞合

1. 法律责任竞合的概念。法律责任的竞合，是指由于某种法律事实的出现，常常符合多种法律责任的构成要件，从而导致两种或两种以上的法律责任产生，而这些责任之间相互冲突的现象。

2. 法律责任的竞合的特点。

（1）数个法律责任的主体为同一法律主体。

（2）责任主体实施了一个行为。

（3）该行为符合两个或两个以上的法律责任构成要件。

（4）数个法律责任之间相互冲突。

3. 法律责任的竞合的产生原因。由于法律规范的抽象性以及社会关系的复杂性，不同的法律规范在调整社会关系时可能会产生一定的重合，从而引起法律责任的竞合问题。

4. 法律责任的竞合的处理。一般来

说，应按重者处之。如果相对较轻的法律
责任已经被追究，再追究较重的法律责任
应适当考虑折抵。

（三）归责与免责

1. 法律责任的归责原则。法律责任的
归结简称归责，是指由特定的国家机关或
授权的组织，依法对行为人的法律责任进
行判断和确认。在我国，归责的原则主要
可概括为：责任法定原则、公正原则、效
益原则、合理原则。

2. 法律责任的免责条件。法律责任的
免除也称免责，是指法律责任由于出现法
定条件被部分或全部地免除。我国法律规
定的免责形式：时效免责、不诉及协议免
责、自首或立功免责、因履行不能而免责、
自助免责、补救免责、人道主义免责。

（四）法律制裁

1. 法律制裁的含义。法律制裁简称制
裁，是指由特定国家机关依照法定程序，
对法律责任的承担者依其法律责任的内容
而实施的强制性惩罚措施。

法律制裁与法律责任有着紧密的联系，
法律制裁是承担法律责任的重要方式，法
律责任是前提，法律制裁是结果或体现。
但是法律责任不等于法律制裁，有法律责
任不等于有法律制裁。

2. 法律制裁的分类。法律制裁根据适
用法律不同，可以分为：民事制裁、刑事
制裁、行政制裁（包括行政处罚、劳动教
养、行政处分三种）和违宪制裁（包括撤
销或改变同宪法相抵触的法律、法规，罢
免违宪的国家机关领导成员和人大代表
等）。

命题预测举要

**一、马克思主义关于法的本质的基本
观点**

1. 法的本质最初表现为法的正式性。

2. 法的本质其次反映为法的阶级性。

3. 法的本质最终体现为法的社会性，
法律是由统治阶级所处的社会物质生活条
件所决定的。

二、法的基本特征

1. 规范性。

2. 国家意志性。

3. 普遍性。

4. 权利义务性。

5. 国家强制性和程序性。

6. 可诉性。

三、法的价值冲突的解决原则

1. 价值位阶原则，即自由＞正义＞
秩序。

2. 个案平衡原则。

3. 比例原则。

四、法律原则的适用条件

1. 穷尽规则，方得适用法律原则。

2. 除非为了实现个案正义，否则不得
舍弃法律规则直接适用法律原则。

3. 没有更强理由，不得径行适用法律
原则。

**五、当代中国法的非正式渊源及其适
用条件**

当代中国法的非正式渊源的类型：习
惯、判例、政策。非正式渊源适用的条件：
正式的法的渊源完全不能为法律决定提供
大前提；适用某种正式的法的渊源会与公
平正义的基本要求、强制性要求和占支配
地位的要求发生冲突；一项正式的法的渊
源可能会产生出两种解释的模棱两可性和
不确定性。

六、法的溯及力的规定

就有关侵权、违约的法律和刑事法律
而言，一般以法律不溯及既往为原则。目
前各国采用的通例是"从旧兼从轻"的原
则，即新法原则上不溯及既往，但是新法
不认为犯罪或者处刑较轻的，适用新法
（"有利"原则）；而在某些有关民事权利的
法律中，法律有溯及力。

精编题库测试题

1. 下列哪种观点，不是实证主义法学派的观点：

A. 不存在适用于一切时代、民族的永恒不变的正义或道德准则

B. 法学作为科学无力回答正义的标准问题

C. 法在本质上是内含一定道德因素的概念

D. 同道德对抗的法也是法

答案——C

简析——所有的实证主义理论都主张，在定义法的概念时，没有道德因素被包括在内，即法与道德是分离的。法在本质上是内含一定道德因素的概念是自然法学派的观点，故应选 C 项，其他三项均是实证主义法学派的观点。

2. 我国《物权法》第 191 条，在抵押期间，抵押人未经抵押权人同意，不得转让抵押财产，但受让人代为清偿债务消灭抵押权的除外。依据法理学的有关原理，下列正确的表述是：

A. 抵押人在转移抵押财产时所承担的义务没有相应的权利存在

B. 该法条规定了抵押人的行为模式

C. 该条所规定的法律义务是一种对人义务或相对义务

D. 该法律条文完整地表达了一个法律规则的构成要素

答案——BC

简析——A 明显错误，因为有义务必有权利。D 的错误在于，该条文缺乏法律后果，因此法律规则的要素不完全。

3. 下列有关公民权利能力的表述，有哪些是正确的：

A. 权利能力是公民构成法律关系主体的一种资格

B. 所有公民的权利能力都是相同的

C. 公民具有权利能力，并不必然具有行为能力

D. 权利能力也包括公民承担义务的能力或资格

答案——ACD

简析——所谓权利能力，就是法所规定的、能够参加一定法的关系、享有权利和承担义务的能力或资格。所谓行为能力，是指法所认可的能够通过自己的行为来参加法的关系的资格或条件。公民要想成为法律关系的主体，就必须具备权利能力和行为能力。公民从出生起到死亡止，都享有民事权利能力，但并不是所有公民都具有与他们的民事权利相对应的行为能力。公民的行为能力不能随公民自然出生而自然产生，公民需要达到一定年龄，能够通过自己的意志或意识辨识和控制自己的行为，才具有行为能力。可见，选项 A、C、D 是正确的。根据享有权利能力主体范围的不同公民的权利能力分为一般权利能力和特殊权力能力。所以 B 错误。

4. 下列关于法律责任与法律制裁的关系的描述正确的有：

A. 法律责任是法律制裁的前提

B. 有法律责任不一定有法律制裁

C. 有法律制裁时，法律责任的承担方式也有轻有重

D. 法律责任是法律制裁的后果和体现

答案——ABC

简析——法律制裁是法律责任的结果或者体现，法律责任是法律制裁的前提，故 D 项错误。

第二章　法的运行

◀考点要述▶═══════8

本部分的基本考点包括：

1. 立法：立法和立法体制（立法权限、当代中国的立法体制）、立法原则（合宪性与合法性原则、实事求是、从实际出发原则、民主立法原则、原则性与灵活性相结合原则）、立法程序（法律议案的提出、法律案的审议、法律的表决和通过、法律的公布）；

2. 法的实施：执法（执法的含义、执法的特点、执法的基本原则）、司法（司法的含义、司法的特点及其与执法的区别、当代中国司法的基本要求和原则）、守法（守法的含义与构成）、法律监督（法律监督的含义和构成）、法律监督体系（国家法律监督体系、社会法律监督体系）；

3. 法适用的一般原理：法适用的目标（可预测性与正当性）、法律适用的步骤（确认事实寻找法律规范、推导法律决定）、内部证成与外部证成的区分；

4. 法律推理：法律推理（法律推理的含义和特点）、演绎法律推理、归纳法律推理类比法律推理、设证法律推理；

5. 法律解释：法律解释（法律解释的含义与特点、法律解释的种类）、法律解释的方法（语义解释、立法者目的解释、历史解释、体系解释、客观目的解释）、法律解释方法的位阶、当代中国的法律解释体制；

本部分的核心考点为：执法、司法、法律推理、法律解释。

▐考点详述

一、立法

（一）立法和立法体制

1. 立法的含义。狭义的立法，是专指国家的最高权力机关及其常设机关依照法定职权和程序，制定法律这种特定的规范性文件的活动。

广义的立法是指有关国家机关依照法定职权和程序，创制各种具有不同法律效力的规范性文件的活动。它既包括国家最高权力机关和它的常设机关依法制定法律这种特定的规范性文件的活动，也包括由中央国家行政机关和地方有关国家机关依据法定权限和程序制定行政法规、地方性法规、自治条例及其他规范性决定、决议等活动。

2. 立法的特征。

（1）立法是享有立法权的国家机关进行的一项专门活动；

（2）立法是享有立法权的国家机关依据法定的程序进行的一种专门活动；

（3）立法是享有立法权的国家机关制定、补充、修改、认可或废止法律、法规的活动。

3. 立法权限。

（1）全国人大及其常委会行使国家立法权。

（2）全国人民代表大会制定和修改刑事、民事、国家机构的和其他的基本法律。

（3）全国人民代表大会常务委员会制定和修改除应当由全国人民代表大会制定的法律以外的其他法律；在全国人民代表大会闭会期间，对全国人民代表大会制定的法律进行部分补充和修改，但是不得同该法律的基本原则相抵触。

（4）法律保留事项：《立法法》第8条规定，下列事项只能制定法律：①国家主权的事项；②各级人民代表大会、人民政府、人民法院和人民检察院的产生、组织和职权；③民族区域自治制度、特别行政区制度、基层群众自治制度；④犯罪和刑罚；⑤对公民政治权利的剥夺、限制人身自由的强制措施和处罚；⑥对非国有财产的征收；⑦民事基本制度；⑧基本经济制度以及财政、税收、海关、金融和外贸的基本制度；⑨诉讼和仲裁制度；⑩必须由全国人民代表大会及其常务委员会制定法律的其他事项。

（5）法律的绝对保留事项：犯罪和刑罚、对公民政治权利的剥夺和限制人身自由的强制措施和处罚。

4. 当代中国的立法体制。

（1）立法体制包括立法权限的划分、立法机关的设置和立法权的行使等各方面的制度，主要为立法权的划分。

（2）根据享有立法权的主体和形式的不同，立法权可以划分为国家立法权、地方立法权、行政立法权、授权立法权等。

（3）当代中国是单一制国家，根据我国宪法规定，我国的立法体制是一元性的立法体制，全国只有一个立法体系，但又是多层次的。

（二）立法程序

1. 法律议案的提出。在我国，根据宪法和法律的规定，下列个人和组织享有向最高国家权力机关提出法律议案的提案权：

（1）全国人大代表和全国人大常委会的组成人员。依照法律规定，全国人大代表30人以上或一个代表团可以提出法律议案。全国人大常委会委员10人以上可以向全国人大常委会提出法律议案。

（2）全国人大主席团、全国人大常委会可以向全国人大提出法律议案。全国人大各专门委员会可以向全国人大或全国人大常委会提出法律议案。

（3）国务院、最高人民法院、最高人民检察院可以向全国人大或全国人大常委会提出法律议案。

2. 法律议案的审议。我国全国人大代表对法律案的审议，一般经过两个阶段：一是由全国人大有关专门委员会进行审议，其中包括对法律案的修改、补充；二是立法机关全体会议的审议。法律案审议的结果有以下几种：

（1）因撤回而终止审议：列入全国人大会议议程的法律案，在交付表决前，提案人要求撤回的，应当说明理由，经主席团同意，并向大会报告，对该法律案的审议即行终止。

（2）授权常委会处理：法律案在审议中有重大问题需要进一步研究的，经主席团提出，由大会全体会议决定，可以授权常委会根据代表的意见进一步审议，作出决定，并将决定情况向全国人大下次会议报告；也可以授权常委会根据代表的意见进一步审议，提出修改方案，提请全国人大下次会议审议决定。

（3）交付表决：法律草案修改稿经各代表团审议，由法律委员会根据各代表团的审议意见进行修改，提出法律草案表决稿，由主席团提请大会全体会议表决。

列入常委会会议议程的法律案，一般应当经三次常委会会议审议后再交付表决，也就是"三读"审议程序。"三读"审议程序的例外：列入常委会会议议程的法律案，各方面意见比较一致的，可以经两次常委会会议审议后交付表决；部分修改的法律案，各方面的意见比较一致的，也可以经一次常委会会议审议即交付表决。全国人大常委会对列入会议议程的法律案审议的结果：

第一，因撤回而终止审议：列入常委会会议议程的法律案，在交付表决前，提案人要求撤回的，应当说明理由，经委员长会议同意，并向常委会报告，对该法律案的审议即行终止。

第二，暂不付表决：法律案经常委会三次会议审议后，仍有重大问题需要进一步研究的，由委员长会议提出，经联组会议或者全体会议同意，可以暂不付表决，交法律委员会和有关的专门委员会进一步审议。

列入全国人大会议议程的法律案在审议中有重大问题需要进一步研究的，采取的措施是授权全国人大常委会审议；而列入全国人大常委会会议议程的法律案经常委会三次会议审议后，仍有重大问题需要进一步研究的，则是交专门委员会进一步审议。

第三，因搁置审议或暂不付表决经过两年而终止审议：列入常委会会议审议的法律案，因各方面对制定该法律的必要性、可行性等重大问题存在较大意见分歧搁置审议满两年的，或者因暂不付表决经过两年 没有再次列入常委会会议议程审议的，由委员长会议向常委会报告，该法律案终止审议。

第四，交付表决：法律草案修改稿经常委会会议审议，由法律委员会根据常委会组成人员的审议意见进行修改，提出法律草案表决稿，由委员长会议提请常委会全体会议表决。

3. 法律的表决和通过。表决是有立法权的机关和人员对议案表示最终的态度：赞成、反对或弃权。通过法律的方式，有公开表决和秘密表决两种。秘密表决主要是无记名投票的形式。法律案，由全国人大全体代表或者全国人大常委会全体组成人员的过半数通过。

4. 法律的公布。法律由国家主席签署主席令予以公布。它是法律生效的前提，法律通过后凡是未经公布的，都不能发生法律效力。我国公布法律的报刊是《全国人大常委会公报》、《人民日报》。

二、法的实施

（一）执法

1. 执法的含义。执法是指国家行政机关及其公职人员依法行使管理职权、履行职责、实施法律的活动。

广义的执法是指一切执行法律的活动，既包括国家行政机关的执法活动，也包括国家司法机关的司法活动。

狭义的执法仅指国家行政机关及其公职人员依照法定职权和程序，贯彻执行法律的活动，称为"行政执法"。

2. 执法的特点。

（1）执法是以国家的名义对社会进行全面管理，具有国家权威性。

（2）执法的主体具有特定性，是国家行政机关及其工作人员，以及依照法律规定被授权的组织。

（3）执法具有国家强制性，行政机关执行法律的过程同时是行使执法权的过程。

（4）执法具有主动性和单方面性。

3. 执法的基本原则，包括依法行政的原则、公平合理原则、讲求效能的原则。

（二）司法

1. 司法的含义。司法又称法的适用，通常是指国家司法机关根据法定职权和法定程序，具体应用法律处理案件的专门活动。

2. 司法的特点。

（1）司法是由特定的国家机关及其公职人员，按照法定职权实施法律的专门活动，具有国家权威性。在中国，司法权包括审判权和检察权。

（2）司法是司法机关以国家强制力为后盾实施法律的活动，具有国家强制性。

（3）司法是司法机关依照法定程序、运用法律处理案件的活动，具有严格的程序性及合法性。

（4）司法必须有表明法的适用结果的法律文书，如判决书、裁定书和决定书。

3. 司法与执法的区别。

（1）主体不同：司法的主体是国家司法机关，包括法院和检察院；执法的主体是国家行政机关。

（2）内容不同：司法活动的对象是案件。而执法是以国家的名义对社会进行全面管理，执法的内容远比司法广泛。

（3）程序性要求不同：司法活动有严

格的程序性要求，而执法活动虽然也有相应的程序规定，但由于执法活动本身的特点，其程序性规定没有司法活动那样严格和细致。

（4）主动性不同：司法活动具有被动性，而执法活动具有较强的主动性。

4. 当代中国司法的基本原则，包括司法公正、公民在法律面前一律平等、以事实为根据，以法律为准绳、司法机关依法独立行使职权。

（三）守法

1. 守法的含义。这里所说的守法，不仅包括消极、被动的守法，还包括根据授权性法律规范积极主动地去行使自己的权利，实施法律。

2. 守法的构成。一般来说，守法的构成有三个要素，即守法主体、守法范围、守法内容。

（1）守法的主体：当代中国，所有人都是守法主体，任何组织和个人都不得有超越宪法和法律的特权。

（2）守法范围：在我国，守法的范围主要是各种制定法。此外，有些非规范性文件如人民法院的判决书、调解书、裁定书等也属于守法的范围。

（3）守法的内容：包括行使法律权利和履行法律义务，两者密切联系，不可分割。

（四）法律监督

1. 法律监督的含义。

（1）狭义上的法律监督是指特定国家机关——人民检察院，依照法定权限和法定程序，对立法、司法和执法活动的合法性所进行的监督。

（2）广义的法律监督是指由所有国家机关、社会组织和公民对各种法律活动的合法性所进行的监督。

2. 法律监督体系。

（1）国家法律监督体系。

国家机关的监督包括国家权力机关、行政机关和司法机关的监督。我国宪法和有关法律明确规定了国家监督的权限和范围。这类监督都是依照一定的法定程序，以国家名义进行的，具有国家强制力和法的效力，是我国法律监督体系的核心。

（2）社会法律监督体系。

社会监督即非国家机关的监督，指由各政党、各社会组织和公民依照宪法和有关法律，对各种法律活动的合法性所进行的监督，包括中国共产党的监督、社会组织的监督、公民的监督、法律职业群体的监督和新闻舆论的监督等。

3. 《中华人民共和国各级人大常委会监督法》。

《中华人民共和国各级人大常委会监督法》规定各级人大常委会有以下几种监督方式：

（1）听取和审议人民政府、人民法院和人民检察院的专项工作报告。

（2）审查和批准，听取和审议国民经济和社会发展计划、预算的执行报告，听取和审议审计工作报告。

（3）法律法规实施情况的检查。

（4）规范性文件的备案和审查（特别注意对两高的司法解释的审查）。

（5）询问和质询。

		提案主体	质询对象
中　央	人　大	一个代表团或 30 名以上代表联名	本级人民政府及其部门、人民法院、人民检察院
	常委会	组成人员 10 人以上	
地　级	人　大	代表 10 人以上	
	常委会	组成人员 5 人以上	
县　级	人　大	代表 10 人以上	
	常委会	组成人员三人以上	
乡	人　大	代表 10 人以上	本级人民政府

（6）特定问题调查。各级人民代表大会常务委员会对属于其职权范围内的事项，需要作出决议、决定，但有关重大事实不清的，可以组织关于特定问题的调查委员会。（第 39 条）

委员长会议或者主任会议可以向本级人民代表大会常务委员会提议组织关于特定问题的调查委员会，提请常务委员会审议。1/5 以上常务委员会组成人员书面联名，可以向本级人民代表大会常务委员会提议组织关于特定问题的调查委员会，由委员长会议或者主任会议决定提请常务委员会审议，或者先交有关的专门委员会审议、提出报告，再决定提请常务委员会审议。（第 40 条）

调查委员会由主任委员、副主任委员和委员组成，由委员长会议或者主任会议在本级人民代表大会常务委员会组成人员和本级人民代表大会代表中提名，提请常务委员会审议通过。调查委员会可以聘请有关专家参加调查工作。与调查的问题有利害关系的常务委员会组成人员和其他人员不得参加调查委员会。（第 41 条）

调查委员会进行调查时，有关的国家机关、社会团体、企业事业组织和公民都有义务向其提供必要的材料。提供材料的公民要求对材料来源保密的，调查委员会应当予以保密。调查委员会在调查过程中，可以不公布调查的情况和材料。（第 42 条）

（7）撤职案的审议和决定。撤职的范围仅限于个别政府的副职，以及司法机关

除一把手以外的组成人员，以及中级人民法院的院长和人民检察院分院的检察长。（第 44 条）撤职案由县级以上地方各级人民政府、人民法院、人民检察院、人大常委会的主任会议或常委会 1/5 以上的组成人员提出，由主任会议决定是否提请常委会会议审议；或者由主任会议提议，经全体会议决定，组织调查委员会，由以后的常委会会议根据调查委员会的报告审议决定。（第 45 条）

三、法适用的一般原理

（一）法适用的目标

1. 适用的目标：合理的法律决定。

2. "合理"的判断标准：

（1）可预测性：①这是形式法治的要求。②实现途径：应该尽量避免武断和恣意，将法律决定建立在既存的一般性的法律规范的基础上，并按照一定的方法适用法律规范。

（2）正当性：①这是实质法治的要求。②正当性是指按照实质价值和某些道德考量，法律决定是正当的或正确的。实质价值和道德主要是指特定法治国家或宪政国家的宪法规定的一些该国公民都承认的、法律和公共权力保障和促进的实质价值，如自由、平等、人权。③法律人保障正当性的特殊要求：通过运用特定法律人共同体所普遍承认的法学方法保证其法律决定与实质价值或道德的一致性。

3. 可预测性与人们可接受性之间的冲突。

（1）冲突的实质：法律决定的可预测

性的程度越高，人们有效地安排和计划自己的生活的可能性越大。法律决定的正当性程度越高，人们安排和计划自己满意的生活的可能性越大。

（2）一般解决方法：法律决定的可预测性具有通常的优先性。

（二）法律适用的步骤

1. 整体上说来适用有效的法律规范解决具体个案纠纷的过程在形式上主要体现为逻辑中三段论推理的过程：首先要查明和确定案件事实，作为小前提；其次要选择和确定与上述案件事实相符合的法律规范作为大前提；最后以整个法律体系的目的为标准，从两个前提中推导出法律决定或法律裁决。

2. 在实际的法律生活中，法律人适用有效法律规范解决个案纠纷的三个步骤不是各自独立且严格区分的单个行为，他们之间界限模糊并可以相互转化。如法律人查明和确认案件事实的过程就不是一个纯粹的事实归结的过程，而是一个在法律规定与事实之间的循环过程，即目光在事实与规范之间来回穿梭。

3. 法律人在选择法律规范时，他必须以该国的整个法律体系为基础，也就是说他必须对该国的法律有一个整体的理解和掌握，更为重要的是他要选择一个与他确定的案件事实相切和的法律规范。他不仅要理解和掌握法律文字的字面含义，还要理解和掌握法律背后的含义。法律人在确定特定案件的大前提的时候也不是一个纯粹的对法律规范的语言的解释过程而是一个有目的的过程，即要针对他所要裁决的个案纠纷进行的解释。法律人通过法律解释就是要对一般和个别之间的缝隙进行缝合，解释要解决规范和事实之间的紧张关系，在这个意义上法律解释对于法律适用来说不是可有可无的，而是必要的，是法律适用的基础。

4. 法律人在确定了法律决定的大前提和小前提之后，他就必须说明和论证这个具体案件为什么要适用这个法律规范所规定的法律后果或者说从该法律规范中推导出来的法律决定为什么是合适的。

（三）内部证成与外部证成

"证成"是指给一个决定提供充足理由的活动或过程。在这个意义上，法律适用过程也是一个法律证成的过程。

1. 内部证成和外部证成的区别。

（1）内部证成。内部证成是法律决定必须按照一定的推理规则从相关前提中逻辑地推导出来（不质疑前提），关涉的只是从前提到结论之间推论是否是有效的，而推论的有效性或真值依赖于是否符合推理规则或规律。

（2）外部证成。对法律决定所依赖的前提的证成，关涉的是对内部证成中所使用的前提本身的合理性。

2. 内部证成与外部证成的联系。在法律适用的过程中内部证成和外部证成是相互关联的，外部证成是将一个新的三段论附加在证据的链条中，这个新的三段论用来支持内部证成中的前提。法律推理或法律适用在整体框架上是一个三段论，而且是大三段论套小三段论。这就意味着在外部证成的过程中也必然涉及内部证成。因此法律人在证成前提的过程中也必须遵循一定的推理规则，即法律决定所依赖的前提得到一定的法律渊源和法律解释的支持，但是这个前提作为一个判断或结论如果不是从该前提所依赖的前提中逻辑地的推出的，就是不正当或不合理的前提。这就是说法律人在法律适用或者做法律决定的过程中所确立的每一个法律命题或法律判断都必须能够被重构为逻辑上正确的结论。

四、法律推理

（一）法律推理的定义和特点

法律推理是指以法律和事实两个已知

的判断为前提，运用科学的方法和规则，为法律适用结论提供正当理由的一种逻辑思维活动。法律推理的特点：

1. 法律推理是以法律以及法学中的理或理由为基础的。

2. 法律推理要受现行法律的约束。

3. 法律推理是一种寻求正当性证明的推理。

（二）演绎法律推理

1. 定义：从大前提和小前提中必然地推导出结论或结论必然地蕴涵在前提之中的推论。

2. 推论规则：

（1）一个有效的三段论推论必须正好包含了三个词，而且每个词在整个推论中都是在同一个意义下被使用的。

（2）在一个有效的三段论中，至少要有一个前提中的词是周延的。

（3）在一个有效的三段论中，在前提中不周延的词，在结论中也不会是周延的。

（4）没有任何拥有否定前提的三段论推论是有效的。

（5）如果一个有效的三段论推论中，有一个前提是否定的，那么其结论必定是否定的。

（6）没有任何一个具有特称结论的有效三段论推论可以拥有两个全称前提。

（三）归纳法律推理

1. 定义：由个别的事物或现象推出该类事物或现象的普遍规律的推理方法。

2. 推论规则：①被考察对象的数量要尽可能的多；②被考察对象的范围要尽可能的广；③被考察对象之间的差异要尽可能的大。

3. 归纳推理的方法。主要包括三种推理方法：简单枚举法、统计概率法与求因果联系法。这三种方法都具有一个共同的特点，即通过对于大量但并非全部事物的观察、综合、分类、比较，从而推断出该类事物具有某种共同的属性，是一种由特殊推导

出一般的逻辑推理。

4. 归纳法与演绎法的区别。

（1）与演绎法不同，归纳法是一种综合的方法，它的结论往往会突破前提所提供的知识范围，提出新的，并不必然蕴含于前提之中的结论，从而大大扩展我们的认识。无论归纳法本身的证明力及其结论的可靠程度多么令人失望，不可否认归纳法乃是人类最基本的一种认识能力。在这个意义上，可以将归纳逻辑视为产生人类新知识的主要思维方式之一。

（2）正因为归纳法的结论并不必然蕴含于前提之中，其结论与前提之间缺乏必然的联系。所以归纳法的证明力要弱于演绎法，归纳法得出的结论也并不可靠。

（四）类比法律推理

1. 定义：从个别到个别的推论。

2. 基本形式：一个规则适用于甲案件；如果乙案件在实质上与甲案件类似，那么适用于甲案件的规则也可以适用于乙案件。遵循先例的推理形式主要以类比推理为主。

3. 步骤：①首先，识别一个权威性的基点或判例。这个基点通常是：制定法文字的通常含义；适用同一制定法规则的司法判例；无争议的假设案件；由同一制定法中其他一些规则所支配的案件或情况；与制定法相联系的历史实践或情况；与法律制定同时期的经济和社会实践；立法史。②其次，在判例和一个问题案件间识别事实上的相同点和不同点。③再次，判断是事实上的相同点还是不同点更为重要，如果属于后一种情况，就要区别对待。

（五）设证法律推理

1. 定义：从一个已知的一般规律加上各种已知的特殊中，推断出未知的特殊。

2. 推理形式：C 被观察到或待解释的现象为 C；如果 H 为真，那么 C 是当然结果；如果 H 存在，则 C 存在；因此，H 为真，所以 C 为真。

3. 设证法的运用：

（1）设证法在一般法律活动中主要运用于刑事侦查。而具体到法律推理中设证法则主要运用于从已知特殊由规则推论到未知特殊，从案件（结论）经由规则推论到案件。它带有从结论发现法律的味道。

（2）设证法是一种不甚可靠的或然性逻辑，其本身不能像归纳与演绎一样总结出固定的逻辑推论形式，且设证法的运用受到非逻辑因素的影响太深（个人知识水平、主观偏向、经验程度乃至外力的干预都会对设证法的效力产生直接影响）。因此设证法的有效性是很难保证的，但它对于法律发现的意义又格外重大。因此为设证法创设若干保证其有效性的基本准则便具有十分重要的意义。

五、法律解释

（一）法律解释

1. 法律解释的含义。一定的人或组织对法律规定涵义的说明。

2. 法律解释的特点。（1）法律解释的对象是法律规定和它的附随情况；（2）法律解释与具体案件密切相关；（3）法律解释具有一定的价值取向性；（4）法律解释受解释学循环的制约。

3. 法律解释的种类。

（1）根据法律解释的主体不同，可以分为正式解释和非正式解释：

第一，正式解释通常也叫法定解释，是指由特定的国家机关、官员或其他有解释权的人对法律做出的具有法律上约束力的解释。根据解释主体的不同，可以分为：立法解释、司法解释和行政解释。

第二，非正式解释通常也叫学理解释，一般是指由学者或其他个人及组织对法律规定所作的不具有法律约束力的解释。

（2）根据法律解释的尺度不同，可以分为字面解释、限制解释和扩充解释：

第一，字面解释是指严格按照法律条文字面的通常涵义解释法律，既不缩小，也不扩大。

第二，限制解释是指在法律条文的字面涵义显然比立法原意为广时，做出比字面涵义为窄的解释。

第三，扩充解释是指法律条文的字面涵义显然比立法原意为窄时，做出比字面涵义为广的解释。

（二）法律解释的方法

1. 文义解释也称语法解释、文法解释、文理解释。这是指按照日常的、一般的或法律的语言使用方式清晰地描述制定法的某个条款的内容。

2. 立法者的目的解释又被称为主观目的解释，是指根据参与立法的人的意志或立法资料揭示某个法律规定的含义，或者说将对某个法律规定的解释建立在参与立法的人的意志或立法资料的基础之上。

3. 历史解释是指依据正在讨论的法律问题的历史事实对某个法律规定进行解释。

4. 比较解释是指根据外国的立法例和判例学说对某个法律规定进行解释。

5. 体系解释也称逻辑解释、系统解释。这是指将被解释的法律条文放在整部法律中乃至整个法律体系中，联系此法条与其他法条的相互关系来解释法律。

6. 客观目的解释：根据法律自身的目的所做的解释。

（三）法律解释方法的功能和位阶

1. 解释方法的功能：

（1）语义学解释和立法者意图或目的解释实质上使法律适用者在做法律决定时严格地受制于制定法，使法律适用的确定性和可预测性得到最大可能的保证。

（2）历史解释和比较解释容许了法律适用者在做法律决定时可以参酌历史的法律经验和其他国家或社会的法律经验。

（3）体系解释有助于特定国家的法秩序免于矛盾，从而保障法律适用的一致性。

（4）客观目的解释可以使法律决定与特定社会的伦理与道德要求相一致，从而使法律决定具有最大可能的正当性。

2. 位阶：语义学解释→体系解释→立法者意图或目的解释→历史解释→比较解释→客观目的解释

（四）当代中国的法律解释体制

当代中国的法律解释体制可以概括为"一元多级"：

1. 一元：法律解释权属于全国人民代表大会常务委员会。

《立法法》第42条规定，法律有以下情况之一的，由全国人民代表大会常务委员会解释：①法律的规定需要进一步明确具体含义的；②法律制定后出现新的情况，需要明确适用法律依据的。第43条规定，国务院、中央军事委员会、最高人民法院、最高人民检察院和全国人民代表大会各专门委员会以及省、自治区、直辖市的人民代表大会常务委员会可以向全国人民代表大会常务委员会提出法律解释要求。

2. 多级：除全国人大常委会的法律解释外还存在着其他类型的法定法律解释：

（1）凡属于法院审判工作中具体应用法律、法令的问题，由最高人民法院进行解释。凡属于检察院检察工作中具体应用法律、法令的问题，由最高人民检察院进行解释。最高人民法院和最高人民检察院的解释如果有原则性的分歧，报请全国人民代表大会常务委员会解释或决定。

（2）不属于审判和检察工作中的其他法律、法令如何具体应用的问题，由国务院及主管部门进行解释。

（3）凡属于地方性法规条文本身需要进一步明确界限或作补充规定的，由制定法规的省、自治区、直辖市人民代表大会常务委员会进行解释或做出规定。凡属于地方性法规如何具体应用的问题，由省、自治区、直辖市人民政府主管部门进行解释。

命题预测举要

1. 司法与执法的区别。司法与执法的区别主要体现在：①主体不同。②内容不同。③程序性要求不同。④主动性不同。

2. 内部证成与外部证成的区分。二者的区分体现在：法律决定必须按照一定的推理规则从相关前提中逻辑地推导出来，属于内部证成；对法律决定所依赖的前提的证成属于外部证成。前者关涉的只是从前提到结论之间推论是否是有效的，而推论的有效性或真值依赖于是否符合推理规则或规律。后者关涉的是对内部证成中所使用的前提本身的合理性，即对前提的证立。

3. 法律推理的种类。法律推理主要有以下几种：①演绎法律推理：从一般到个别的推论，经典的方法是三段论。②归纳法律推理：从个别到一般的推论。③类比法律推理：从个别到个别的推论。④设证法律推理：设证推理是开放的、可修正的。

4. 法律解释的方法。法律解释的方法有：文义解释、立法者的目的解释、历史解释、比较解释、体系解释、客观目的解释。

精编题库测试题

1. 立法体制包括立法权限的划分及其行使以及立法机关的设置等方面的制度。下列关于我国立法体制的论述不正确的是：

A. 我国的立法权集中于中央，地方无立法权

B. 全国人大及其常委会行使国家立法权，制定法律

C. 经国务院批准的较大市的人民政府，可以根据法律、行政法规和本省、自治区、直辖市的地方性法规，制定规章

D. 经济特区所在地的市的人大及其常委会根据本市的具体情况和实际需要，在不同宪法、法律、行政法规和本省、自治

区地方性法规相抵触的前提下，可以制定地方性法规

答案——A

简析——我国是单一制国家，采取一元、多层次立法体制，即全国只有一个立法体系，同时又是多层次的。我国的立法权并不是集中于中央，地方根据宪法和法律，也享有一定的立法权。选项A表述错误。

2. 关于司法的表述，下列哪些选项是正确的：

A. 司法是司法机关以国家强制力为后盾实施法律的活动，具有国家强制性

B. 司法是司法机关以国家名义对社会进行全面管理的活动

C. 司法活动具有被动性，而执法活动具有较强的主动性

D. 只有坚持程序公正和实体公正，才能实现司法公正

答案——ACD

简析——B项表述错误。司法活动的对象是案件，执法才是以国家的名义对社会进行全面管理。

3. 关于法律解释和法律推理，下列哪一说法可以成立：

A. 学理解释属于法律解释中的非正式解释

B. 法律解释和法律推理属于完全不同的两种思维活动，法律推理完全独立于法律解释

C. 当代中国的法律解释体制可以概括为"一元多级"，"一元"是指，法律解释权属于全国人民代表大会常务委员会；"多级"是指，除全国人大常委会的法律解释外还存在着其他类型的法定法律解释

D. 法律推理是一种寻求正当性证明

的推理，要受现行法律的约束

答案——ACD

简析——B项是错误的，在法律推理中经常需要对推理的大前提，即法律规范进行解释。

4. 下列表述哪项是正确的：

A. 卢教授认为，我国《刑法》第30条中规定的"公司、企业、事业单位"既包括具有法人资格的独资、私营公司，也包括不具有法人资格的独资、私营公司。该解释属于正式解释

B. 某学校附近最近发生系列抢劫学生财物的案件，公安干警经过推理判断，该系列抢劫案应该是由与本学校有一定关系的人所为。最终该系列抢劫案成功告破，果然是由该校的肄业生王某所为。公安干警所用的是设证法律推理

C. 张律师认为，我国刑法中毒品犯罪中的毒品概念，应当参照卫生部《精神药品目录》和《麻醉药品目录》的规定进行解释。该解释属于目的解释

D. 从字面上看，很容易得出"挪用公款归个人使用"中的"个人"指的是自然人，包括本人、亲友或者其他自然人。所以对此不需要解释

答案——B

简析——正式解释是指特定国家机关、官员或其他有解释权的人对法律作出的具有法律约束力的解释。A项中卢教授作出的解释不具有法律约束力，A项错误。B项正确，公安干警所用的是设证法律推理。C项中的解释方法属于体系解释，是指将法律条文放在整部法律或整个法律体系中进行的解释，C项错误。从字面含义解释法律也是一种解释方法，即文义解释，所以D项错误。

第三章　法的演进

本部分的基本考点包括：

1. 法的起源：法的起源的各种学说、法产生的过程与标志（法产生的根源、法产生的主要标志、法与原始社会规范的主要区别）、法产生的一般规律；

2. 法的发展：法的历史类型（法的历史类型的概念、法的历史类型的更替）、法的继承与法的移植（法的继承的含义与根据、法的移植的含义）；

3. 法的传统：法的传统的含义、法律文化的含义、法律意识（法律意识的含义与结构）、法系（法系的含义、西方国家两大法系的含义与区别）；

4. 法的现代化：法的现代化（法的现代化的含义、法的现代化的动力来源、法的现代化的类型）、当代中国法治现代化的历史进程与特点；

5. 法治理论：法治（法治的含义、法治与人治的区别、法治与法制的区别）、法治国家与社会主义法治国家（法治国家的含义、法治国家的基本条件、社会主义法治国家的基本条件）；

本部分的核心考点为：法的继承和移植；法系。

考点详述

一、法的起源

（一）法产生的根源与标志

1. 法产生的根源。

（1）私有制和商品经济的产生是法产生的经济根源；

（2）阶级的产生是法产生的阶级根源；

（3）社会的发展是法产生的社会根源。

2. 法产生的主要标志。

（1）特殊公共权力系统即国家的产生；

（2）权利义务观念的形成；

（3）诉讼和司法的出现。

（二）法与原始社会规范的主要区别

1. 法与原始社会规范都是一定社会经济基础之上的上层建筑，两者有着许多共同点：①两者都属于社会规范；②都要求人们普遍遵守，并且有一定约束力；③都根源于一定的社会物质生活条件，由各自的经济基础所决定；④都是调整一定社会关系和社会秩序的重要手段。

2. 两者又有根本的区别：①两者产生的方式不同：法是由国家制定或认可的；原始社会规范是人们在长期的共同生产和生活过程中自发形成的。②两者反映的利益和意志不同：法反映统治阶级的利益和意志；原始社会规范反映原始社会全体成员的利益和意志。③两者保证实施的力量不同：法是以国家强制力保证实施的；原始社会规范是依靠社会舆论的力量、传统力量和氏族部落领袖的威信保证实施的。④两者适用的范围不同：法适用于国家主权所及的地域内的所有居民；原始社会规范只适用于同血缘的本氏族部落成员。

（三）法产生的一般规律

1. 法的产生是社会基本矛盾发展的必然结果；

2. 法的产生经历了从个别调整到规范性调整、一般规范性调整到法的调整的发展过程；

3. 法的产生经历了从习惯到习惯法、再由习惯法到制定法的发展过程；

4. 法的产生经历了法与宗教规范、道德规范的浑然一体到法与宗教规范、道德规范的分化、法的相对独立的发展过程。

二、法的历史发展

1. 马克思主义法学认为，与人类进入阶级社会后的社会形态的划分相一致，人类社会存在四种历史类型的法，即奴隶制法、封建制法、资本主义法和社会主义法。

2. 法的历史类型的更替是不以人的意

志为转移的历史必然——社会基本矛盾的运动是法的历史类型更替的根本原因；阶级斗争和社会革命是法的历史类型更替的直接原因。

三、法的继承与移植

（一）法的继承

1. 法的继承是指不同历史类型的法律制度之间在法律内容、法律形式上的延续和继受，一般表现为旧法对新法的影响和新法对旧法的承接和继受。

2. 法的继承的根据和理由主要表现在以下几方面：社会生活条件的历史延续性决定了法的继承性；法的相对独立性决定了法的发展过程的延续性和继承性；法作为人类文明成果决定了法的继承的必要性；法的发展的历史事实验证了法的继承性。

3. 法的继承的内容是十分广泛的，主要有：法律术语、技术、形式；有关社会公共事务的法律规定；反映市场经济规律的法律原则和规范；反映法的一般价值的原则。

（二）法的移植

1. 法的移植是指在鉴别、认同、调适、整合的基础上，引进、吸收、采纳、摄取、同化外国法，使之成为本国法律体系的有机组成部分，为本国所用。法的继承体现时间上的先后关系，法的移植则反映一个国家对同时代其他国家法律制度的吸收和借鉴，法的移植的范围除了外国的法律外，还包括国际法律和惯例。法的移植以供体（被移植的法）和受体（接受移植的法）之间存在着共同性，即受同一规律的支配、互不排斥，可互相吸纳为前提。

2. 法的移植有其必然性和必要性：

（1）社会发展和法的发展的不平衡性决定了法的移植的必然性。比较落后的国家为促进社会的发展，有必要移植先进国家的某些法律。

（2）市场经济的客观规律和根本特征决定了法的移植的必要性。市场经济要求冲破一切地域的限制，使国内市场与国际市场接轨，把国内市场变成国际市场的一部分，从而达到生产、贸易、物资、技术国际化。

（3）法制现代化既是社会现代化的基本内容，也是社会现代化的动力，而法的移植是法制现代化的一个过程和途径，因此法的移植是法制现代化和社会现代化的必然需要。

（4）法的移植是对外开放的应有内容。

3. 法律移植中应该注意的问题。

（1）避免不加选择的盲目移植，选择优秀的、适合本国国情和需要的法律移植。

（2）注意国外法与本国法的同构性和兼容性。

（3）注意法律体系的系统性。

（4）适当的超前性。

四、法的传统

（一）法的传统的含义

所谓法的传统指一个国家或一个民族世代相传的、有关法的观念和制度的总和。

（二）中国古代法的传统

1. 在秩序的规范基础方面，礼法结合，以礼为主；

2. 在秩序价值基础上，等级有序，家族本位；

3. 在规范的适用方面，恭行天理，执法原情；

4. 在法律体系的内部结构上，民刑不分，重刑轻民；

5. 在秩序的形成方式上，无讼是求。

综上所述，中国古代法律文化是比较独特的，是以道德理想主义为基础的，其基本特征就是强调宗法等级名分。

（三）法律意识

1. 所谓法律意识指人们关于法律现象的思想、观念、知识和心理的总称，是社会意识的一种特殊形式。

2. 法律意识的特点。

（1）法律意识是法律文化最深层的因素，法律文化一般可分为物化的、制度的和观念的三个层面。观念层面的东西最为深刻和持久，法律意识就属于观念层面。

（2）法律意识在结构上可分为法律心理和法律思想体系。前者指人们对法律现象表面的、感性的认识和情结，是法律意识的初级形式，是人们对法律现象的直觉反映；后者指人们对法律现象进行理性认识的产物，具有系统化、体系化的特征，是法律意识的高级形式，是人们对法律现象的自觉反映。

（3）法律意识对于法的演进、法的实施和法律职业者从事实际工作都具有重要意义。

五、法系

（一）法系的涵义

所谓法系指根据法历史传统和外部特征的不同对法所作的分类，凡具有同一历史传统和相同外部特征的法构成一个法系。在历史上，曾经存在过很多法系，如印度法系、中华法系、伊斯兰法系、民法法系、普通法系。今世界上最有影响的是民法法系和普通法系。

（二）西方国家两大法系

1. 民法法系是指以古罗马法、特别是以19世纪初《法国民法典》为传统产生和发展起来的法律的总称，又称大陆法系、罗马——德意志法系、法典法系。属于这一法系的除了欧洲大陆国家外，还有曾经是法国、德国、葡萄牙、荷兰等国殖民地的国家及因其他原因受其影响的国家。如非洲的埃塞俄比亚、南非、津巴布韦；亚洲的日本、泰国、土耳其；加拿大的魁北克省，美国的路易斯安那州，英国的苏格兰。

2. 普通法系是指以英国中世纪的法律、特别是以普通法为基础和传统产生与发展起来的法律的总称。被称为普通法系、英国法系、判例法系、英美法系。除了英国（苏格兰）以外，主要是曾为英国殖民地、附属国的许多国家和地区，如美国、加拿大、印度、新加坡、澳大利亚、新西兰以及非洲的个别国家、地区。

3. 民法法系与普通法系的宏观区别：

（1）在法律思维方式的特点方面，民法法系属于演绎型思维，而普通法系属于归纳型思维，注重类比推理。

（2）在法的渊源方面，民法法系中法的正式渊源只是制定法，而普通法系中制定法、判例法都是法的正式渊源。

（3）在法律的分类方面，民法法系国家一般都将公法与私法作为法律分类的基础，而普通法系则是以普通法与衡平法作为法的基本分类。

（4）在诉讼程序方面，民法法系与教会法程序接近，属于纠问制诉讼，普通法系则采用对抗制程序。

（5）在法典编纂方面，民法法系的主要发展阶段都有代表性的法典，特别是近代以来，进行了大规模的法典编纂活动。普通法系在都铎王朝时期曾进行过较大规模的立法活动，近代以来制定法的数量也在增加，但从总体上看，不倾向进行系统的法典编纂。

（6）另外，两大法系在法院体系、法律概念、法律适用技术及法律观念等方面还存在许多差别。

六、法的现代化

（一）法的现代化

1. 法的现代化的含义。法的现代化是指与现代化的需要相适应的、法的现代性因素不断增加的过程。

2. 法的现代化的动力来源。

（1）内发型法的现代化，是在西方文明的特定社会历史背景中孕育、发展起来的。

（2）外源型法的现代化，一般是在外部环境的强有力的作用下，在迫切需要社会政治、经济变革的背景中展开的。其特点在于：具有被动性；具有依附性；具有反复性。

3．法的现代化的类型。根据法的现代化的动力来源，法的现代化过程大体上可以分为内发型法的现代化和外源型法的现代化：

（1）内发型法的现代化是指由特定社会自身力量产生的法的内部创新。这种现代化是一个自发的、自下而上的、缓慢的渐进变革的过程。

（2）外源型法的现代化是指在外部环境影响下，社会受外力冲击，引起思想、政治、经济领域的变革，最终导致法律文化领域的革新。这种法的现代化类型的重要特点，不仅表现为正式法律制度的内部矛盾，而且反映在正式法律制度与传统习惯、风俗、礼仪的激烈斗争中。

（二）当代中国法治现代化的历史进程与特点

1．在鸦片战争后，面对欧洲列强的殖民压力和国内有识之士变法图强的要求，清政府不得已开始修律活动，中国法的现代化在制度层面上正式开始。

2．在这一背景下，从起因看，中国法的现代化明显属于外源型法的现代化。中国法的现代化有以下特点：①由被动接受到主动选择；②由模仿民法法系到建立有中国特色的社会主义法律制度；③法的现代化的启动形式是立法主导型；④法律制度变革在前，法律观念更新在后，思想领域斗争激烈。

七、法治理论

（一）法治

1．法制与法治的含义。

（1）一般地说，社会主义法制由社会主义国家制定或认可的、体现工人阶级领导下全体人民意志的法律和制度的总称，是社会主义立法、守法、执法、司法、法律监督各环节的统一，核心是依法办事。社会主义法制的基本要求是"有法可依，有法必依，执法必严，违法必究"。

（2）而现在所说的社会主义法治，则是指社会主义国家的依法治国的原则和方略，即与人治相对的治国理论、原则、制度和方法。

2．法治与法制的区别。

（1）法治一词明确了法律在社会生活中的最高权威。

在国家治理的方式上，有一个基本的区别，就是法治与人治的区别。人治指统治者的个人意志高于国家法律，国家的兴衰存亡，取决于领导者个人的能力和素质，人治不可能实现国家的长治久安。法治是众人之治，是与民主相联系的。在社会主义国家，法律是在党的领导下，通过人民代表大会制度的，是党的主张和人民意志的统一。因此，社会主义法治是指一切国家机关、各政党、武装力量、各社会团体、各企事业单位和全体公民都必须在宪法和法律的范围内活动，不允许任何人、任何组织凌驾于法律之上。在所有对人的行为有约束力的社会规范中，法律具有最高的权威。

（2）法治一词显示了法律介入社会生活的广泛性。

从字面上看，法制主要强调法律和制度及其实施。狭义地说，它仅指相对于政治制度、经济制度的一种制度；广义地说，它也只是包括法律实施在内的一种活动，对法律在社会生活中的作用范围从字面上是无法界定的。而法治一词的涵义比较明确，就是在全部国家生活和社会生活中都必须依法办事。法律不仅在社会生活中具有重大作用，而且在国家的政治生活中也同样具有重要作用。因此，法治要求法律更全面地、全方位地介入社会生活。

(3) 法治一词蕴涵了法律调整社会生活的正当性。

法制所包含的法律和制度，其含义字面上看是中性的。"有法可依，有法必依，执法必严，违法必究"解决不了社会主义制度下人们对所依之法的正当性要求。法治一词则蕴涵了这种正当性。具体而言：

首先，法治是与专制相对立的，又是与民主相联系的，可以体现社会主义制度下人民当家作主的要求。

其次，法治要求社会生活的法律化，可以从根本上改变我国社会生活中强制性社会规范过多、过滥的弊端，维护公民的自由。

再次，法治符合社会生活理性化的要求，使人们的社会行为和交往活动具有可预测性和确定性，也使人们的正当要求有了程序化、制度化的保证，增强了社会成员的安全感等。

3. 由"法制"概念向"法治"概念的过渡。

(1) "法制"一词在中国古代就已经出现；"法治"概念中国古代似未使用。先秦法家提出"以法治国"、"任法而治"的思想，但并未形成法治概念。我国最早宣传并明确提出法治概念的是梁启超。

(2) 1994 年，在中国共产党十四届三中全会通过《中共中央关于建立社会主义市场经济体制的决定》，法制建设首次作为相对独立的主要问题予以阐述，其中包括立法、执法、司法、法律监督和法律服务等多方面。

(3) 1996 年，《中国国民经济社会发展"九五"计划和 2010 年远景目标纲要》提出了"依法治国，建设社会主义法制国家"的口号。

(4) 1997 年，中共十五大明确提出了"依法治国，建设社会主义法治国家"的

问题。

(5) 1999 年，宪法第三次修正，"依法治国，建设社会主义法治国家"的治国方略写入宪法

(二) 法治国家与社会主义法治国家

1. 法治国家的含义。现代意义上的法治国家，是德国资产阶级宪政运动的产物，其基本含义是国家权力，特别是行政权力必须依法行使，因此，法治国家又称为法治政府。

2. 法治国家的基本条件。

(1) 通过法律保障人权，限制公共权力的滥用；

(2) 良法的治理；

(3) 通过宪法确立分权与权力制约的国家权力关系；

(4) 赋予广泛的公民权利；

(5) 确立普遍的司法原则，司法独立等。

3. 社会主义法治国家的基本条件。

(1) 社会主义法治国家的制度条件：①社会主义法治国家必须有完备的法律和系统的法律体系。②社会主义法治国家必须具有相对平衡和相互制约的符合社会主义制度需要的权力运行的法律机制。③社会主义法治国家必须有一个独立的具有极大权威的司法系统和一支高素质的司法队伍。④社会主义法治国家必须有健全的律师制度。

(2) 社会主义法治国家的思想条件：①法律至上。②权利平等。权利平等是平等权的核心，立法不平等就不会有法律实施的平等。③权力制约。④权利本位。权利本位是指在国家权力和人民权利的关系中人民权利是决定性的、根本的；在法律权利与法律义务之间，权利是决定性的，起主导作用的。

命题预测举要

1. 法产生的主要标志。①特殊公共权力系统即国家的产生；②权利和义务观念的分离；③法律诉讼和司法的出现。

2. 法与原始社会规范的主要区别。法与原始社会规范都是一定社会经济基础之上的上层建筑，但两者又有根本的区别：

(1) 两者产生的方式不同：法是由国家制定或认可的；原始社会规范是人们在长期的共同生产和生活过程中自发形成的。

(2) 两者反映的利益和意志不同：法反映统治阶级的利益和意志；原始社会规范反映原始社会全体成员的利益和意志；

(3) 两者保证实施的力量不同：法是以国家强制力保证实施的；原始社会规范是依靠社会舆论的力量、传统力量和氏族部落领袖的威信保证实施的。

(4) 两者适用的范围不同：法适用于国家主权所及的地域内的所有居民；原始社会规范只适用于同血缘的本氏族部落成员。

3. 两大法系的区别。民法法系与普通法系的宏观区别主要有：①法律思维方式方面，民法法系属于演绎型思维，而普通法系属于归纳型思维，注重类比推理。②法的渊源方面，民法法系中法的正式渊源只是制定法，而普通法系中制定法、判例法都是法的正式渊源。③法律的分类方面，民法法系国家一般都将公法与私法作为法律分类的基础，而普通法系则以普通法与衡平法作为法的基本分类。④诉讼程序方面，民法法系属于纠问制诉讼，普通法系则采用对抗制程序。⑤法典编纂方面，民法法系的主要发展阶段都有代表性的法典。普通法系从总体上看，不倾向进行系统的法典编纂。⑥在法院体系、法律概念、法律适用技术及法律观念等方面还存在许多差别。

4. 法治与法制的区别。①法治一词明确了法律在社会生活中的最高权威。②法治一词显示了法律介入社会生活的广泛性。从字面上看，法制主要强调法律和制度及其实施。而法治强调在全部国家生活和社会生活中都必须依法办事。③法治一词蕴涵了法律调整社会生活的正当性。法制所包含的法律和制度，其含义字面上看是中性的。"有法可依，有法必依，执法必严，违法必究"解决不了社会主义制度下人们对所依之法的正当性要求。法治一词则蕴涵了这种正当性。

精编题库测试题

1. 关于法的说法正确的是：

A. 私有制和商品经济的产生是法产生的经济根源

B. 阶级的产生是法产生的阶级根源

C. 法是由国家制定或认可的，原始社会规范是人们在长期的共同生产和生活过程中自发形成的

D. 法和原始社会规范都反映统治阶级的利益和意志

答案 ABC

简析 D是错误的。原始社会规范反映原始社会全体成员的利益和意志。

2. 关于法的移植说法不正确的是：

A. 法的继承是对旧法的借鉴和吸收，而法的移植是对现成的法进行引进、迁移

B. 法的移植是落后国家向先进国家学习所采取的做法，发达程度相当的国家之间是不存在法的移植问题的

C. 法的移植的范围除了外国的法律外，还包括国际法律和惯例

D. 区域性法律统一运动和世界性法律统一运动或法律全球化是法的移植的一种形式

答案 B

简析 B是错误的。经济、文化和政治处

于相同或基本相同发展阶段和发展水平的国家也存在相互吸收对方法律的问题。

3. 关于法的发展、法的传统以及法的现代化，下面哪种说法是不正确的：

A. 从模仿民法法系到建立有中国特色社会主义法律制度，是我国法治现代化的特点之一

B. 中国古代，提倡无讼思想

C. 各国法律制度的相互移植，不能忽略各民族法律的特殊性和各民族的历史传统

D. 当今世界，经济全球化，已经不存在法系的划分

答案 D

简析 所谓法系，是根据法的历史传统和外部特征的不同，对法所作的分类。当今世界，主要存在两大法系，即民法法系和普通法系。故选项D说法错误。

4. 下列有关法治的表述不正确的是：

A. 法治是一个复杂的法律概念，它既是一种治国的思想体系又是一种治国的方式、原则和制度

B. 法治强调对国家权力的限制和制约，强调对公共权力的合理运用

C. 法治是一种静态的概念，是法律制度和法律及制度的简称

D. 法治符合社会生活理性化的要求，增强了社会成员的安全感

答案 C

简析 法治是一个复杂的法律概念，它既是一种治国的思想体系又是一种治国的方式、原则和制度。而法制则是一种静态的概念，是法律制度和法律及制度的简称，所以C错误。

第四章 法与社会

◆ 考点要述 ▶━━━━━━

本部分的基本考点包括：

1. 法与社会的一般理论：法与社会的一般关系、法与和谐社会；

2. 法与经济：法与经济的一般关系、法与科学技术（科技进步对法的影响、法对科技进步的作用）；

3. 法与政治：法与政治的一般关系（政治对法的作用、法对政治的作用）、法与政策的联系、法与政策的区别（意志属性、规范形式、实施方式、调整范围、稳定性与程序性程度等方面的区别）、法与国家（法与国家的一般关系）；

4. 法与道德：法与道德的联系、法与道德的区别（产生方式、表现形式、调整范围、实施方式等方面的区别）；

5. 法与宗教：法与宗教的相互影响（宗教对法的影响、法对宗教的影响）；

6. 法与人权：人权的概念、法与人权的一般关系（人权与法律的评价标准、法与人权的实现）；

本部分的核心考点为：法与道德、法与人权。

◆ 考点详述

一、法与社会的一般理论

（一）法与社会的一般关系

法律作为社会中的一种制度形态、一种规范体系，是与其它社会现象不可分割的。二者关系体现为：

1. 法的社会基础：

（1）法是社会的产物。社会性质决定法律性质，社会物质生活条件在归根结底的意义上最终决定着法律的本质。

（2）社会是法的基础。"社会不是以法律为基础的，那是法学家的幻想。相反，法律应该以社会为基础。法律应该是社会共同的，由一定的物质生产方式所产生的利益需要的表现，而不是单个人的恣意横行。"

（3）制定认可法律的国家也以社会为基础，国家权力以社会力量为基础；同时还可以说，国家法以社会法为基础，"纸上的法"以"活法"为基础。

2. 法对社会的调整：

（1）法对社会的调整，首先是通过调和社会各种冲突的利益，进而保证社会秩序得以确立和维护。

（2）法对社会的调整，还表现为通过法律对社会机体的疾病进行疗治。

（3）在某些社会关系领域，法律的控制不是唯一的手段，或者说不是最佳的手段。

（4）为了有效地通过法律控制社会，还必须使法律与其它的资源分配系统（宗教、道德、政策等等）进行配合。

（二）法与和谐社会

1. 法与和谐社会的关系。

（1）民主法治是和谐社会的基本特征之一，法治建设与和谐社会构建具有内在的高度同一性。社会主义和谐社会的基本特征包括：民主法治；公平正义；充满活力；诚信友爱；安定有序；人与自然和谐相处。

（2）和谐社会的建立离不开法律的保障。

2. 如何构建和谐社会。

（1）必须建立理性的法律制度。无法律则无和谐社会。理性的法律制度，就是在以人为本的科学发展观指导下建立起来的法律制度。

（2）必须确立实质法治。所谓实质法治是指整个社会、一切人和组织都服从和遵守体现社会正义的理性法律统治。理性、社会正义和法律统治三者的有机联系，构成新世纪新阶段科学的法治精神内涵。

（3）必须创新法律对社会的调整机制：

第一，要求确立新思维，尽快完善社会主义法律体系，建立以宪法为核心而又体现社会正义的法律机制；

第二，要求加强行政法制建设，建立健全社会整合与平衡机制，逐步形成以法治政府为中心的新型社会管理模式；

第三，要求完善利益调控法律机制，建立社会公平保障体系，加强社会治安综合治理，形成良好的社会秩序。

二、法与经济

（一）法与经济的一般关系

1. 法是由经济基础决定的。

2. 法对于经济基础具有能动的反作用，并且通过生产关系反作用于生产力。

（二）法与科学技术

1. 科技进步对法的影响。

（1）科技进步对立法的影响：

第一，科技发展对一些传统法律领域提出了新问题，使民法、刑法、国际法等传统法律部门面临着种种挑战，要求各个法律部门的发展要不断深化；

第二，同时，随着科技的发展，出现了大量新的立法领域，科技法日趋成为一个独立的法律部门；

第三，关于科技法的研究也随之广泛展开起来，科技法学作为一个新的独立的学科，也被广泛承认。

（2）科技进一步对司法的影响：司法过程的三个主要环节：事实认定、法律适用和法律推理，越来越深刻地受到了现代科学技术的影响。

（3）科技进步对法律思想的影响：

第一，对立法起着指导作用的法律意识常常受到科技发展的影响和启迪。

第二，同时，科技进步促进了人们法律观念的更新，出现了一些新的法律思想、法学理论。

第三，科技进步对于历史上已经形成的各个法系以及对于法学流派的产生、分化和发展，也产生着重要的影响。

2. 法对科技进步的作用。

（1）运用法律管理科技活动，确立国家科技事业的地位以及国际间科技竞争与合作的准则。

（2）法律对于科技经济一体化特别是科技成果商品化，具有积极的促进作用。

（3）在知识经济时代，法律具有对科技活动和科技发展所引发的各种社会问题的抑制和预防作用。

三、法与政治

（一）法与政治的一般关系

1. 政治影响法的产生发展和变化。

政治和法都属于一定社会的上层建筑，但政治在上层建筑中居于主导地位，从总体而言，法要服务于一定的政治，其产生、发展和变化在一定程度上受政治的影响。

2. 法对政治影响：

（1）在现代民主法治国家，政治体制的架构和国家权力的配置和行使均要依法进行。

（2）法贯穿于国家政治关系的形成过程，并将政治关系以法律的形式固定下来，使之具有形式上的合法性。

（3）为政治活动的参加者制定了规范。

（4）政治运行的规范化、民主化等均须法的配合与保障。

（二）法与政策的区别

1. 意志属性不同：法由特定国家机关依法定职权和程序制定或认可，体现国家意志，具普遍约束力，向全社会公开；政党政策是党的领导机关依党章规定的权限和程序制定，体现全党意志，其强制实施范围仅限于党的组织和成员，允许有不对社会公开的内容存在。

2. 规范形式不同：法表现为规范性法律文件或国家认可的其他渊源形式，以规则为主；政党政策则不具有法这种明确、具体的规范形式，表现为决议、宣言、决定、声明、通知等，更多具纲领性、原则性和方向性。

3. 实施方式不同：法的实施与国家强制相关；政党政策以党的纪律保障实施。

4. 调整范围不尽相同：法倾向于只调整可能且必须以法定权利义务来界定的，具有交涉性和可诉性的社会关系和行为领域。一般而言，政党政策调整的社会关系和领域比法律为广，对党的组织和党的成员的要求也比法的要求为高。

5. 稳定性、程序化程度不同：政策可应形势变化作出较为迅速的反应和调整，其程序性约束也不及法那样严格和专门化。

四、法与道德

（一）法与道德的联系

1. 在二者高度分化后，法与道德依然表现出共同性，具体为：

（1）在发生学上，都由原始习惯脱胎而来。

（2）都属于社会规范，只是在规范的程度上有所不同。

（3）都具有一定的社会价值，且在很多方面二者是相互转化和渗透的。

（4）都是社会控制的手段，维护一定的社会秩序。

（5）都是社会文明进步的标尺。

2. 关于法与道德的联系，法律思想史上存在三个理论争点，即法与道德在本质、内容和功能上的联系问题：

（1）关于法与道德在本质上的联系：西方法学界存在两种观点：一是肯定说，以自然法学派为代表，肯定法与道德存在本质上的必然联系，认为法在本质上是内含一定道德因素的概念，即“恶法非法”。一是否定说，以分析实证主义法学派为代表，否定法与道德存在本质上的必然联系。

（2）法与道德在内容上的联系：近现代法在确认和体现道德时大多注意二者重合的限度，倾向于只将最低限度的道德要求转化为法律义务，注意明确与道德的调整界线。

（3）关于法与道德在功能上的联系：一般说，古代法学家更多强调道德在社会调控中的首要或主要地位，对法的强调也更多在其惩治功能上。近现代后，法学家们一般都倾向于强调法律调整的突出作用，法治国成为普遍的政治主张。第一，分工和交换的普遍、常态化使人们之间的交往成为必然且逐渐增多，法因其肯定性、普遍性和严格的程序和较强的操作性，能胜任这种复杂利益关系的调整；第二，与市场经济相伴的是利益分化的加剧和价值冲突的普遍化和常态化，道德难以胜任；第三，民主政治是程序性的政治，因此法律调整尤占重要地位。

（二）法与道德的区别

1. 生成方式上的建构性与非建构性；

2. 行为标准上的确定性与模糊性；

3. 存在形态上的一元性与多元性；

4. 调整方式上的外在侧重与内在关注；

5. 运作机制上的程序性与非程序性；

6. 强制方式上的外在强制与内在约束；

7. 解决方式上的可诉性与不可诉性。

五、法与宗教

（一）法与宗教的联系

1. 法在起源阶段同宗教有着一致性关系；每一种法律体系确立之初，总是与宗教典礼和仪式密切相关。

2. 在人类早期阶段，公共权力借助神的力量支撑；对政权的合法性论证往往借助于神学理论。

3. 宗教同法的价值有某些相通之处，二者的出发点和目的都包括“使人向善”，使社会有其秩序而不发生混乱。

4. 法和宗教都是实现社会控制的规范体系。

（二）法与宗教的区别

1. 二者产生的历史条件不同。宗教的产生远早于法律，法律的产生是社会发展到更高阶段的产物。

2. 二者产生的方式不同。法律是社会系统强制性的产物，它以一定的社会物质生活条件为内容，又通过相应的国家机关制定和认可，其基础则是人的理性的自觉力量；宗教是在社会生活中自行萌发或对先知学说经典化的产物，是与科学相悖的社会异己力量，其基础是迷信和盲目的信仰。

3. 二者的调控范围和作用不同。法律只调整那些对社会生活秩序的稳定有较高价值的社会关系，而宗教规范则覆盖了几乎全部的社会关系；法律规范一般只规范人的外部行为，宗教规范不但规范人的外部行为，而且更侧重于规范人的内心活动。

4. 二者的调整方式和实现的方式不同。宗教和法律虽然都是人们的行为规范，但法律是通过国家强制来进行调控；宗教主要是通过控制人们的良心来控制、调节人的行为，通过说教和内心感悟来达到社会调控的目的。

5. 二者的形式不同。法律通过规定明确的权利和义务，给人们的行动指明方向，有权利性规范和义务性规范两种基本形式；宗教规范则以强调人对神的服从义务为主，人在神的面前是没有权利可言的，所以宗教规范大都是义务性规范。

（三）宗教对法的影响

1. 宗教可以推动立法；

2. 宗教影响司法程序；

3. 宗教信仰有助于提高人们守法的自觉性。

（四）法对宗教的影响

1. 在政教合一的国家，法对宗教的影响是双向的：一方面，法可以作为国教的工具和卫护者；另一方面，法又可以作为异教的破坏力量。

2. 现代法律对宗教的影响，主要表现为法对本国宗教政策的规定，而核心的问题就是宗教信仰自由的法律化问题。宗教自由问题最早出现在宪法性文件上，是1776 年美国维多利亚州的权利宣言。

六、法与人权

（一）人权的概念

1. 人权的主体：人的个体和群体，集体人权包括国内集体人权和国际人权。个人人权是集体人权的基础，集体人权是个人人权的保障。

2. 人权的客体：是人为了在自然界和社会生存、活动和发展所必需的诸种物质的和精神的条件，即各种物质和精神的需要和利益。

3. 人权的内容要素是自由，人权的形式要素是平等。

4. 人权在本源上具有历史性。人权存在发展的内因是人的自然属性；外因是社会的经济、文化状况，其具体内容和范围随着历史发展、社会进步而不断丰富和扩展。人权不是天赋的，也不是理性的产物，而是历史的产生的，最终由一定的物质生活条件所决定的。

（二）人权的层次

第一个层次：应有权利即基于人的本性和本质所应享有的权利；人权作为一种道德权利，体现着普遍性与特殊性、共性与个性的对立统一。

第二个层次：法律权利，应有权利只有在经法律确认为法律权利后，才有实现的可能。

第三个层次：实有权利，人权还是一种实实在在的现实权利。

（三）法与人权的一般关系

人权的确立，取决于国家的社会制度、

经济制度和法律制度，也取决于一个社会和民族的文化、历史传统和信念。

1. 人权可以作为判断法律善恶的标准。人权是法的源泉，不体现人权要求的法律就不是好法。人权对法的作用体现在：

（1）指出了立法和执法所应坚持的最低的人道主义标准和要求；

（2）可以诊断现实社会生活中法律侵权的症结，从而提出相应的法救济标准和途径；

（3）有利于实现法律的有效性，促进法律的自我完善。

2. 法是人权的体现和保障。

（1）法律对人权的保障有以下优势：

第一，它设定了人权保护的一般标准，从而避免了其他保护手段的随机性和相互冲突；

第二，人权的法律保护以国家强制力为后盾，具有国家强制性、权威性和普遍有效性。

（2）人权往往通过法律权利的形式具体化。尽管并非人权的所有内容都由法律规定，都成为公民权，但法律权利无疑是人权首要的和基本的内容，大部分人权都反映在法律权利上。人权与法律权利的具体关系表现为：

第一，人权的基本内容是法律权利的基础，只有争得了最基本的人权，才能将一般人权转化为法律权利；

第二，法律权利是人权的体现和保障，人权只有以法律权利的形式存在才有其实际意义，基本人权必须法律化。但是哪些人权可以转化为法律权利，取决于一个国家的经济和文化状况，以及某个国家的民族传统和基本国情。

（四）人权的法律保护实践

1. 人权的法律保护实践主要表现为国内法的保护，在当今世界的大多数国家里，国内法对人权的保护方式有：立法和宣言保护、司法保护和个人保护。

2. 自"二战"以后，人权问题已经大规模进入了国际法领域，形成了以《世界人权宣言》为基础的国际人权法体系，这个体系大致包括四类：人权宪章类；防止和反对种族歧视类；特殊主体人权保护类；战时国际人道主义保护类。

命题预测举要

一、法与政策的区别

1. 意志属性不同；2. 规范形式不同；3. 实施方式不同；4. 调整范围不尽相同；5. 稳定性、程序化程度不同。

二、法与道德的区别

1. 生成方式上的建构性与非建构性；2. 行为标准上的确定性与模糊性；3. 存在形态上的一元性与多元性；4. 调整方式上的外在侧重与内在关注；5. 运作机制上的程序性与非程序性；6. 强制方式上的外在强制与内在约束；7. 解决方式上的可诉性与不可诉性。

三、法与人权的关系

1. 人权可以作为判断法律善恶的标准；2. 法是人权的体现和保障。

精编题库测试题

1. 下列有关法与社会关系的表述，哪些是正确的：

A. 社会是法的基础，国家法以社会法为基础，"纸上的法"以"活法"为基础

B. 科技进步对于以良知、正义为裁判基础的司法活动影响不大

C. 法与道德都是社会文明进步的标尺，且在发展水平上互为标志和说明

D. 法律只规范和关注人们的外在行为，不过问人的内心活动；而宗教规范既规范人的外部行为，又规范人的内心活动

答案——AC

简析——科技进步对司法的影响越来越深刻，主要表现在司法过程的三个环节：事

实认定、法律适用和法律推理。故选项 B 错误。法往往只规范和关注外在行为,一般不离开行为而过问动机,但是不是绝对不过问人的内心活动;宗教规范不但规范人的外部行为,而且更侧重于规范人的内心活动。因此,选项 D 错误。

2. 下列说法,其中哪几项是正确的:

A. 法和道德在内容上,都蕴含和体现一定的社会价值

B. 法和道德在形式归属上,都属社会规范

C. 国家的存在以法为前提条件

D. 法与国家权力也存在紧张或冲突关系

答案——ABD

简析——C 是错误的。法与国家的关系是:(1)国家是法存在的政治基础,法的存在离不开国家的存在;(2)法是实现国家职能的规范,也是实现国家职能和完善国家制度的有效工具和必要手段。选项 C 的错误在法应以国家存在为前提。

3. 关于法与人权的说法,下列哪些选项是正确的:

A. 人权可以作为判断法律善恶的标准

B. 人权的基本内容是法律权利的基础

C. 法律权利是人权的体现和保障

D. 法设定了人权的全部内容

答案——ABC

简析——D 是错误的。法只设定了人权保护的一般标准,并未设定人权的全部内容。

中国法制史的命题趋势

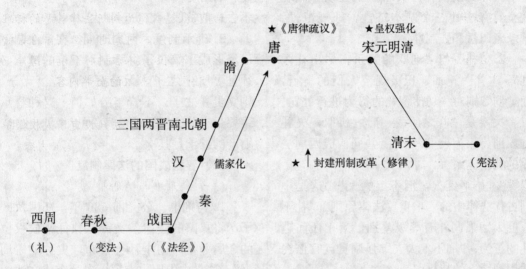

第一章　西周至秦汉、魏晋时期的法制

考点要述

本部分的基本考点包括：①西周的法律制度：
"以德配天、明德慎罚"法制思想、出礼入刑、
西周的契约与婚姻继承法律；②春秋战国的法律
制度：铸刑书与铸刑鼎、《法经》、商鞅变法；
③秦汉的法律制度：罪名与刑罚、秦代的刑罚适
用原则、汉代文帝、景帝废肉刑、汉律的儒家化；
④魏晋南北朝的法律制度：法典结构与法律形式
的发展变化、法典内容的发展变化；⑤西周至秦
汉、魏晋时期的司法制度：司法机关（司寇、廷
尉、大理寺、御史）、诉讼制度（狱讼、"五听"、
"五过"、"三刺"与公室告、春秋决狱与秋冬行
刑）。

本部分的核心考点："以德配天、明德慎罚"
法制思想、礼刑关系、铸刑书、《法经》、文景帝
废肉刑、汉律的儒家化、春秋决狱。

考点详述

一、西周的法律制度

（一）西周的"以德配天，明德慎罚"
思想

"德"的基本要求：敬天，敬祖，保
民。"以德配天，明德慎罚"的具体要求：
"实施德教，用刑宽缓"。"德配天，明德慎
罚"为以"礼法结合"为特征的中国传统
法制奠定了理论基础。

（二）出礼入刑

1. 礼的内容与性质。礼是中国古代社
会长期存在的、维护血缘宗法关系和宗法
等级制度的一系列精神原则以及言行规范
的总称。

中国古代的礼有两层含义：①抽象的
精神原则。可归纳为"亲亲"与"尊尊"

两个方面。"亲亲",适用于家族范围内,"亲亲父为首"。"尊尊",适用于社会范围内,"尊尊君为首"。②具体的礼仪形式,即"五礼":吉礼(祭祖之礼)、凶礼(丧葬之礼)、军礼(行军打仗之礼)、宾礼(迎宾待客之礼)、嘉礼(冠婚之礼)。

西周时期的礼已具备法的性质。周礼完全具有法的三个基本特性,即规范性、国家意志性和强制性。

2. "礼"与"刑"的关系。"出礼入刑"。"礼"正面、积极规范人们的言行,而"刑"则对一切违背礼的行为进行处罚。二者关系是"礼之所去,刑之所取,失礼则入刑,相为表里",二者共同构成西周法律的完整体系。

"礼不下庶人,刑不上大夫"。这是中国古代法律中的一项重要法律原则。"礼不下庶人"强调礼有等级差别,禁止任何越礼的行为;"刑不上大夫"强调贵族官僚在适用刑罚上的特权。

(三)契约与婚姻继承法律

1. 西周的契约法规。①买卖契约。西周的买卖契约称为"质剂"。质"是买卖奴隶、牛马所使用的较长的契券;"剂"是买卖兵器、珍异之物所使用的较短的契券。②借贷契约。西周的借贷契约称为"傅别"。

2. 婚姻制度。婚姻关系的缔结:①婚姻缔结的三大原则。即一夫一妻制、同姓不婚、父母之命。凡不合此三者的婚姻即属非礼非法。②"六礼"。西周时期"六礼"是婚姻成立的必要条件。即纳采:男家请媒人向女方提亲;问名:女方答应议婚后男方请媒人问女子名字、生辰等,并卜于祖庙以定凶吉;纳吉:卜得吉兆后即与女家定婚;纳征:男方送聘礼至女家,故又称纳币;请期:男方携礼至女家商定婚期;亲迎:婚期之日男方迎娶女子至家。至此,婚礼始告完成,婚姻也最终成立。

婚姻关系的解除:①"七出"。又称"七去",是指女子若有下列七项情形之一的,丈夫或公婆即可休弃之,即不顺父母、无子、淫、妒、有恶疾、多言、盗窃。②"三不去"。指女子若有"三不去"的理由,夫家即不能离异休弃。"三不去"即是:有所娶而无所归,不去;与更三年丧,不去;前贫贱后富贵,不去。

3. 继承制度。西周时期,在宗法制下已经形成了嫡长子继承制,王位的继承必须是妻所生之子,无论贤否;若妻无子,则立贵妾之子,不管年龄如何。这种继承主要是王公、贵族政治身份的继承,土地、财产的继承是其次。

二、春秋战国的法律制度

(一)铸刑书与铸刑鼎

1. 铸刑书。公元前536年,郑国执政子产将郑国的法律条文铸在象征诸侯权位的金属鼎上,向全社会公布,史称"铸刑书",这是中国历史上第一次公布成文法的活动。

2. 竹刑。公元前530年,郑国大夫邓析综合当时郑国内外的法律规范,编成刑书,刻在竹简上,称为"竹刑"。

3. 铸刑鼎。公元前513年,晋国赵鞅把前任执政范宣子所编刑书正式铸于鼎上,公之于众,这是中国历史上第二次公布成文法活动。

(二)《法经》

1. 《法经》的主要内容及其历史地位。《法经》是中国历史上第一部比较系统的封建成文法典。它是战国时期魏国李悝在总结春秋以来各国公布成文法的经验基础上制定的。

2. 《法经》的内容。《法经》共六篇:①《盗法》;②《贼法》,把《盗法》、《贼法》放在篇首,体现了"王者之政莫急于盗贼"的思想;③《网法》;④《捕法》;⑤《杂法》,《杂法》规定了"六禁",即淫禁、狡禁、城禁、嬉禁、徒禁、金禁；⑥《具法》。《具法》起着"具其加减"的作用，相当于近代刑法典中的总则部分。

3.《法经》的重要历史地位。中国历史上第一部比较系统的封建成文法典，为后世封建成文法典的进一步完善奠定了重要的基础

三、秦汉法律制度

（一）秦代的罪名与刑罚

1. 罪名。主要形成了危害皇权罪、侵犯财产和人身罪、渎职罪、妨害社会管理秩序罪、破坏婚姻家庭秩序罪等五类罪名。

渎职罪："不直"罪（应重而故意轻判，应轻而故意重判）、"纵囚"罪（应论罪而故意不论罪，或设法减轻案情，判犯人无罪）和"失刑"罪（因过失而量刑不当；若系故意则为"不直"罪）。

妨害社会管理秩序罪："逋事（已下达征发徭役的命令而逃走不报到）、乏徭（到达服徭役的地点又逃走）。

2. 刑罚。秦代的刑罚主要包括以下八大类：①笞刑；②徒刑（包括城旦舂；鬼薪；白粲；隶臣、妾；司寇；候）；③流放刑（包括迁刑和谪刑）；④肉刑（包括黥、劓、刖、宫等四种残害肢体的刑罚）；⑤死刑（包括弃市、戮、磔、腰斩、车裂、阬、定杀、枭首、族刑、具五刑等）；⑥羞辱刑（包括髡、耐等，"髡"剃光犯人的头发和胡须、鬓毛；"耐"指仅剃去胡须和鬓毛，而保留犯人的头发）；⑦经济刑（又称赀赎刑，是一种允许已被判刑的犯人用缴纳一定金钱或服一定劳役来赎免刑罚的办法）；⑧株连刑（包括族刑和收，"收"就是在对犯人判处某种刑罚时，还同时将其妻子、儿女等家属没收为官奴婢）。其中前五类相当于现代的主刑，后三类相当于现代的附加刑。秦尚未形成完整的刑罚体系，一切都呈现出过渡时期的特征。

（二）秦代的刑罚适用原则

1. 刑事责任能力的规定。秦律以身高判定是否成年，身高在六尺五寸以上者为成年，未成年犯罪不负刑事责任。

2. 区分故意与过失的原则。

3. 盗窃按赃值定罪的原则。

4. 共犯罪与集团犯罪加重处罚的原则。

5. 累犯加重原则。

6. 教唆犯罪加重处罚的原则。

7. 自首减轻处罚的原则。

8. 诬告反坐原则。

（三）汉代文帝、景帝废肉刑

1. 文帝。文帝废除肉刑的刑罚改革的直接起因是少女缇萦上书。文帝把黥刑（墨刑）改为髡钳城旦舂（去发颈部系铁圈服苦役五年）；劓刑改为笞三百；斩左趾（砍左脚）改为笞五百，斩右趾改为弃市死刑。文帝的改革，从法律上宣布了废除肉刑，具有重要意义，但有由轻改重的现象。

2. 景帝。景帝继位后，笞三百改为笞二百，笞五百改为笞三百；颁布《箠令》，规定了刑具的规格及行刑不得换人等。汉代文帝、景帝废肉刑的改革为结束奴隶制肉刑制度，建立封建刑罚制度奠定了重要基础。

（四）汉律的儒家化

1. 上请与恤刑。上请即通过请示皇帝给有罪贵族官僚某些优待，始自汉高祖刘邦。

恤刑：年八十岁以上的老人，八岁以下的幼童，以及怀孕未产的妇女、老师、侏儒等，在有罪监禁期间，给予不戴刑具的优待。老人、幼童及连坐妇女，除犯大逆不道、诏书指明追捕的犯罪外，一律不再拘捕监禁。

2. 亲亲得相首匿。汉宣帝时期确立，主张亲属间首谋藏匿犯罪可以不负刑事责任。

四、魏晋南北朝的法律制度

(一) 魏晋南北朝的法典结构与法律形式的发展变化

这一时期的《魏律》、《晋律》、《北魏律》、《北齐律》等比较重要。其中，在《晋律》颁布的同时，律学家张斐、杜预为之作注，总结了历代刑法理论与刑事立法经验，经晋武帝批准颁行，与《晋律》具有同等法律效力，故晋律亦称《张杜律》。

这一时期形成了律、令、科、比、格、式相互为用的立法格局。科起着补充与变通律、令的作用。格与令相同，起着补充律的作用，均带有刑事法律性质，不同于隋唐时期具有行政法律性质的格。比是比附或类推，即比照典型判例或相近律文处理法律无明文规定的同类案件。式是公文程式。

(二) 魏晋南北朝的法典内容的发展变化

1. 名例律的形成。《魏律》(18 篇) 将"具律"改为"刑名"，置于律首；《晋律》(20 篇) 在刑名后增加法例律，丰富了刑法总则的内容；《北齐律》(12 篇) 将刑名与法例律合为名例，置于全律之首，充实了刑法总则，为后世所沿用。

2. "八议"入律与"官当"制度确立。魏明帝在制定《魏律》时，以《周礼》"八辟"为依据，正式规定了"八议"制度。"八议"制度是对封建特权人物犯罪实行减免处罚的法律规定。它包括议亲 (皇帝亲戚)，议故 (皇帝故旧)、议贤 (有传统德行与影响的人)、议能 (有大才能)、议功 (有大功勋)、议贵 (贵族官僚)、议勤 (为朝廷勤劳服务)、议宾 (前代皇室宗亲)。

"官当"是封建社会允许官吏以官职爵位折抵徒罪的特权制度。它正式出现在《北魏律》(20 篇) 与《陈律》中。南朝《陈律》规定更细。这表明当时封建特权法有进一步发展。

3. "重罪十条"的产生。《北齐律》中首次规定"重罪十条"，是对危害统治阶级根本利益的十种重罪的总称，并置于律首。"重罪十条"分别为：反逆 (造反)；大逆 (毁坏皇帝宗庙、山陵与宫殿)；叛 (叛变)；降 (投降)；恶逆 (殴打谋杀尊亲属)；不道 (凶残杀人)；不敬 (盗用皇室器物及对皇帝不尊重)；不孝 (不侍奉父母，不按礼制服丧)；不义 (杀本府长官与授业老师)；内乱 (亲属间的乱伦行为)。《北齐律》规定："其犯此十者，不在八议论赎之限。"

4. 刑罚制度改革。一是规定绞、斩等死刑制度。二是规定流刑。把流刑作为死刑的一种宽待措施。北周时规定流刑分五等，同时还要施加鞭刑。三是规定鞭刑与杖刑。北魏时期开始改革以往五刑制度，增加鞭刑与杖刑，后北齐、北周相继采用。四是废除宫刑制度，北朝与南朝相继宣布废除宫刑，自此结束了使用宫刑的历史。

5. "准五服制罪"的确立。《晋律》与《北齐律》中相继确立"准五服制罪"的制度。服制是中国封建社会以丧服为标志，区分亲属的范围和等级的制度。按服制依亲属远近关系分为五等：斩衰、齐衰、大功、小功、缌麻。服制不但确定继承与赡养等权利义务关系，同时也是亲属相犯时确定刑罚轻重的依据。依五服制罪成为封建制度的重要内容，影响直到明清。

6. 死刑复奏制度。死刑复奏制度是指奏请皇帝批准执行死刑判决的制度，北魏太武帝时正式确立这一制度，为唐代的死刑三复奏打下了基础。

五、西周至秦汉、魏晋时期的司法制度

(一) 司法机关

1. 西周时期的司寇。周天子是最高裁判者。中央设大司寇，负责实施法律法令，辅佐周王行使司法权。

2. 秦汉时期的廷尉。皇帝掌握最高审判权；廷尉为中央司法机关的长官，汉承

秦制；郡守为地方行政长官也是当地司法长官；县令兼理本县司法；基层设乡里组织。

3. 北齐的大理寺。北齐时期正式设置大理寺，以大理寺卿和少卿为正副长官，为中央司法机关的长官。

4. 御史制度。秦代御史大夫与监察御史，对全国进行法律监督。

（二）诉讼制度

1. 西周时期的"狱"与"讼"。西周时期民事案件称为"讼"，刑事案件称为"狱"，审理民事案件称为"听讼"，审理刑事案件叫做"断狱"。

2. 西周时期的"五听"、"五过"与"三刺"制度：①"五听"。"五听"制度指判案时判断当事人陈述真伪的五种方式。具体内容是：辞听、色听、气听、耳听、目听。②"五过"。"五过"是西周有关法官责任的法律规定。"五过"的具体内容是：惟官（畏权势而枉法）、惟反（报私怨而枉法）、惟内（为亲属裙带而徇私）、惟货（贪赃受贿而枉法）、惟来（受私人请托而枉法）。凡以此五者出入人罪，皆以其罪罪之。③"三刺"制度。西周时凡遇重大疑难案件，应先交群臣讨论，群臣不能决时，再交官吏们讨论，还不能决的，交给所有国人商讨决定。"三刺"制度是"明德慎罚"思想在司法实践中的体现。

3. 秦律中的"公室告"与"非公室告"。①秦律把杀伤人、偷盗等危害封建统治的犯罪，列为严惩对象，这类犯罪称为"公室告"，官府对此必须受理。②秦律把"子盗父母、父母擅刑、髡子女及奴妾"等引起的诉讼，称为"非公室告"，对"非公室告"，官府不予受理。子女强行告诉的，还要给予处罚。

4. 春秋决狱与秋冬行刑。汉代的《春秋》决狱是法律儒家化在司法领域的反映。其特点是依据儒家经典——《春秋》等著作中提倡的精神原则审判案件。其要旨是：必须根据案情事实，追究行为人的动机；动机邪恶者即使犯罪未遂也不免刑责；首恶者从重惩治；主观上无恶意者从轻处理。这里强调审断时应重视行为人在案情中的主观动机，在着重考察动机的同时，还要依据事实，分别首犯、从犯和已遂、未遂。《春秋》决狱实行"论心定罪"原则。

汉代的"秋冬行刑"。汉代对死刑的执行，实行"秋冬行刑"制度。谋反大逆等"决不待时"者除外。唐律规定"立春后不决死刑"，明清律中的"秋审"制度亦可溯源于此。

 命题预测举要

一、中国古代的礼的含义

1. 抽象的精神原则。可归纳为"亲亲"与"尊尊"两个方面。"亲亲"，适用于家族范围内。"亲亲父为首"，全体亲族成员都应以父家长为中心。"尊尊"，适用于社会范围内。"尊尊君为首"，一切臣民都应以君主为中心。在"亲亲"、"尊尊"两大原则下，又形成了"忠"、"孝"、"义"等具体礼的规范。

2. 具体的礼仪形式。西周"五礼"：吉礼（祭祀之礼）、凶礼（丧葬之礼）、军礼（行兵打仗之礼）、宾礼（迎宾待客之礼）、嘉礼（冠婚之礼）。

二、汉律儒家化的表现

1. 上请与恤刑。上请即通过请示皇帝给有罪贵族官僚某些优待。恤刑，对年八十岁以上的老人，八岁以下的幼童，以及怀孕未产的妇女、老师、侏儒等，，在有罪监禁期间，给予不戴刑具的优待。老人、幼童及连坐妇女，除犯大逆不道、诏书指明追捕的犯罪外，一律不再拘捕监禁。

2. 亲亲得相首匿。亲属间首谋藏匿犯罪可以不负刑事责任。

3. 春秋决狱。春秋决狱是依据儒家经

典——《春秋》等著作中提倡的精神原则审判案件。强调审断时应重视行为人在案情中的主观动机,在着重考察动机的同时,还要依据事实,分别首犯、从犯和已遂、未遂。《春秋》决狱实行"论心定罪"原则。

精编题库测试题

1. 下列说法正确的是:

A.《法经》是中国历史上第一部比较系统的封建成文法典

B. 铸刑鼎是中国历史上第一次公布成文法的活动

C. "三不去"的三种情形是:有所娶而无所归、与更三年丧、有恶疾

D. 郑国大夫商鞅综合当时郑国内外的法律规范,编成刑书,刻在竹简上,称为"竹刑"

答案 A

简析 B是错误的,因为铸刑书是中国历史上第一次公布成文法的活动,而不是铸

刑鼎。C是错误的,因为"三不去"的三种情形是:有所娶而无所归、与更三年丧、前贫贱后富贵。D是错误的,竹刑是由郑国大夫邓析编制。

2. 以下说法哪个是正确的:

A. 汉武帝顺应历史发展废除肉刑进行刑制改革,为建立封建刑罚制度奠定了重要基础

B.《魏律》规定了重罪十条

C.《北齐律》规定了亲亲得相首匿、上请、恤刑等制度

D.《晋律》与《北齐律》中相继确立"准五服制罪"的制度

答案 D

简析 A是错误的,汉文、景帝废除肉刑,而不是汉武帝。B是错误的,《北齐律》规定了重罪十条。C是错误的,亲亲得相首匿、上请、恤刑等制度是汉朝规定的。

第二章 唐宋至明清时期的法制

◀考点要述▶════════◯

本节的基本考点：①唐朝的法律制度：《唐律》、《永徽律疏》、十恶、六杀、六赃与保辜、五刑与刑罚原则、唐律的特点与中华法系；②宋朝的法律制度：《宋刑统》、编敕、刑罚的变化、契约与婚姻法规、绝户与继承。元朝的法律制度；③元朝的法律制度：四等人制度；④明清的法律制度：律例与大诰、会典；罪名、刑罚与刑罚原则；⑤唐宋元明清的司法制度。司法机关：唐宋时期的司法机关、明清时期的司法机关、管辖制度、廷杖与厂卫；诉讼制度：刑讯与仇嫌回避原则、宋代的翻异别勘制度与证据勘验制度、明清时期的会审制度。

本节的核心考点：《永徽律疏》的内容、宋至明清皇权强化的法律表现。

◤考点详述

一、唐朝法律制度

（一）《唐律》

唐高祖于武德四年以《开皇律》为准，制定《武德律》，这是唐代首部法典。唐太宗制定《贞观律》。《贞观律》的修订，基本上确定了唐律的主要内容和风格。《贞观律》中增设了加役流制度。

（二）《永徽律疏》

《永徽律疏》又称《唐律疏议》。高宗永徽二年（公元651年）完成《永徽律》。高宗永徽三年对《永徽律》进行逐条逐句的解释，撰《律疏》三十卷奏上，与《永徽律》合编在一起。永徽四年十月经高宗批准，将疏议分附于律文之后颁行。计分12篇，共30卷。至元代后，人们以疏文皆以"议曰"二字始，故又称为《唐律疏议》称为《永徽律疏》。

《永徽律疏》完成，标志着中国古代立法达到了最高水平。作为中国封建法制的最高成就，成为中华法系的代表性法典，对后世及周边国家产生了极为深远的影响。《永徽律疏》成为中国历史上迄今保存下来的最完整、最早、最具有社会影响的古代成文法典。

（三）十恶

所谓"十恶"是隋唐以后历代法律中规定的严重危害统治阶级根本利益的常赦不原的十种最严重犯罪，渊源于北齐律的"重罪十条"。隋《开皇律》确定了十恶制度。唐律将"十恶"列入名例律之中。唐律中十恶的具体内容：

1. 谋反：谓谋危社稷，指谋害皇帝、危害国家的行为；

2. 谋大逆：指图谋破坏国家宗庙、皇帝陵寝以及宫殿的行为；

3. 谋叛：谓背国从伪，指背叛本朝、投奔敌国的行为；

4. 恶逆：指殴打或谋杀祖父母、父母等尊亲属的行为；

5. 不道：指杀一家非死罪三人及肢解人的行为；

6. 大不敬：指盗窃皇帝祭祀物品或皇帝御用物、伪造或盗窃皇帝印玺、调配御药误违原方、御膳误犯食禁，以及指斥皇帝、无人臣之礼等损害皇帝尊严的行为；

7. 不孝：指控告祖父母、父母，未经祖父母、父母同意私立门户、分异财产，对祖父母、父母供养有缺，为父母尊长服丧不如礼等不孝行为；

8. 不睦：指谋杀或卖五服（缌麻）以内亲属，殴打或控告丈夫大功以上尊长等行为；

9. 不义：指杀本管上司、授业师及夫丧违礼的行为；

10. 内乱：指奸小功以上亲属等乱伦行为。

唐律规定凡犯十恶者，不适用八议等规定，此即俗语所谓"十恶不赦"的渊源。

（四）六杀

《唐律》贼盗、斗讼篇中，依犯罪人的主观意图区分了"六杀"：

1. "谋杀"：预谋杀人；

2. "故杀"：指事先虽无预谋，但情急杀人时已有杀人的意念；

3. "斗杀"：指在斗殴中出于激愤失手将人杀死；

4. "误杀"：指由于种种原因错置了杀人对象；

5. "过失杀"：指出于过失杀人；

6. "戏杀"：指"以力共戏"而导致杀人。

"六杀"理论的出现，反映了唐律对传统杀人罪理论的发展与完善。

（五）六赃

六赃指《唐律》规定的六种非法获取公私财物的犯罪。六赃具体包括以下罪名：

1. "受财枉法"，指官吏收受财物导致枉法裁判的行为；

2. "受财不枉法"，指官吏收受财物，但未枉法裁判行为；

3. "受所监临"，指官吏利用职权非法收受所辖范围内百姓或下属财物的行为；

4. "强盗"，指以暴力获取公私财物的行为；

5. "窃盗"，指以隐蔽的手段将公私财物据为己有的行为；

6. "坐赃"，指官吏或常人非因职权之便非法收受财物的行为。

六赃的分类与按赃值定罪的原则为后世所继承，在明清律典中均有《六赃图》的配附。

（六）保辜

指对伤人罪的后果不是立即显露的，规定加害方在一定期限内对被害方伤情变化负责的一项特别制度。

（七）五刑与刑罚原则

唐律承用隋《开皇律》中所确立的五刑即笞、杖、徒、流、死五种刑罚，作为基本的法定刑，其具体规格与《开皇律》稍有不同。

唐律中的刑罚原则：

1. 区分公、私罪的原则。唐律规定公罪从轻，私罪从重。所谓公罪，即在执行公务中，由于公务上的关系造成某些失误或差错，而不是为了追求私利而犯罪。所谓私罪包括所犯之罪与公事无关，如盗窃、强奸等；另一种是利用职权，徇私枉法。

2. 自首原则。一是严格区分自首与自新的界限。唐代以犯罪未被举发而能到官府交待罪行的，叫做自首。但犯罪被揭发或被官府查知逃亡后，再投案者，唐代称做自新。二是规定谋反等重罪或造成无法挽回的严重危害后果的犯罪不可自首。三是规定自首者可以免罪。四是自首不彻底的叫"自首不实"，对犯罪情节交待不彻底的叫"自首不尽"。至于如实交待的部分，不再追究。

3. 类推原则。即对律文无明文规定的同类案件，凡应减轻处罚的，则列举重罪处罚规定，比照以解决轻案，即"举重以明轻"；凡应加重处罚的罪案，则列举轻罪处罚规定，比照以解决重案，即"举轻以明重"。

4. 化外人原则。《唐律》规定，同国籍外国侨民在中国犯罪的，由唐王朝按其所属本国法律处理，实行属人主义原则，不同国籍侨民在中国犯罪者，按唐律处罚，实行属地主义原则。

（八）唐律的特点与中华法系

唐律具有以下特点："礼法合一"；科条简要与宽简适中；立法技术完善；唐律是中国传统法典的楷模与中华法系形成的

标志。

唐律是我国封建法典的楷模，在中国法制史上具有继往开来，承前启后的重要地位。作为中华法系的代表作，唐律超越国界，对亚洲诸国产生了重大影响。朝鲜《高丽律》、日本《大宝律令》、越南《刑书》，大都参用唐律。

二、宋朝法律制度

（一）《宋刑统》

宋太祖建隆四年（公元 963 年）修订，成为历史上第一部刊印颁行的法典。全称《宋建隆重详定刑统》，简称《宋刑统》。《宋刑统》收录了五代时通行的部分敕、令、格、式，形成一种律令合编的法典结构。

（二）编敕

敕是指皇帝对特定的人或事所颁布的诏令，主要是关于犯罪与刑罚方面的规定，为一时之权制，不具有普遍的法律效力。编敕是把众多的散敕，加以分类汇编，经皇帝批准颁行后，具有了普遍的法律效力。编敕起始于宋太祖《建隆编敕》。神宗时设有"编敕所"。宋仁宗之前，基本上"律敕并行"，神宗以后"以敕破律"、"以敕代律"。

（三）刑罚的变化

1. 折杖法。除死刑外，其他笞、杖、徒、流四刑均折换成臀杖和脊杖。但对反逆、强盗等重罪不予适用。

2. 配役。配役刑渊源于隋唐的流配刑。配役刑在两宋多为刺配，刺是刺字，即古代黥刑的复活；配指流刑的配役。刺配源于后晋天福年间的刺面之法，太祖时偶尔用之，仁宗后成为常刑。

3. 凌迟。作为死刑的一种，凌迟始于五代时的西辽。仁宗时使用凌迟刑。

（四）契约与婚姻法规

1. 契约立法。

（1）债的发生。宋代因契约所生之债占多数，《宋刑统》与《庆元条法事类》在买卖之债的发生的法律规定上，强调双方的"合意"性。

（2）买卖契约。宋代买卖契约分为绝卖、活卖与赊卖三种。绝卖为一般买卖。活卖为附条件的买卖（所附条件完成，买卖才算最终成立）。赊卖是采取类似商业信用或预付方式，而后收取出卖物的价金。都须订立书面契约。

（3）租赁契约。宋时对房宅的租赁称为"租"、"赁"或"借"。对人畜车马的租赁称为"庸"、"雇"。

（4）租佃契约。地主与佃农签订租佃土地契约中，必须明定纳租与纳税的条款。地主同时要向国家缴纳田赋。佃农过期不交地租，地主可以于每年十月初一到正月三十向官府投诉，由官府代为索取。

（5）典卖契约。宋代典卖又称"活卖"，即通过让渡物的使用权收取部分利益而保留回赎权的一种交易方式。

（6）借贷契约。借指使用借贷，而贷则指消费借贷。当时把不付息的使用借贷称为负债，把付息的消费借贷称为出举。出举不得超过规定实行高利贷盘剥。

2. 婚姻法规。

（1）宋承唐律，规定违反成婚年龄的，不准婚嫁（"男年十五、女年十三以上，并听婚嫁"）。

（2）宋律禁止五服以内亲属结婚，但对姑舅两姨兄弟姐妹结婚并不禁止。

3. 绝户与继承。允许在室女，享受部分财产继承权。同时承认遗腹子与亲生子享有同样的继承权。至南宋又规定了绝户财产继承的办法。绝户指家无男子承继。绝户立继承人有两种方式：①"立继"：凡"夫亡而妻在"，立继从妻；②"命继"：凡"夫妻俱亡"，立继从其尊长亲属。

继子与绝户之女均享有继承权：①只有在室女（未嫁女）的，在室女享有 3/4

的财产继承权，继子享有 1/4 的财产继承权；②只有出嫁女（已婚女）的，出嫁女享有 1/3 的财产继承权，继子享有 1/3 的财产继承权，另外的 1/3 收为官府所有。

三、元朝法律制度

四等人制度。元代法律的主要特点之一即是以法律维护民族间的不平等。元初，依据不同民族将民众的社会地位划分为四等：蒙古人社会政治地位最优越；色目人（西夏、回回）次之；汉人再次之；南人（原南宋统治的民众）最低。

在定罪量刑上也体现着民族差别。法律上实行蒙古人犯罪与汉人犯罪同罪异罚。

四、明清法律制度

（一）律例与大诰、会典

1. 明律与明大诰。

（1）《大明律》。《大明律》是明太祖朱元璋在建国初年开始编修，于洪武三十年完成并颁行天下的法典。它一改传统刑律体例，更为名例、吏、户、礼、兵、刑、工七篇格局，用以适应强化中央集权的需要。《大明律》律文简于唐律，精神严于宋律，成为终明之世通行不改的大法。

（2）《明大诰》。朱元璋在修定《大明律》的同时，为防止"法外遗奸"，将其亲自审理的案例整理汇编，并加"训导"而成四编《大诰》，共236条，颁行天下，具有与《大明律》相同的法律效力。大诰是明初的一种特别刑事法规。明太祖死后，大诰被束之高阁，不具法律效力。

2. 清代律例的编撰。《大清律例》是中国历史上最后一部封建成文法典。《大清律例》以《大明律》为蓝本，是中国传统封建法典的集大成者。清代最重要的法律形式就是例。例是统称，可分为条例、则例、事例、成例等名目。

（1）条例。条例一般而言是专指刑事单行法规，大部分编入《大清律例》，附于某一律条之后。条例是由刑部或其他行政部门就一些相似的案例先提出一项立法建议，经皇帝批准后成为一项事例，指导类似案件的审理判决。然后，经"五年一小修，十年一大修"的条例纂修活动，由律例馆编入《大清律例》，或单独编为某方面的刑事单行法规。

（2）则例。则例指某一行政部门或某项专门事务方面的单行法规汇编。它是针对政府各部门的职责、办事规程而制定的基本规则。

（3）事例。事例指皇帝就某项事物发布的"上谕"或经皇帝批准的政府部门提出的建议。事例一般不自动具有永久的、普遍的效力，但可以作为处理该事务的指导原则。

（4）成例。成例也称"定例"，指经过整理编订的事例，是一项单行法规。成例是一种统称，包括条例及行政方面的单行法规。

3. 明清会典。《大明会典》，明孝宗弘治十五年初步编成，但未及颁行。《大明会典》基本仿照《唐六典》以六部官制为纲，故《大明会典》仍属行政法典。清廷仿效《明会典》编定《清会典》，记述各朝主要国家机关的职掌、事例、活动规则与有关制度。计有康熙、雍正、乾隆、嘉庆、光绪五部会典，合称"五朝会典"，统称《大清会典》。《清会典》的编纂一直遵循"以典为纲，以则例为目"的原则，典、例分别编辑遂成固定体例。

（二）罪名、刑罚与刑罚原则

1. 奸党罪与充军刑。

（1）"奸党"罪的创设。朱元璋洪武年间创设"奸党"罪，用以惩办官吏结党危害皇权统治的犯罪。"奸党"罪无确定内容，实际是为皇帝任意杀戮功臣宿将提供合法依据。

（2）充军刑。在流刑外增加充军刑，即强迫犯人到边远地区服苦役，并有本人终身充军与子孙永远充军的区分。明朝将此规定为正式刑。

2. 故杀与谋杀。①故杀是临时起意的故意杀人。②谋杀是有预谋的故意杀人。

3. 从重从新与重其所重轻其所轻的原则。

(1) 实行刑罚从重从新原则。《大明律·名例律》规定了从新原则,即自律颁布日为始,犯在已前者依新律拟断。

(2) "重其所重、轻其所轻"的原则。对于贼盗及有关钱粮等事,明律较唐律处刑为重。此即"重其所重"原则。对于"典礼及风俗教化"等一般性犯罪,明律处罚轻于唐律,此即"轻其所轻"的原则。

(3) 明刑弼教的立法思想。宋以前论及"明刑弼教"多将其附于"德主刑辅"之后,着眼点仍是"大德小刑"和"先教后刑"。朱熹从"礼法合一"的角度对"明刑弼教"作了新的阐释,使刑与德不再是"德主刑辅"的主次关系,德对刑不再有制约作用,只是刑罚的目的。这意味着中国封建法律指导原则沿着德主刑辅——礼法合一——明刑弼教的发展轨道,进入一个新的阶段,对明清两代影响深远。

五、宋元明清的司法机关

(一) 唐宋时期的司法机关

唐宋延续隋制,皇帝以下设置大理寺、刑部、御史台三大司法机构。

1. 大理寺。大理寺行使中央司法审判权,审理中央百官与京师徒刑以上案件。凡属流徒案件的判决,须送刑部复核;死刑案件必须奏请皇帝批准。同时大理寺对刑部移送的死刑与疑难案件具有重审权。

2. 刑部与审刑院。唐代刑部有权参与重大案件的审理,对中央、地方上报的案件具有复核权。并有权受理在押犯申诉案件。宋代刑部负责大理寺详断的全国死刑已决案件的复核及官员叙复、昭雪等事。神宗后,刑部分设左右曹,左曹负责死刑案件复核,右曹负责官吏犯罪案件的审核,且职能有所扩大。

宋审刑院是太祖时为加强对中央司法机关的控制设立的,使大理寺降为慎刑机关,地方上报案件必先送审刑院备案,后移送大理寺、刑部复审,再经审刑院详议,交由皇帝裁决。神宗时裁撤,恢复刑部与大理寺的原有职能

3. 御史台。御史台为中央监察机构,有权监督大理寺、刑部的审判工作。同时参与疑难案件的审判,并受理行政诉讼案件。御史台中分设台院、殿院、察院,统辖下属的诸御史。

(1) 台院是御史台的基本组成部分,设侍御史若干人,执掌纠弹中央百官,参与大理寺的审判和审理皇帝交付的重大案件。

(2) 殿院,设殿中侍御史若干人,执掌纠察百官在宫殿中违反朝仪的失礼行为,并巡视京城及其他朝会、郊祀等。

(3) 察院,设监察御史若干人,执掌纠察州县地方官吏的违法行为。唐代时以"道"为监察区,全国共分为十道(后增为十五道),每道设一名监察御史,称为巡按使。

4. 唐代的"三司推事"。唐代中央或地方发生重大案件时,由刑部侍郎、御史中丞、大理寺卿组成临时最高法庭审理,称为"三司推事"。有时地方发生重案,不便解往中央,则派大理寺评事、刑部员外郎、监察御史为"三司使",前往审理。

5. 地方司法机关。唐代地方司法机关由行政长官兼理。宋代地方州县仍实行司法与行政合一之制。但从太宗时在州县之上,设立提点刑狱司,作为中央在地方各路的司法派出机构。县以下乡官、里正对犯罪案件具有纠举责任,对轻微犯罪与民事案件具有调解处理的权力。

（二）明清时期的司法机关

中央司法机构为刑部、大理寺、都察院。

1.明清刑部是中央最重要的司法机构，在处理全国法律事务方面一直起主导作用。刑部负责以下事务：审理中央百官犯罪；审核地方上报的重案，死刑应交大理寺复核；审理发生在京师的徒刑以上案件；处理地方上诉案及秋审事宜；主持司法行政与律例修订事宜。

2.明清大理寺为复核机关。

3.明代将御史台改为都察院，明清都察院掌纠察。

刑部、大理寺、都察院中央三大司法机关统称"三法司"。对重大疑难案件三法司共同会审，称"三司会审"。

4.地方司法机关。明代地方司法机关分为省、府（直隶州）、县三级。沿宋制，省设提刑按察司。府、县两级实行行政司法合一体制。在清代，地方司法分州县、府、省按察司、总督（及巡抚）四级。

（三）管辖制度

明代在交叉案件的管辖上，继承了唐律"以轻就重，以少就多，以后就先"的原则，实行被告原则。实行军民分诉分辖制。

（四）廷杖与厂卫

1.廷杖。明太祖首用廷杖制度，即由皇帝下令，在朝堂之上杖责大臣的制度。

2."厂"、"卫"特务司法机关。"厂"是直属皇帝的特务机关。"卫"是指皇帝亲军十二卫中的"锦衣卫"，下设镇抚司。成祖时设宦官特务机构"东厂"，宪宗时设"西厂"，至武宗又设"内行厂"。厂卫制度严重地干扰了司法工作：①奉旨行事，厂卫作出的裁决，三法司无权更改，有时还得执行；②非法逮捕行刑，不受法律约束。

六、宋元明清的诉讼制度

（一）刑讯与仇嫌回避原则

1.刑讯的条件与证据。唐律规定，在一定条件下可以拷讯犯人。同时规定，对那些人赃俱获，经拷讯仍拒不认罪的，也可"据状断之"，即根据证据定罪。

2.刑讯方法：①刑讯必须使用符合标准规格的常行杖，以杖外他法拷打甚至造成罪囚死亡者，承审官要负刑事责任。②拷囚不得超过3次，每次应间隔20天，总数不得超过200下，杖罪以下不得超过所犯之数。若拷讯数满仍不招供者，必须取保释放。凡有违犯，承审官须负刑事责任。③拷讯数满，被拷者仍不承认的，应当反拷告状之人，以查明有无诬告等情形，同时规定了反拷的限制。

3.两类人禁止使用刑讯，只能根据证据来定罪。一类是具有特权身份的人，如应议、请、减之人；二是老幼废疾之人。老幼分指70岁以上、15岁以下者。

4.《唐六典》第一次以法典的形式，肯定了法官的回避制度。

（二）宋代的翻异别勘制度与证据勘验制度

在诉讼中，人犯否认口供（称"翻异"），事关重大案情的，由另一法官或别一司法机关重审，称"别勘"。重视现场勘验，南宋地方司法机构制有专门的"检验格目"，并产生了《洗冤集录》等世界最早的法医学著作。

（三）明清时期的会审制度

1.明代的会审制度。

（1）九卿会审（明代又称"圆审"）。是由六部尚书及通政使司的通政使，都察院左都御使，大理寺卿九人会审皇帝交付的案件或已判决但囚犯仍翻供不服之案。

（2）朝审。始于天顺三年，英宗命每年霜降之后，三法司会同公侯、伯爵，在吏部尚书（或户部尚书）主持下会审重案囚犯，从此形成制度。清代秋审、朝审皆渊源于此。

（3）大审。宪宗命司礼监一员在堂居

中而坐，尚书各官列居左右，会同三法司在大理寺共审囚徒。每隔五年举行一次。

2. 清代会审制度的发展。

（1）秋审。是最重要的死刑复审制度。秋审审理对象是全国上报的斩、绞监候案件，每年秋八月在天安门金水桥西由重要官员会同审理。统治者较为重视，专门制定《秋审条款》。

（2）朝审。朝审是对刑部判决的重案及京师附近绞、斩监候案件进行的复审，其审判组织、方式与秋审大体相同，于每年霜降后十日举行。

案件经过秋审或朝审复审程序后，分四种情况处理：其一情实，指罪情属实、罪名恰当者，奏请执行死刑；其二缓决，指案情虽属实，但危害性不大者，可减为流三千里，或发烟瘴极边充军，或再押监候；其三可矜，指案情属实，但有可矜或可疑之处，可免于死刑，一般减为徒、流刑罚；其四留养承嗣，指案情属实、罪名恰当，但有亲老丁单情形，合乎申请留养条件者，按留养奏请皇帝裁决。

（3）热审。是对发生在京师的笞杖刑案件进行重审的制度，于每年小满后十日至立秋前一日，由大理寺官员会同各道御史及刑部承办司共同进行，快速决放在监笞杖刑案犯。

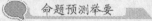

命题预测举要

一、《唐律疏议》的历史地位

《唐律疏议》规定了五刑、十恶、自首原则、化外人原则、类推制度、刑讯制度等等，在中国封建立法史上具有承前启后的地位，标志着中国古代立法达到了最高水平。《唐律疏议》对主要的法律原则和制度做了精确的解释，而且尽可能以儒家经典为根据，对后世及周边国家产生了极为深远的影响，成为中华法系的代表性法典。《唐律疏议》成为中国历史上迄今保存下来

的最完整、最早、最具有社会影响的古代成文法典。

二、宋朝法律制度的几个显著特征

1. 《宋刑统》。《宋刑统》是中国历史上第一部刊印颁行的法典。

2. 编敕。宋代的敕是指皇帝对特定的人或事所作的命令。宋仁宗之前，基本上"律敕并行"，神宗以后"以敕破律"、"以敕代律"。

3. 宋律禁止五服以内亲属结婚，南宋又规定了绝户财产继承的办法。

三、明清法律制度的几个显著特征

1. 《大明律》一改传统刑律体例，改为名例、吏、户、礼、兵、刑、工七篇格局，用以适应强化中央集权的需要。《大明律》规定了刑罚从新原则、"重其所重、轻其所轻"的原则。

2. 《明大诰》是明初的一种特别刑事法规。明太祖朱元璋将其亲自审理的案例整理汇编，并加上"训导"而颁行天下，集中体现了朱元璋"重典治世"的思想。明太祖死后，大诰被束之高阁，不具法律效力。

3. 《大清律例》是中国历史上最后一部封建成文法典。清代最重要的法律形式就是例。例是统称，可分为条例、则例、事例、成例等名目。

4. 明清会典属于行政法范畴。

精编题库测试题

1. 出于分化打击犯罪的目的，唐律全面系统地发展了传统刑法的自首原则，下列有关自首原则的论述正确的有：

A. 唐律以犯罪未被举发而能到官府交待罪行的为自首

B. 犯罪被揭发或被官府查知逃亡后，再投案者，也称为自首

C. 自首者可以免罪，但赃物必须按法律规定如数偿还

D. 谋反等重罪或造成严重后果危害无法挽回的犯罪不适用自首

答案 ACD

简析 犯罪被揭发或被官府查知逃亡后，再投案者，唐律称作自新。自新是被迫的，与自首性质不同，对自新采取减轻刑事处罚的原则。选项 B 错误。

2. 下列有关唐朝的"十恶"的说法正确的是：

A. "十恶"渊源于《曹魏律》的"重罪十条"

B. 唐律将"十恶"列入名例律之中

C. 唐律规定凡犯十恶者，不适用八议等规定，且为常赦所不原

D. "十恶"制度所规定的犯罪大致可以分为两类，一为侵犯皇权与特权的犯罪，一为违反伦理纲常的犯罪

答案 BCD

简析 "十恶"渊源于北齐律的"重罪十条"，选项 A 错误。

3. 宋代刑罚的变化体现在哪些方面：

A. 始定折杖法

B. 盛行刺配刑

C. 广泛适用充军刑

D. 凌迟成为法定死刑之一

答案 ABD

简析 宋太祖始定"折杖法"，选项 A 合题意。宋代刺配刑盛行，选项 B 合题意。充军是明清时期常用的刑罚，选项 C 不合题意。"凌迟"是在南宋《庆元和法事类》中，正式作为法定死刑的一种，选项 D 合题意。

第三章　清末、民国时期的法律

本节的基本考点：

清末"预备立宪"：清末变法修律的主要特点与影响；《钦定宪法大纲》与"十九信条"；谘议局与资政院；

清末主要修律内容：《大清现行刑律》与《大清新刑律》、《大清商律草案》与《大清民律草案》、诉讼法律与法院编制法；

清末司法体制的变化：司法机构的变革与四级三审制、领事裁判权与观审和会审公廨；

民国时期的宪法：《中华民国临时约法》、"天坛宪草"与"袁记约法"、"贿选宪法"、《中华民国宪法（1947）》；

本节的核心考点：清末变法修律的主要特点与影响、《钦定宪法大纲》、《大清民律草案》、《大清新刑律》、领事裁判权与会审公廨、《中华民国临时约法》、"贿选宪法"。

考点详述

一、清末"预备立宪"

（一）清末变法修律的主要特点与影响

特点：在立法指导思想上，借用西方近现代法律制度的形式，坚持中国固有的封建制度内容，即"中体西用"。

清末变法修律的主要影响：标志着延续几千年的中华法系开始解体，为中国法律的近代化奠定了初步基础。

（二）《钦定宪法大纲》与"十九信条"

1.《钦定宪法大纲》。清廷宪政编查馆编订，于1908年8月颁布。是中国近代史上第一个宪法性文件。共23条，分正文"君上大权"和附录"臣民权利义务"两部分。第一部分14条规定了君主的绝对权力。第二部分规定了臣民的诸项义务，并加以种种限制。

《钦定宪法大纲》特点是：皇帝专权，人民无权。《钦定宪法大纲》给封建君主专制制度披上"宪法"的外衣，以法律的形式确认君主的绝对权力。

2."十九信条"。"十九信条"全称《宪法重大信条十九条》。1911年清王朝迫于武昌革命风暴，匆匆命令资政院迅速起草宪法，资政院仅用3天时间即拟定，并于11月3日公布。是清政府于辛亥革命武昌起义爆发后抛出的又一个宪法性文件，也是清统治者立宪骗局最后破产的记录。

形式上被迫缩小了皇帝的权力，相对扩大了国会和总理的权力，但对人民权利只字未提，更暴露其虚伪性。

（三）谘议局与资政院

1.谘议局。清末"预备立宪"时期清政府设立的地方咨询机关，一切决议须报皇帝定夺。筹建始于1907年，1908年7月颁布《谘议局章程》及《谘议局议员选举章程》，1909年开始在各省设立。

2.资政院。清末"预备立宪"时期清政府设立的咨询机构。筹建始于1907年，1908年以后陆续完成《资政院院章》，1910年正式设立。资政院是承旨办事的御用机构，与近现代社会的国家议会有根本性的不同。资政院可以"议决"国家年度预决算、税法与公债，以及其余奉"特旨"交议事项等。但一切决议须报请皇帝定夺。

二、清末主要修律内容

（一）《大清现行刑律》与《大清新刑律》

1.《大清现行刑律》。是《大清新刑律》完成前的一部过渡性法典，于1910年5月15日颁行。内容基本秉承旧律例，只是在形式上对《大清律例》稍加修改：改律名为"刑律"；取消了《大清律例》中按吏、户、礼、兵、刑、工六部名称而分的六律总目，将法典各条按其性质分隶三十门；关于继承、分产、婚姻、田宅、钱等纯属民事性质的条款不再科刑；废除了一些酷刑，如凌迟；创制新罪名，如妨害国交罪。

2.《大清新刑律》。是清廷于1911年1月25日公布的中国历史上第一部近现代意义上的专门刑法典，但并未真正施行。《大清新刑律》分总则和分则两篇，后附《暂行章程》五条。《大清新刑律》抛弃了旧律诸法合体的编纂形式，以罪名和刑罚作为法典的惟一内容；在体例上将法典分为总则和分则；确立了新刑罚制度，规定刑罚分主刑、从刑；采用了一些近代西方资产阶级的刑法原则和刑法制度。

（二）《大清商律草案》与《大清民律草案》

1.《大清商律草案》。第一阶段，商事立法主要由新设立的商部负责。1904年的《钦定大清商律》，为清代第一部商律。第二阶段，主要商事法典改由修订法律馆主持起草，单行法规仍由各有关机关拟订，经宪政编查馆和资政院审议后请旨颁行。修订法律馆于1908年9月起草了《大清商律草案》，但未正式颁行。

2.《大清民律草案》。由修订法律馆主持民商法的修订，1907年正式着手，1910年12月完成全部草案。《大清民律草案》共分总则、债权、物权、亲属、继承五编。其中，总则、债权、物权三编由日本法学家松冈正义仿照德、日民法典草拟而成。而亲属、继承两编由修订法律馆会同保守的礼学馆起草，保留了许多封建法律的精神。修订民律的基本思路，没有超出"中学为体、西学为用"的思想格局。这部民律草案并未正式颁布与施行。

（三）诉讼法律与法院编制法

《大清刑事诉讼律草案》六编与《大清民事诉讼律草案》四编、《大理院编制法》、《各级审判厅试办章程》、《法院编制法》。

三、清末司法体制的变化

（一）司法机构的变革与四级三审制

1. 清末司法机关的变化。改刑部为法部，掌管全国司法行政事务；改大理寺为大理院，为全国最高审判机关；实行审检合署。

2. 实行四级三审制。确立一系列近代意义上的诉讼制度，实行四级三审制，规定了刑事案件公诉制度、证据、保释制度。审判制度上实行公开、回避等制度。初步规定了法官及检察官考试任用制度。改良监狱及狱政管理制度。

（二）领事裁判权与观审和会审公廨

1. 领事裁判权又称"治外法权"，是外国侵略者在强迫中国订立的不平等条约中所规定的一种司法特权。确立于1843年在香港公布的《中英五口通商章程及税则》及随后签订的《虎门条约》。

内容：中国人与享有领事裁判权国家的侨民间的诉讼依被告主义原则；享有领事裁判权国家的侨民之间的诉讼由所属国审理；不同国家的侨民之间的争讼适用被告主义原则；享有领事裁判权国家的侨民与非享有领事裁判权国家的侨民之间的争讼，前者是被告则适用被告主义原则，后者是被告，则由中国法院管辖。

审理机构：一审由各国在华领事法院或法庭审理；二审上诉案件由各国建立的上诉法院审理；终审案件，则由本国最高审判机关受理。

2. 观审制度。外国人是原告的案件，其所属国领事官员也有权前往观审，如认为审判、判决有不妥之处，可以提出新证据等。这种制度是原有领事裁判权的扩充。

3. 会审公廨。1864年清廷与英、美、法三国驻上海领事协议在租界内设立的特殊审判机关。凡涉及外国人案件，必须有领事官员参加会审；凡中国人与外国人诉讼案，由本国领事裁判或陪审；甚至租界内纯属中国人之间的诉讼也由外国领事审判并操纵判决。它的确立，是外国在华领事裁判权的扩充和延伸。

四、民国时期的宪法

(一)《中华民国临时约法》

《中华民国临时约法》是民国南京临时政府于 1912 年 3 月 11 日公布的一部重要的宪法文件。它是中国历史上第一部资产阶级共和性质的宪法性文件。

1.《临时约法》具有中华民国临时宪法的性质，具有革命性、民主性：《临时约法》是辛亥革命的直接产物，它以孙中山的民权主义学说为指导思想；《临时约法》确定了资产阶级民主共和国的国家制度；《临时约法》肯定了资产阶级民主共和国的政治体制和组织原则。《临时约法》采用责任内阁制；《临时约法》体现了资产阶级宪法中一般民主自由原则；《临时约法》确认了保护私有财产的原则。

2.《临时约法》的主要特点就是从各方面设定条款，对袁世凯加以限制和防范。

3.《中华民国临时约法》的意义。它肯定了辛亥革命的成果，肯定了资产阶级民主共和制度和资产阶级民主自由原则，在全国人民面前树立起"民主""共和"的形象。它在一定程度上反映了广大人民的民主要求。

(二)"天坛宪草"与"袁记约法"

1."天坛宪草"。即《中华民国宪法(草案)》，1913 年 10 月 31 日完成。是北洋政府时期的第一部宪法草案。采用资产阶级三权分立的宪法原则，确认民主共和制度。同时，也体现了国民党通过制宪限制袁世凯权力的意图。如肯定了责任内阁制；规定国会对总统行使重大权力的牵制权；限制总统任期等。这些规定使袁世凯解散国会，"天坛宪草"遂成废纸。

2."袁记约法"。即北洋政府于 1914 年 5 月 1 日公布的《中华民国约法》。它与《临时约法》有着根本性的差别：①以根本法的形式彻底否定了《临时约法》确立的民主共和制度；②用总统独裁否定了责任内阁制；③用有名无实的立法院取消了国会制；④为限制、否定《临时约法》规定的人民基本权利提供了宪法根据。

它是对《临时约法》的反动，是军阀专制全面确立的标志。

(三)"贿选宪法"

即北洋政府 1923 年 10 月公布的《中华民国宪法》，是中国近代史上公布的第一部正式"宪法"。特点有二：①企图用漂亮的词藻和虚伪的民主形式掩盖军阀专制的本质；②为平衡各派大小军阀的关系，巩固中央的权力，对"国权"和"地方制度"作了专门规定。

(四)《中华民国宪法》(1947)

1. 立法特点。从客观上看，其法律制度的"二重性"特征极为明显，主要表现在：从法律内容上看，国民政府法律制度是继受法与固有法的混合；从立法层次上看，普通法与特别法并存，而且特别法优于普通法，数量亦多于普通法；从立法与司法层面看，国民政府的许多立法在表面上顺应了时代的发展，在司法实践中却完全是赤裸裸的野蛮、专制；立法与司法脱节。

2. 内容的主要特点。该宪法的基本精神与《训政时期约法》和"五五宪草"一脉相承。内容的主要特点：表面上的"民有、民治、民享"和实际上的个人独裁，1948 年颁布的《动员戡乱时期临时条款》使这一特点更形具体和法律化；政权体制既非国会制、内阁制，又非总统制；罗列人民各项民主自由权利，比以往任何宪法性文件都充分，其后颁布的《动员戡乱时期临时条款》则完全冻结了该宪法；以"平均地权"、"节制资本"之名，行保护封建剥削、加强官僚垄断经济之实。

命题预测举要

一、清末的主要立法成果

1.《钦定宪法大纲》是中国近代史上第一个宪法性文件。

2.《大清新刑律》是中国历史上第一部近现代意义上的专门刑法典。

3.《大清民律草案》共分总则、债权、物权、亲属、继承五编。

二、清末外国人在中国的司法特权

1. 领事裁判权。2. 观审制度。3. 会审公廨。

精编题库测试题

1. 关于清末修订法律活动，下列评价正确的是：

A. 由于清末修律活动的开展，古老的中华法系解体了

B. 通过清末修律活动，近代中国的法律基本是仿照大陆法系构建自己的法律体系

C. 这场修律活动，没有使近代中国产生资本主义的法律

D. 这场活动奠定了中国法律近代化的基础

答案——ABCD

简析——经过清末的变法修律，中华法系解体了，中国的法律走上了近代化的道路。清末变法主要是仿效大陆法系进行的，但由于清末变法以"中体西用"为指导思想，因此没有使近代中国产生资本主义的法律。因此，ABCD都正确。

2. 关于《钦定宪法大纲》说法正确的是：

A. 是中国近代史上第一个宪法性文件

B. 分正文"君上大权"和附录"臣民权利义务"两部分

C. 第一部分规定了君主的相对权力，第二部分规定了臣民的权利

D. 以法律的形式确认君主立宪制

答案——AB

简析——C是错误的，第一部分规定了君主的绝对权力；第二部分规定了臣民的义务并加以种种限制。D是错误的，《钦定宪法大纲》给封建君主专制制度披上"宪法"的外衣，以法律的形式确认君主的绝对权力。

3. 下列宪法性文件规定实行内阁制的是：

A.《中华民国临时约法》

B.《天坛宪草》

C.《中华民国约法》

D. 1947 年《中华民国宪法》

答案——AB

简析——《中华民国约法》是为了限制袁世凯独裁专制而定，改总统制为责任内阁制度。《天坛宪草》是采用资产阶级三权分立制度，继续肯定责任内阁制度。1914 年袁世凯《中华民国约法》否定了这个制度，实行军阀独裁，采用的是总统独裁制度。1947 年蒋介石宪法政体既不是国会制，也不是内阁制，也不是总统制。故选项 AB 正确。

外国法制史

第一章　罗马法

本节的基本考点：

1. 罗马法的产生和《十二表法》的制定；

2. 罗马法的发展：罗马法的渊源和分类；市民法和万民法两个体系的形成；法学家活动的加强；《国法大全》的编纂；

3. 罗马私法的基本内容：人法、物法、诉讼法；

4. 罗马法的历史地位：罗马法复兴；罗马法对后世影响；

本节的核心考点：罗马私法的基本内容。

一、《十二表法》的制定

1. 制定背景。罗马原来使用习惯法，司法权操纵在贵族手中，任其解释，司法专横，引起平民不满。结果是元老院被迫于公元前 454 年成立了十人立法委员会，并于公元前 451 年制定法律十表公布于罗马广场。次年，又制定法律两表，作为对前者的补充。

2. 结构与内容。《十二表法》其特点为诸法合体、私法为主，程序法优于实体法。

3. 历史地位。《十二表法》是罗马国家第一部成文法，它总结了前一阶段的习惯法，并为罗马法的发展奠定了基础。许多世纪以来，《十二表法》被认为是罗马法的主要渊源。

二、罗马法的发展

（一）罗马法的渊源和分类

1. 罗马法的渊源：

（1）习惯法。公元前 450 年以前，罗马国家法律的基本渊源为习惯法。

（2）议会制定的法律。罗马共和国时期的主要立法机关是民众大会、百人团议会与平民会议，它们制定的法律是共和国时期最重要的法律。

（3）元老院决议。元老院是共和国时期罗马最高国家政权机关。

（4）长官的告示。罗马高级行政长官和最高裁判官发布的告示具有法律效力，是罗马法的重要渊源之一。

（5）皇帝敕令，主要包括：敕谕，敕裁，敕示，敕答。

（6）具有法律解答权的法学家的解答与著述。

2. 罗马法的分类。

（1）根据法律所调整的不同对象可划分为公法与私法。

（2）依照法律的表现形式可划分为成文法与不成文法。成文法包括议会通过的法律、元老院的决议、皇帝的敕令、裁判官的告示等；不成文法是指统治阶级所认可的习惯法。

（3）根据罗马法的适用范围可划分为自然法、市民法和万民法。

（4）根据立法方式不同可划分为市民

法与长官法。长官法专指由罗马高级官吏发布的告示、命令等所构成的法律，内容多为私法。其主要是靠裁判官的司法实践活动形成的。

（5）按照权利主体、客体和私权保护为内容可划分为人法、物法、诉讼法。

（二）市民法和万民法两个体系的形成

市民法产生于罗马共和国前期，仅适用于罗马市民。其内容主要是国家行政管理、诉讼程序、财产、婚姻家庭和继承等方面的规范。其渊源包括罗马议会制定的法律（如《十二表法》）、元老院的决议、裁判官的告示以及罗马法学家对法律的解释等。共和国后期形成了适用于罗马市民与外来人以及外来人与外来人之间关系的万民法。万民法是外事裁判官在司法活动中逐步创制的法律。它的基本内容，主要是关于所有权和债权方面的规范。后来，查士丁尼将两者统一起来。

（三）法学家活动的加强

在罗马帝国前期，法学家活动非常活跃。许多法学家还被皇帝授予法律解答权，其解答成为法律的重要渊源。主要有普罗库尔学派和萨比努斯学派。其间出现了最著名的五大法学家：盖尤斯、伯比尼安、保罗、乌尔比安、莫迪斯蒂努斯。五大法学家的法学著作和法律解释具有法律效力。罗马法学家的活动和作用是：解答法律；参与诉讼；著书立说；编纂法典，参加立法活动。

（四）《国法大全》的编纂

1.《查士丁尼法典》是一部法律汇编。它将历代罗马皇帝颁布的敕令进行整理、审订和取舍而成。

2.《查士丁尼法学总论》，又译为《法学阶梯》。它是以盖尤斯的《法学阶梯》为基础加以改编而成。具有法律效力。

3.《查士丁尼学说汇纂》，又译为《法学汇编》。这是一部法学著作的汇编，具有

法律效力。

4. 公元 565 年，法学家汇集了查士丁尼皇帝在位时所颁布的敕令，称为《查士丁尼新律》。

以上四部法律汇编，至公元 16 世纪统称为《国法大全》或《民法大全》。《国法大全》的问世，标志着罗马法已发展到最发达、最完备阶段。

三、罗马私法的基本内容

（一）人法

人法是对在法律上作为权利和义务主体的人的规定，包括自然人、法人的权利能力和行为能力以及婚姻家庭关系等内容。

1. 自然人。罗马法上的自然人有两种含义：一是生物学上的人，包括奴隶在内；二是法律上的人，是指享有权利并承担义务的主体。奴隶因不具有法律人格，不能成为权利义务主体，而被视为权利客体。罗马法对自然人的行为能力，也作了详细规定。只有年满 25 岁的成年男子才享有完全的行为能力。

2. 人格。罗马法上的人格由自由权、市民权和家庭权三种身份构成。只有同时具备上述三种身份权的人，才能在法律上享有完全的权利能力。上述三种身份权全部或部分丧失，人格即发生变化，罗马法称之为"人格减等"。

3. 法人。罗马法上虽没有明确的法人概念和术语，但已有初步的法人制度。罗马法上法人分社团法人和财团法人两种。

4. 婚姻家庭法。实行一夫一妻的家长制家庭制度。罗马法的婚姻有两种，即"有夫权婚姻"和"无夫权婚姻"。

（二）物法

物法在私法体系中占有极其重要的地位，是罗马法的主体和核心。对后世资产阶级民法的影响最大。物法由物权、继承和债三部分构成。

1. 物权。物权是指权利人可以直接行

使于物上的权利。物权的范围和种类皆由法律规定，而不能由当事人自由创设。

2. 继承。罗马的继承分为遗嘱继承和法定继承，遗嘱继承优于法定继承。早期采取"概括继承"的原则，后来逐步确立了"限定继承"的原则。

3. 债。罗马法中债的发生原因主要有两类：一类是合法原因，即由双方当事人因订立契约而引起的债；一类是违法原因，即由侵权行为而引起的债，罗马法称之为私犯。此外，准契约和准私犯也是债的发生原因。

（三）诉讼法

诉讼分为公诉和私诉两种。公诉是对损害国家利益案件的审理，私诉是对有关私人利益案件的审理。在罗马法的发展过程中，诉讼程序先后呈现出三种不同的形态：法定诉讼、程式诉讼、特别诉讼。

四、罗马法复兴

1. 罗马法复兴的原因。12 世纪初，西欧各国先后出现研究和采用罗马法的热潮，史称罗马法复兴。罗马法是资本主义社会以前调整商品生产者关系最完备的法律，这一法律遗产可以满足当时西欧各国一般财产和契约关系的发展变化需要。

2. 罗马法复兴的过程。

（1）注释法学派与罗马法的复兴。1135 年，在意大利北部发现《查士丁尼学说汇纂》原稿，揭开了复兴罗马法的序幕。学者采用了中世纪西欧流行的注释方法研究罗马法，因而得名为"注释法学派"，注释法学派使《国法大全》的研究成为一门科学。

（2）评论法学派与罗马法研究、适用的新发展。14 世纪，在意大利又形成了研究罗马法的"评论法学派"。该学派的宗旨是致力于罗马法与中世纪西欧社会司法实践的结合，以改造落后的封建地方习惯法，使罗马法的研究与适用有了新的发展。

3. 罗马法复兴的意义。

（1）罗马法的运用，使商品经济得到比较顺利的发展，市民等级的力量不断加强，同时也推动了王权的加强和扩张。而这都有利于民族统一国家的形成。

（2）经过罗马法复兴，形成了一个世俗的法学家阶层，为正在成长中的资本主义关系提供了现成的法律形式。

（3）罗马时代的自然法思想及自由人在私法关系上地位平等原则，是近代自然法学说的思想渊源。

命题预测举要

1.《十二表法》的特征。《十二表法》的特点为诸法合体、私法为主，程序法优于实体法。

2. 罗马法的基本内容。罗马法有三部分组成，人法、物法、诉讼法。

人法是对在法律上作为权利和义务主体的人的规定，包括自然人、法人的权利能力和行为能力以及婚姻家庭关系等内容。

物法在私法体系中占有极其重要的地位，是罗马法的主体和核心。对后世资产阶级民法的影响最大。物法由物权、继承和债三部分构成。

诉讼分为公诉和私诉两种。在罗马法的发展过程中，诉讼程序先后呈现三种不同的形态：法定诉讼、程式诉讼、特别诉讼。

精编题库测试题

1. 关于罗马法学家的说法正确的是：

A. 主要有普罗库尔学派和萨比努斯学派

B. 其间出现了最著名的四大法学家：盖尤斯、伯比尼安、保罗、乌尔比安

C. 罗马法学家的法学著作和和法律解释具有法律效力

D. 罗马法学家的活动和作用是：解答法律；参与诉讼；著书立说；编纂法典，

参加立法活动

答案——AD

简析——B是错误的，罗马法有五大法学家：盖尤斯、伯比尼安、保罗、乌尔比安、莫迪斯蒂努斯。C是错误的，只有五大法学家的法学著作和法律解释具有法律效力，并不是所有法学家。

2. 关于罗马私法表述正确的是：

A. 罗马私法由人法、物法、诉讼法三个部分组成

B. 罗马法上的自然人即是法律上的人

C. 诉讼分为公诉和私诉两种。在罗马法的发展过程中，诉讼程序先后呈现出三种不同的形态：法定诉讼、程式诉讼、特别诉讼

D. 罗马法中债的发生原因主要有两类：一类是合法原因，即由双方当事人因订立契约而引起的债；一类是违法原因，即由侵权行为而引起的债，罗马法称之为私犯

答案——ACD

简析——B是错误的。罗马法上的自然人有两种含义：一是生物学上的人，包括奴隶在内；二是法律上的人，是指享有权利并承担义务的主体。奴隶因不具有法律人格，不能成为权利义务主体，而被视为权利客体。

3.《国法大全》是由哪四个部分组成：

A.《查士丁尼法典》

B.《查士丁尼法学总论》

C.《查士丁尼学说汇纂》

D.《查士丁尼新律》

答案——ABCD

简析——《国法大全》由《查士丁尼法典》、《查士丁尼法学总论》、《查士丁尼学说汇纂》和《查士丁尼新律》四个部分组成。

第二章　英美法系

◀考点要述▶

本节的基本考点：

英美法的历史沿革：英国法的形成与发展、美国法的形成和发展；

英美法的渊源：英国法的渊源（普通法、衡平法、制定法）；

美国宪法：宪法的主要内容与修正案；

英美司法制度：法院组织、美国联邦最高法院的司法审查权、陪审制度、辩护制度；

英美法系的形成与特点：英美法系的形成、英美法系的特点；美国法的特点和历史地位；

本节的核心考点：英国法的渊源、美国法的创新。

◆考点详述

一、英美法的渊源

（一）英国法的渊源

1. 普通法。普通法是英国法最重要的渊源。"遵循先例"是普通法最基本的原则。普通法最重要、影响最大的特征是"程序先于权利"。

2. 衡平法。现代意义上的衡平法通过大法官法院，即衡平法院的审判活动，以法官的"良心"和"正义"为基础发展起来。其程序简便、灵活，法官判案有很大的自由裁量权。

普通法和衡平法的规则发生冲突时，衡平法优先。

3. 制定法。英国制定法在法律渊源中的重要性不如普通法和衡平法两种判例法，但其效力和地位很高，可对普通法和衡平法进行调整、修改。制定法的种类有：欧洲联盟法、国会立法、委托立法。其中国会立法是英国近现代最重要的制定法，被称做"基本立法"。

（二）美国法的渊源

1. 制定法。美国的联邦和各州都有制定法。

2. 普通法。在美国并没有一套联邦统一的普通法规则，各州的普通法自成体系。

3. 衡平法。美国绝大部分州，衡平法上的案件统一由联邦法院兼管。

二、美国宪法

1787 年制宪会议起草宪法，1789 年，联邦宪法生效。1787 年联邦宪法的主要内容：（1）由序言和七条本文组成。（2）《宪法》的主要内容包括：立法权、行政权、司法权、授予各州的权力、宪法修正案提出和通过的程序、强调宪法和根据宪法制定的法律以及缔结的条约是"全国最高法律"、宪法本身的批准问题。

宪法修正案。宪法修正案是美国宪法规定的惟一正式改变宪法的形式。其中影响最大的是关于公民权利的宪法前 10 条修正案（即"权利法案"）、南北战争后关于废除奴隶制并承认黑人选举权的修正案、20 世纪后关于扩大选举权、男女享受平等权利的修正案。

三、英美司法制度

（一）法院组织

1. 英国法院组织。①英国长期存在普通法院和衡平法院两大法院系统，19 世纪后期司法改革取消了两大法院系统的区别，统一了法院组织体系。②现行英国法院组织从层次上可分为高级法院（分为上议院、枢密院司法委员会和最高法院）、低级法院；从审理案件的性质上分为民事法院、刑事法院。上议院是实际上的最高法院，最高法院包括上诉法院、高等法院、皇家刑事法院。

2. 美国双轨制的法院组织。美国有两套法院组织系统：联邦法院组织系统与州法院组织系统各行其是。前者包括联邦最高法院、联邦上诉法院和联邦地区法院。州法院组织系统不统一，一般来说州的最高一级法院称做州最高法院，正式的初审法院是地区法院，基层法院是治安法院。

（二）美国联邦最高法院的司法审查权

指联邦最高法院通过司法程序，审查和裁决立法和行政是否违宪的司法制度。源于1803年的"马布里诉麦迪逊"案，确立的司法审查的宪法原则是：宪法是最高法律，一切其他法律不得与宪法相抵触；联邦最高法院在审理案件时，有权裁定所涉及的法律或法律的某项规定是否违反宪法；经法院裁定违宪的法律或法律规定不再具有法律效力。

（三）陪审制度

英国是现代陪审制的发源地。陪审团的职责是就案件的事实部分进行裁决，法官则在陪审团裁决的基础上就法律问题进行判决。陪审团裁决一般不允许上诉。但当法官认为陪审团的裁决存在重大错误时，可以撤销该陪审团，重新组织陪审团审判。

（四）辩护制度

1. 对抗制又称"辩论制"，法官充当消极仲裁人的角色。

2. 两类律师。英国律师传统上分为两类：出庭律师、事务律师。出庭律师可以在任何法院出庭辩护，事务律师主要从事一般的法律事务，可在低级法院出庭辩护，但不能在高级法院出庭。近年来英国律师制度进行了改革，两类律师的划分已不再泾渭分明。

四、美国法的历史地位

1. 美国创造了对宪法产生深刻影响的近代宪政思想和制度，制定了世界第一部资产阶级成文宪法，奠定了资产阶级宪法的基本格局。

2. 创造了立法和司法的双轨制。

3. 美国刑法率先创造了缓刑制度，并

将教育观念和人道主义观念引入刑法的改革。

4. 最早建立了反垄断法制。

命题预测举要

一、普通法和衡平法冲突时如何处理

衡平法的出现是为了弥补普通法的不足。衡平法的法官以公平和正义作为审判的基础，克服了普通法形式的僵化，因此，普通法和衡平法冲突时，衡平法优先。

二、美国法的创新

1. 1787年联邦宪法，是世界上第一部资产阶级成文宪法。

2. 创造立法、司法双轨制，这种体制及其运作为中央和地方关系的协调提供了经验。

3. 联邦最高法院的司法审查权，确立于1803年"马布里诉麦迪逊"案，宣告了联邦宪法的最高地位。

4. 美国刑法创造了缓刑制度，并将教育观念和人道主义引入刑法改革。

5. 最早的反垄断法。

精编题库测试题

1. 关于英美法渊源说法正确的是：

A. 普通法最重要、影响最大的特征是"权利先于程序"

B. 普通法和衡平法的规则发生冲突时，衡平法优先

C. 欧洲联盟法是英国近现代最重要的制定法，被称做"基本立法"

D. 在美国并没有一套联邦统一的普通法规则，各州的普通法自成体系

答案—BD

简析—A是错误的。普通法最重要、影响最大的特征是"程序先于权利"。C是错误的。国会立法是英国近现代最重要的制定法，被称做"基本立法"。

2. 关于英美司法制度，说法正确的是：

A. 美国联邦最高法院的司法审查权源于1803年的"马布里诉麦迪逊"案

B. 联邦最高法院在审理案件时，有权裁定所涉及的法律或法律的某项规定是否违反宪法

C. 法官和陪审团共同对就案件的事实部分进行裁决

D. 美国双轨制的法院组织，联邦法院组织系统与州法院组织系统各行其是

答案——ABD

简析——C是错误的，陪审团负责对案件的事实部分进行裁决，法官则在陪审团裁决的基础上就法律问题进行判决。

3. 现行的英国法院组织从层次上可分为高级法院和低级法院。以下属于高级法院的是：

A. 上议院

B. 治安法院

C. 联邦法院

D. 最高法院

答案——AD

简析——英国长期存在普通法院和衡平法院两大法院系统，19世纪后期司法改革取消了两大法院系统的区别，统一了法院组织体系。现行的英国法院组织从层次上可分为高级法院和低级法院。高级法院包括上议院、枢密院司法委员会和最高法院。故选项AD正确。低级法院包括郡法院和治安法院。故选项B不合题意。而C项的联邦法院是美国法院组织系统的类别。故选项C不合题意。

第三章　大陆法系

本节的基本考点：

1. 法国法、德国法和日本法的历史沿革：法国法律制度的形成与发展、德国法律制度的形成与发展、日本法律制度的形成与发展；

2. 宪法：法国人权宣言与法国宪法、日本宪法（《大日本帝国宪法》、《和平宪法》）；

3. 民法：《法国民法典》、《德国民法典》；

4. 司法制度：法国的司法制度、德国的司法制度、日本的司法制度；

5. 大陆法系的形成和特点：大陆法系的形成、大陆法系的特点；

本节的核心考点：法国宪法、《法国民法典》、《德国民法典》。

◀考点详述

一、法国法、德国法的历史沿革

（一）法国法律制度的形成与发展

在拿破仑时期，法国制定了《民法典》、《商法典》、《刑法典》、《民事诉讼法典》和《刑事诉讼法典》五部重要法典，再加上宪法，它们构成了法国"六法"体系。

（二）德国法律制度的形成与发展

1. 封建法制的形成与发展。

法律渊源多元化。法律的分散性和法律渊源的多元化是德国法最基本的特点。《萨克森法典》，是封建时代最著名的习惯法汇编，其内容主要是关于民事、刑事问题的地方习惯法和诉讼规则，以及调整封建关系的采邑法。《加洛林纳法典》为封建时代后期出现的一部以帝国名义颁布的刑法典，该法典主要包括刑法和刑事诉讼法方面的内容。

2. 德意志帝国的建立与近代德国法律体系的形成。1871 年，德意志帝国建立。

先后颁布了宪法、刑法典、刑事诉讼法典、民事诉讼法典、法院组织法、民法典和商法典，成为大陆法系的又一个典型，形成近代法律体系。

3. 魏玛共和国时期法律的发展。1919 年德国进入魏玛共和国时期，颁布大量"社会化"法律，使德国成为经济立法和劳工立法的先导。

4. 法西斯专政时期德国法的蜕变。随着 1933 年希特勒建立法西斯独裁统治，德国颁布了一系列法律，废除了资产阶级议会民主制和联邦制，强化希特勒的个人独裁统治。

二、宪法

（一）法国人权宣言与法国宪法

1. 《人权与公民权利宣言》。1789 年《人权与公民权利宣言》（简称《人权宣言》），第一次明确而系统地提出资产阶级民主和法制的基本原则，是建立资产阶级统治的纲领性文件。《人权宣言》奠定了法国宪政制度的基础，而且是多部法国宪法的序言。

《人权宣言》提出的民主法制原则主要有：人权天赋"神圣不可侵犯"的原则；确立了"人民主权"、"权力分立"的资产阶级民主原则；提出了资产阶级法制原则。

2. 1791 年宪法。法国第一部宪法，也是法国历史上唯——部非系统完整的宪法法典。这部宪法以 1789 年《人权宣言》为序言，正文由前言和八篇组成。这部宪法的制定和实施结束了法国的封建统治，巩固了资产阶级革命的胜利成果，标志着资产阶级君主立宪制的正式确立。其基本内容是：①以孟德斯鸠的君主立宪和分权思想为指导，宣布法国为君主立宪国，实行三权分立。②确认资产阶级的各项权利。③把公民划分为"积极公民"和"消极公民"。④继续维护法国殖民统治。

3.1875 年宪法。是法国历史上实施时间最长的一部宪法。这部宪法最终确立了资产阶级共和制。1875 年宪法由三个宪法性文件组成，即《参议院组织法》、《政权组织法》和《国家政权机关相互关系法》。宪法规定，议会是立法机关，总统是国家元首，法国实行责任内阁制。宪法还肯定了拿破仑一世创立的参事院，既是咨议机关，又是法国最高行政法院，是行政诉讼案件的终审法院。

（二）日本宪法

1."明治宪法"。1889 年正式颁布《大日本帝国宪法》，后通称"明治宪法"，是一部带有明显封建性和军国性的宪法。宪法的基本内容和特点包括：①是基于君主主权思想制定的一部"钦定"宪法；②深受德国宪法的影响，有 46 个条文抄自普鲁士宪法，仅有 3 条为日本所独创；③对公民自由权利的规定，不仅范围狭窄，而且随时可加以限制。

2."和平宪法"。战后日本于 1947 年 5 月 3 日正式实施，新宪法特点是：① 天皇成为象征性的国家元首；②实行三权分立与责任内阁制；③规定放弃战争原则，仅保留自卫权。④扩大国民的基本权利和自由。

三、民法

（一）《法国民法典》

1. 民法典的制定和影响。1804 年正式颁布实施，定名为《法国民法典》。习惯上也称为《拿破仑法典》。《法国民法典》是资本主义社会第一部民法典，是大陆法系的核心和基础，对法国以及其他资本主义国家的民法产生深远影响。

2. 民法典的特点和原则。

（1）从内容和形式相结合来考察，具有以下特点：

它是一部典型的资产阶级早期的民法典，体现了"个人最大限度的自由、法律最小限度的干涉"这一立法精神；贯彻资产阶级民法原则；保留了若干旧法残余；法典在立法模式、结构和语言方面，也有特殊性。

（2）该法典篇幅庞大，条文很多，但其基本原则主要有四个：全体公民民事权利平等的原则；私有财产权无限制和不可侵犯的原则；契约自由的原则；过失责任原则。

（二）《德国民法典》

1. 民法典的制定和影响。于 1876 年通过，于 1900 年 1 月 1 日正式施行。德国民法典的产生，使大陆法系划分为法国支系和德国支系。相对于法国法而言，德国法也继受了罗马法，但在很大程度上保留了较多固有的日耳曼法因素。《德国民法典》体系完整、用语精确，既体现自由资本主义时期民法的基本原则，又反映垄断资本主义时代民法的某些特征。

2. 民法典的主要内容和特点：①适应垄断资本主义经济发展需要，在贯彻资产阶级民法基本原则方面已有所变化。②规定法人制度。这是资产阶级民法史上第一部全面规定法人制度的民法典。③保留浓厚的封建残余。④在立法技术上讲究逻辑体系严密、概念科学、用语精确。

四、德国的司法制度

1877 年《法院组织法》，确认了司法独立原则。规定审判权由独立的法院行使，法官实行终身制。设置了由区法院、地方法院、高等法院和帝国法院构成的普通法院体系，帝国法院为全国的最高司法审级。

 命题预测举要

一、《法国民法典》基本原则和影响

1. 基本原则主要有四个：全体公民民

事权利平等的原则；私有财产权无限制和不可侵犯的原则；所有权具有绝对无限制的特点；契约自由的原则；过失责任原则。

2.《法国民法典》是资本主义社会第一部民法典，是大陆法系的核心和基础，对法国以及其他资本主义国家的民法产生深远影响。

二、《德国民法典》特点和影响

1. 特点：(1) 适应垄断资本主义经济发展需要，在贯彻资产阶级民法基本原则方面已有所变化。(2) 规定法人制度。这是资产阶级民法史上第一部全面规定法人制度的民法典。(3) 保留浓厚的封建残余。(4) 在立法技术上讲究逻辑体系严密、概念科学、用语精确。

2. 影响：德国民法典的产生，使大陆法系划分为法国支系和德国支系。德国民法典是德国在统一后编纂的五部法典中最成功的一部，它以独特的风格打破了法国民法典近一个世纪的垄断地位，深刻影响了许多国家的民法编纂。

精编题库测试题

1. 下列关于德国法律说法正确的是：

A.《加洛林纳法典》是封建时代后期出现的一部以帝国名义颁布的刑法典，该法典主要包括刑法和刑事诉讼法方面的内容，以及调整封建关系的采邑法

B.《德国民法典》规定了法人制度

C. 大陆法系形成了以 1804 年的《法国民法典》和 1900 年的《德国民法典》为代表的两个支系

D. 魏玛共和国时期颁布大量"社会化"法律，使德国成为经济立法和劳工立法的先导

答案——BCD

简析——A 是错误的，调整封建关系的采

邑法是在《萨克森法典》中规定的。

2. 下列关于法国法律说法正确的是：

A. 拿破仑时期的《民法典》、《商法典》、《刑法典》、《民事诉讼法典》和《刑事诉讼法典》五部重要法典，再加上宪法，它们构成了法国"六法"体系

B. 1976 年新民事诉讼法典在诉讼模式上实行当事人主义

C.《法国民法典》是继《德国民法典》后的资本主义社会又一部影响深远的民法典

D. 1791 年宪法，是法国历史上唯一一部系统完整的宪法法典

答案——AB

简析——C 是错误的。《法国民法典》是资本主义社会第一部影响深远的民法典。D 是错误的。1791 年宪法是法国历史上唯一一部非系统完整的宪法法典。

3. 下列关于日本法律说法正确的是：

A. 公元 645 年的"大化革新"废除奴隶制，以唐律为模式创建了日本封建法律制度

B. 二战后日本法律制度，较多接受美国法的影响，建立了以国会为中心的责任内阁制

C. "明治宪法"是一部资产阶级的民主宪法

D. 日本战后的"和平宪法"规定放弃战争原则，仅保留自卫权

答案——ABD

简析——C 是错误的。"明治宪法"是基于君主主权思想制定的一部"钦定"宪法；对公民自由权利的规定，不仅范围狭窄，而且随时可加以限制。因此，该宪法是一部带有明显封建性的宪法。

第一章　宪法基本理论

本部分的基本考点：

1. 宪法的概念：宪法的含义、宪法的基本特征（宪法是国家的根本法、宪法是公民权利的保障书、宪法是民主事实法律化的基本形式）、宪法与法律的关系、宪法与宪政的关系 宪法的分类；

2. 宪法的历史发展：近代意义宪法的产生、中国宪法的历史发展（旧中国宪法的历史发展、新中国宪法的产生与发展、现行宪法的修改）；

3. 宪法的基本原则：人民主权原则、基本人权原则、法治原则、权力制约原则；

4. 宪法的作用：宪法的一般功能、宪法在社会主义法治国家建设中的作用（立法、执法、司法、守法）；

5. 宪法的渊源与宪法典的结构：宪法的渊源（宪法典、宪法性法律、宪法惯例、宪法判例、国际条约）、宪法典的结构（序言的效力、正文附则）；

6. 宪法规范：宪法规范的概念、宪法规范的主要特点（根本性、最高权威性、原则性、纲领性、相对稳定性）、宪法规范的分类（确认性规范、禁止性规范、权利性规范与义务性规范、程序性规范）；

7. 宪法效力：宪法效力的概念、宪法效力的表现、宪法与条约。

本部分的核心考点是：宪法的基本特征、我国现行宪法的修改、宪法的权力制约原则、宪法的渊源与宪法典的结构。

考点详述

一、宪法的概念

（一）宪法的含义

尽管古代的中国和西方都曾有"宪法"这一词语，但它们的涵义却与近现代的"宪法"迥然不同。在中国，将"宪法"一词作为国家根本法始于 19 世纪 80 年代。郑观应在《盛世危言》中，首次使用了"宪法"一词。

宪法词义发生质的变化，始于 17、18 世纪欧洲文艺复兴时期。近代资产阶级革命成功，近现代意义的宪法才最终形成。

宪法是反映各种政治力量实际对比关系，确认革命胜利成果和现实的民主政治，规定国家根本制度和根本任务，具有最高法律效力的国家根本大法。

（二）宪法与法律的关系

<table>
<tr><td rowspan="7">宪法与法律的关系</td><td rowspan="4">联系</td><td>宪法与法律具有共同的经济基础，主要取决于社会的物质文化形态</td></tr>
<tr><td>宪法与法律都是国家制定并以国家强制力保障实施的行为规范</td></tr>
<tr><td>宪法和法律都以通过规定社会关系参加者的权利义务来确认和保护社会秩序和法律秩序</td></tr>
<tr><td>宪法和法律一样具有制裁性</td></tr>
<tr><td rowspan="3">区别</td><td>内容不同：宪法涉及一个国家的政治、经济、文化、对外交往等各方面的重大原则性问题，具有根本性、宏观性和全面性的特点；而普通法律所规定的内容，只涉及国家或社会生活中某一方面的重要问题，它是宪法某一方面的具体化，其内容具有具体和微观的特点</td></tr>
<tr><td>效力不同：宪法具有最高的法律效力，它是普通法律制定的基础和依据，普通法律的规定不得同宪法相抵触，否则无效，一切组织和个人都必须以宪法为根本的活动准则</td></tr>
<tr><td>制定和修改程序不同：宪法制定和修改的机关往往不是普通立法机关，而是依法特别成立或组成的机关同时通过或批准宪法的程序也不是一般程序</td></tr>
</table>

（三）宪法的基本特征

1. 宪法是国家的根本法。

（1）在内容上，宪法规定国家最根本、最重要的问题。

（2）在法律效力上，宪法的法律效力最高，一切法律、行政法规和地方性法规都不得同宪法相抵触；宪法是一切国家机关、社会团体和全体公民的最高行为准则。

（3）在制定和修改的程序上，宪法比其他法律更加严格。

2. 宪法是公民权利的保障书。宪法最主要、最核心的价值在于，它是公民权利的保障书。从宪法的基本内容来看，主要包括国家权力的正确行使和公民权利的有效保障，其中公民权利的有效保障居于支配地位。

3. 宪法是民主事实法律化的基本形式。宪法与民主紧密相连，民主主体的普遍化，或者说民主事实的普遍化，是宪法得以产生的前提。而且基于宪法在整个国家法律体系中的根本法地位，以及宪法确认的基本内容主要是国家权力的正确行使和人权的有效保障，因此可以说，宪法是民主事实法律化的基本形式。

（四）宪法的本质

宪法的本质是各种政治力量对比关系的集中表现。

（五）宪法与宪政

1. 宪政的概念和特征。宪政也称"民主宪政"、"立宪政体"，是以宪法为前提，以民主政治为核心，以法治为基础，以限制与规范国家权力为手段，以保障人权为目的的政治形态或政治过程。宪政的特征是：

（1）宪法实施是建立宪政的基本途径；

（2）建立有限政府是宪政的基本精神；

（3）树立宪法的最高权威是宪政的集中表现。

2. 宪法与宪政的关系。宪法是宪政的前提，宪政则是宪法的实践。也可以说，宪法是静态的宪政，宪政是动态的宪法。因此，宪法的内容直接决定宪政的内容，立宪的目的就是宪政的目的；没有宪法就谈不上宪政，而离开了宪政，宪法则成了一纸空文。

（六）宪法的分类

1. 资产阶级学者的宪法分类。

形式分类	提出者	分类标准	定 义	
成文宪法与不成文宪法	英国学者 J. 蒲莱士 1884 年在牛津大学演讲时首次提出	宪法是否具有统一的法典形式	成文宪法是指具有统一法典形式的宪法，有时也叫文书宪法或制定宪法，其最显著的特征在于法律文件上既明确表现为宪法，又大多冠以国名	
			不成文宪法指不具有统一的法典形式，而是散见于多种法律文书、宪法判例、宪法惯例的宪法。不成文宪法的最显著特征在于，虽然各种法律文件未被冠以宪法之名，但却发挥着宪法的作用	
刚性宪法与柔性宪法	英国学者 J. 蒲莱士在《历史研究与法理学》一书中首先提出	法律效力以及其制定修改的程序	刚性宪法是指制定、修改的机关和程序不同于一般法律的宪法。一般又有三种情况：	① 制定或修改宪法的机关不是普通的立法机关，而往往是特别成立的机关
				② 制定或修改宪法的程序严于一般立法程序
				③ 特别的机关依据特别的程序制定修改
			柔性宪法是指制定、修改的机关和程序与一般法律相同的宪法	
钦定宪法、民定宪法、协定宪法		制定宪法的主体不同	钦定宪法是指由君主或者以君主的名义制定和颁布的宪法。如 1814 法国国王路易十八颁布的宪法、1848 年意大利萨丁尼亚王亚尔培颁布的宪法、1889 年日本明治天皇颁布的宪法、1908 年清政府颁布的《钦定宪法大纲》	
			民定宪法是指由民意机关或者由全民公决制定的宪法。	
			协定宪法是由君主与国民的代表机关协商制定的宪法。如 1215 年英国的《大宪章》、法国 1830 年宪法	

2. 马克思主义学者的宪法分类。马克思主义宪法学者以国家的类型和宪法的阶级本质为标准，把宪法分为资本主义类型的宪法和社会主义类型的宪法。

二、宪法的历史发展

（一）近代意义宪法的产生

近代意义的宪法是西方国家资产阶级革命的产物。近代意义宪法的产生须具备经济、政治和思想文化三方面的条件。

（二）中国宪法的历史发展

1. 旧中国宪法的历史发展。

（1）1908 年的《钦定宪法大纲》是中国历史上第一个宪法性文件。

（2）1912 年的《中华民国临时约法》是中国历史上唯一一部资产阶级共和国性质的宪法性文件。

（3）1923 年的《中华民国宪法》（"贿选宪法"）是中国近代第一部正式宪法。

2. 新中国宪法的产生与发展。1949 年 9 月召开了具有广泛代表性的中国人民政治协商会议，制定了起临时宪法作用的《中国人民政治协商会议共同纲领》。1954 年，第一届全国人民代表大会第一次全体会议在共同纲领的基础上制定了我国第一部社会主义类型的宪法，即 1954 年宪法。1975 年颁布了第二部宪法，它是一部内容很不完善并有许多错误的宪法。1978 年颁布的第三部宪法，虽经 1979 年和 1980 年两次局部修改，但从总体上说仍然不能适应新时期的需要。因此，1982 年 12 月 4 日第五届全国人民代表大会第五次会议通过了新中国的第四部宪法，即现行宪法。

3. 现行宪法的修改。

（1）1988 年第七届全国人大一次会议对宪法进行了第一次修正，包括两条内容：一是规定"国家允许私营经济在法律规定的范围存在和发展。私营经济是社会主义公有制经济的补充。国家保护私营经济的合法的权利和利益，对私营经济进行引导、监督和管理"。二是删去不得出租土地的有关规定，增加规定土地的使用权可以依照法律的规定转让。

（2）1993年八届全国人大第一次会议对现行宪法进行了第二次修正。以党的十四大精神为指导，突出了建设有中国特色社会主义理论和党的基本路线，着重对经济制度的有关规定作了修改和补充。主要包括：①明确把"我国正处于社会主义初级阶段"、"建设有中国特色社会主义"、"坚持改革开放"写进宪法，使党的基本路线在宪法中得到集中、完整的表述；②增加了"中国共产党领导的多党合作和政治协商制度将长期存在和发展"；③把家庭联产承包责任制作为农村集体经济组织的基本形式确定下来；④将社会主义市场经济确定为国家的基本经济体制；⑤把县级人民代表大会的任期由3年改为5年。

（3）1999年九届全国人大第二次会议对现行宪法进行了第三次修正。主要内容包括：①明确把"我国将长期处于社会主义初级阶段"、"沿着建设有中国特色社会主义的道路"、在"邓小平理论指导下"、"发展社会主义市场经济"写进宪法。②增加规定"中华人民共和国实行依法治国，建设社会主义法治国家"。③规定"国家在社会主义初级阶段，坚持公有制为主体、多种所有制经济共同发展的基本经济制度，坚持按劳分配为主、多种分配方式并存的分配制度"。④规定农村集体经济组织实行家庭承包经营为基础、统分结合的双层经营体制。⑤规定非公有制经济是社会主义市场经济的重要组成部分，将国家对个体经济和私营经济的基本政策合并修改为在法律规定范围内的个体经济、私营经济等非公有制经济，是社会主义市场经济的重要组成部分。国家保护个体经济、私营经济的合法的权利和利益。国家对个体经济、私营经济实行引导、监督和管理。⑥将镇压"反革命的活动"修改为镇压"危害国家安全的犯罪活动"。

（4）2004年，十届全国人大二次会议根据党的十六大精神，以"三个代表"重要思想为指导，对现行宪法进行了第四次修改：①在宪法序言中增加"三个代表"的指导思想。"沿着建设有中国特色社会主义道路"修改为"沿着中国特色社会主义道路"。增加"推动物质文明、政治文明和精神文明协调发展"。②在宪法序言关于爱国统一战线组成结构的表述中增加"社会主义事业的建设者"。③将国家的土地征用制度修改为：国家为了公共利益的需要，可以依照法律规定对土地实行征收或者征用并给予补偿。④将国家对非公有制经济的政策修改为：国家保护个体经济、私营经济等非公有制经济的合法的权利和利益。国家鼓励、支持和引导非公有制经济的发展，并对非公有制经济依法实行监督和管理。⑤将国家对公民私人财产的政策修改为：公民的合法的私有财产不受侵犯。国家依照法律规定保护公民的私有财产权和继承权。国家为了公共利益的需要，可以依照法律规定对公民的私有财产实行征收或者征用并给予补偿。⑥增加规定：国家建立健全同经济发展水平相适应的社会保障制度。⑦增加规定：国家尊重和保障人权。⑧将全国人民代表大会代表的产生方式修改为：全国人民代表大会由省、自治区、直辖市、特别行政区和军队选出的代表组成。各少数民族都应当有适当名额的代表。⑨"戒严"改为"紧急状态"。⑩国家主席的职权增加"进行国事活动"。⑪将乡镇人民代表大会的任期由3年改为5年。⑫在宪法中增加关于国歌的规定等。

三、宪法的基本原则

1. 人民主权原则。主权是指国家的最高权力。人民主权是指国家中绝大多数人拥有国家的最高权力。法国的布丹首创主权概念，并认为主权在君。英国的洛克则提出议会主权。真正的人民主权的学说是由法国的卢梭所创立的。社会主义国家的宪法一般都规定"一切权力属于人民"的原则，这是无产阶级在创建自己的政权过程中，批判性地继承资产阶级民主思想的基础上，对人民主权原则的创造性运用和发展。

2. 基本人权原则。人权是指作为一个人所应该享有的权利，在本质上属于应有权利、道德权利。17、18 世纪的西方资产阶级启蒙思想家提出了"天赋人权"学说，强调人人生而享有自由、平等、追求幸福和财产的权利。在资产阶级革命过程中以及革命胜利后，人权口号逐渐被政治宣言和宪法确认为基本原则。社会主义国家宪法也确认了基本人权原则。我国宪法专列一章规定了公民的基本权利和义务。2004 年 3 月 14 日我国第十届全国人民代表大会第二次会议通过的《宪法修正案》第 24 条明确规定："国家尊重和保障人权"。

3. 法治原则。法治是相对于人治而言的政府治理形式，是指按照民主原则把国家事务法律化、制度化，并依法进行管理的一种方式，是 17、18 世纪资产阶级启蒙思想家所倡导的重要民主原则。其核心思想在于依法治理国家，法律面前人人平等，反对任何组织和个人享有法律之外的特权。社会主义国家的宪法不仅宣布宪法是国家根本法，而且还规定国家的立法权属于最高的人民代表机关，使宪法和法律具有广泛深厚的民主基础，为社会主义的法治原则的实现提供了前提条件。

4. 权力制约原则。权力制约原则是指国家权力的各部分之间相互监督、彼此牵制，以防止国家权力的滥用，并最终实现对公民权的保障。在资本主义国家的宪法中，权力制约原则主要表现为分权制衡原则；在社会主义国家的宪法中，权力制约原则主要表现为监督原则。分权制衡原则

是由法国的启蒙思想家孟德斯鸠完成的。社会主义国家的监督原则是由巴黎公社首创的。

四、宪法的作用

（一）宪法的一般功能

宪法功能是宪法内容和原则在社会生活中产生的实际效果。宪法的一般功能包括：确认功能；保障功能；限制功能；协调功能。

（二）宪法在社会主义法治国家建设中的作用

1. 宪法在立法中的作用：①确立社会主义法律体系的基本目标；②确立了立法统一的基础；③宪法确立了解决法律内部冲突的基本机制；④宪法是立法体制发展与完善的基础与依据。

2. 宪法在执法中的作用：宪法是执法的基础与原则。

3. 宪法在司法中的作用：①宪法是检察权和审判权的来源；②宪法规定了司法机关活动的基本原则。

4. 宪法在守法中的作用：认真遵守宪法、树立宪法意识是提高守法意识的重要内容。

五、宪法的渊源与宪法典的结构

（一）宪法的渊源

宪法的渊源亦即宪法的表现形式，具体包括：成文宪法典、宪法性法律、宪法惯例、宪法判例、国际条约和国际习惯等。

1. 宪法典。宪法典是绝大多数国家采用的形式，是指一国最根本、最重要的问题由一种有逻辑、有系统的法律文书加以明确规定而形成的宪法。

2. 宪法性法律。宪法性法律是指一国宪法的基本内容不是统一规定在一部法律文书之中，而是由多部法律文书表现出来的宪法。主要有两种情况：①在不成文宪法国家中，有关宪法规定的内容不是采用宪法典的形式，因此宪法性法律只是普通

法律的一个组成部分；②在成文宪法国家中，既存在根本法意义上的宪法即宪法典，又存在部门法意义上的宪法即普通法律中有关规定宪法内容的法律，如组织法、选举法、代表法、立法法。

3. 宪法惯例。宪法惯例是指在国家实际政治生活中存在，并为国家机关、政党及公众所普遍遵循，且与宪法具有同等效力的习惯或传统。其特征为：①它没有具体的法律形式，它的内容并不明确规定在宪法典或宪法性法律中；②它的内容涉及国家的根本制度、公民的基本权利和义务等最根本、最重要的问题；③它主要依靠公众舆论而不是国家强制力来保证其实施。

4. 宪法判例。宪法判例是指由司法机关在审判实践中逐渐形成并具有宪法效力的判例。在普通法系国家，根据"先例约束原则"，法院在法律没有明确规定的情形下可以创造规则。因此，在宪法性法律没有明确规定的前提下，法院就有关宪法问题作出的判决自然也是宪法的表现形式之一。在成文宪法国家，尽管法院的判决必须符合宪法的规定，但有些国家的法院有宪法解释权，因而法院在具体案件中基于对宪法的解释而做出的判决，对下级法院也有约束力。

5. 国际条约和国际习惯。

（二）宪法典的结构

1. 序言。世界上大多数国家的宪法有序言。宪法序言的内容各国虽然不尽相同，但大致包括制宪的宗旨、目的和指导思想、国家的基本任务和奋斗目标。

2. 正文。正文是宪法的主要内容，也是宪法的重心，具体包括社会制度和国家制度的基本原则、公民的基本权利和义务、国家机构、国家标志、宪法修改和监督制度等。

3. 附则。宪法的附则是指宪法对于特定事项需要特殊规定而做出的附加条款。

由于附则是宪法的一部分，因而其法律效力当然应该与一般条文相同。而且其法律效力还有两大特点：①特定性，即只对特定的条文或事项适用；②临时性，即只对特定的时间或情况适用。

六、宪法规范

与一般法律规范相比，宪法规范具有以下主要特点：根本性；最高权威性；原则性；纲领性；相对稳定性。

宪法规范同样具有法律规范性，我们可以对宪法规范进行如下的分类：①确认规范；②禁止性规范；③权利性规范与义务性规范；④程序性规范。

七、宪法效力

（一）宪法效力的概念

宪法效力是指宪法规范对相关社会关系所产生的拘束作用。

（二）宪法效力的表现

1. 宪法效力的特点。宪法效力具有最高性与直接性。

2. 宪法对人的适用。宪法首先适用于自然人，中华人民共和国宪法适用于所有中国公民，不管公民生活在国内还是国外。此外，外国人和法人在一定条件下成为基本权利主体。

3. 宪法对领土的效力。宪法的空间效力及于国土的所有领域。

（三）宪法与条约

在宪法与条约的关系上，各国的规定是不尽相同的，如有的国家规定"条约高于宪法"，也有国家宪法规定宪法的效力高于条约。我国现行宪法文本没有对宪法与条约关系做出具体规定，但从宪法序言中可以看出其基本的原则，即我国以和平共处五项原则为基础，发展同各国的外交关系和经济、文化的交流。

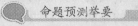
命题预测举要

1. 宪法的基本特征。

(1) 宪法是国家的根本法：①在内容上，宪法规定国家最根本、最重要的问题；②在法律效力上，宪法的法律效力最高，在国家法律体系中处于最高地位的法律地位；③在制定和修改的程序上，宪法比其他法律更加严格。

(2) 宪法是公民权利的保障书，这是宪法最主要、最核心的价值。

(3) 宪法是民主事实法律化的基本形式。

2. 宪法的基本原则及其在我国宪法的具体体现。

宪法基本原则是指人们在制定和实施宪法过程中必须遵循的最基本的准则，是贯穿立宪和行宪的基本精神。

(1) 人民主权原则。主权是指国家的最高权力。人民主权是指国家中绝大多数人拥有国家的最高权力。人民主权原则在我国主要体现为人民代表大会制度。我国宪法规定："中华人民共和国的一切权力属于人民"，"人民行使国家权力的机关是全国人民代表大会和地方各级人民代表大会"，"全国人民代表大会和地方各级人民代表大会都由民主选举产生，对人民负责，受人民监督"。

(2) 基本人权原则。人权是指作为一个人所应该享有的权利，在本质上属于应有权利、道德权利。社会主义国家宪法也确认了基本人权原则。2004 年 3 月 14 日我国第十届全国人民代表大会第二次会议通过的《中华人民共和国宪法修正案》第 24 条明确规定："国家尊重和保障人权"。我国宪法还专列一章规定了公民的基本权利和义务。

(3) 法治原则。法治是相对于人治而言的政府治理形式，是指按照民主原则把国家事务法律化、制度化，并依法进行管理的一种方式。社会主义国家的宪法不仅宣布宪法是国家根本法，具有最高的法律效力，是一切国家机关和全体公民最高的行为准则，而且还规定国家的立法权属于最高的人民代表机关。我国宪法在《总纲》中规定："一切国家机关和武装力量、各政党和各社会团体、各企业事业组织都必须遵守宪法和法律"，"任何组织或者个人不得有超越宪法和法律的特权"。

(4) 权力制约原则。权力制约原则是指国家权力的各部分之间相互监督、彼此牵制，以防止国家权力的滥用，并最终实现对公民权的保障。在资本主义国家的宪法中，权力制约原则主要表现为分权制衡原则；在社会主义国家的宪法中，权力制约原则主要表现为监督原则。我国宪法规定："全国人民代表大会和地方各级人民代表大会都由民主选举产生，对人民负责，受人民监督"，"国家行政机关、审判机关、检察机关都由人民代表大会产生，对它负责，受它监督"。

精编题库测试题

1. 下列关于宪法的基本原则的论述正确的有：

A. 资产阶级宪法的最一般的原则为基本人权原则

B. 法国 1791 年宪法首先以国家根本大法的形式确认了法治原则

C. 苏俄首创了社会主义国家的监督原则

D. 当代资本主义国家的宪法均不同形式地确认了分权原则，具体表现为实行"三权分立"，主要包括典型的美国形式、以立法为重点的英国形式和以行政为重点的法国形式等三种模式

答案——BD

简析——宪法的基本原则又称宪法原则，是指宪法中蕴含的、涉及国家根本制度的指导思想和基本要求。目前，通常认为宪法原则主要包括人民主权原则、基本人权原

则、法治原则和权力制约原则等内容。A项论述错误在于，人民主权原则为资本主义宪法的最一般的原则。C项论述错误在于，世界上第一个无产阶级专政政权——巴黎公社首创了社会主义国家的监督原则，并为后来的社会主义国家奉为一条重要的民主原则。

2.2004年十届全国人大通过的宪法修正案对我国宪法作了重要修改，下列属于这一修正案的是：

A. 明确规定"国家尊重和保障人权"

B. 明确规定"公民的合法的私有财产权神圣不可侵犯"

C. 明确规定"国家建立健全同经济发展水平相适应的社会保障制度"

D. 明确规定"国家为了公共利益的需要，可以依照法律规定对公民的私有财产实行征收或者征用并给予补偿"

答案——ACD

简析——B项是错误的，正确的表述应为"公民的合法的私有财产不受侵犯"。

第二章　国家的基本制度（上）

考点要述

本部分的基本考点：

1. 人民民主专政制度：人民民主专政的概念与实质、我国人民民主专政的主要特色（共产党领导的多党合作和政治协商制度、爱国统一战线）；

2. 国家的基本经济制度：社会主义市场经济体制、有中国特色的社会主义市场经济体制、社会主义公有制是我国经济制度的基础、非公有制经济是社会主义市场经济的重要组成部分（劳动者个体经济、私营经济、"三资"企业）、国家保护社会主义公共财产和公民合法私有财产；

3. 国家的基本文化制度：文化制度的概念与特点、我国宪法关于基本文化制度的规定、我国宪法中关于公民道德教育的规定；

本部分的核心考点：我国人民民主专政的主要特色、我国自然资源的归属、非公有制经济的地位、私有财产权的宪法保障。

考点详述

一、人民民主专政制度

人民民主专政指的是工人阶级领导的，以工农联盟为基础的，对人民实行民主，对敌人实行专政的一种国家政权。人民民主专政的实质是无产阶级专政。我国人民民主专政的主要特色：

1. 中国共产党领导的多党合作和政治协商制度。

2. 爱国统一战线。爱国统一战线是指由中国共产党领导的，由各民主党派参加的，包括全体社会主义劳动者、社会主义事业的建设者、拥护社会主义的爱国者和拥护祖国统一的爱国者组成的广泛的政治联盟。

中国人民政治协商会议是中国爱国统一战线的组织形式。

二、国家的基本经济制度

基本经济制度是指一国通过宪法调整生产资料所有制的规则、原则和政策的总称。我国的基本经济制度是坚持公有制为主体、多种所有制经济共同发展的基本经济制度。

（一）我国公有制经济和非公有制经济的地位

基本经济制度	公有制经济	包括全民所有制经济（国有经济）、集体所有制经济和混合所有制经济中的国有成分和集体成分	
		公有制经济是我国社会主义市场经济的主体。国有经济是国民经济中的主导力量。国家保障国有经济的巩固和发展，对集体经济实行鼓励、指导和帮助	
		公有制的主体地位还表现在自然资源归国家和集体所有	矿藏、水流、城市的土地属于国家所有
			宅基地和自留地、自留山，属于集体所有
			森林、山岭、草原、荒地、滩涂等自然资源，既可属于国家所有，也可由法律规定属于集体所有
			农业集体经济组织所有的水塘、水库中的水，属于集体所有
	非公有制经济	包括个体经济、私营经济和三资企业等形式	
		在法律规定范围内的个体经济、私营经济等非公有制经济是社会主义市场经济的重要组成部分	
		国家鼓励、支持、引导非公有制经济的发展，并对非公有制经济依法实行监督和管理	

（二）国家保护社会主义公共财产和公民合法私有财产

1. 社会主义公共财产神圣不可侵犯。

2. 公民的合法的私有财产不受侵犯。

三、国家的基本文化制度

文化制度是指一国通过宪法和法律调整以社会意识形态为核心的各种基本关系的规则、原则和政策的综合。文化制度主要包括以下方面：科技事业；教育事业；文学艺术事业；广播电影电视事业；医疗、卫生、体育事业；新闻出版事业；图书馆事业；社会意识形态等方面。我国宪法关于基本文化制度的规定包括：

1. 国家发展教育事业；

2. 国家发展科学事业；

3. 国家发展医疗卫生体育事业；

4. 国家发展文学艺术及其他文化事业。

命题预测举要

1. 我国宪法关于自然资源的归属。在我国，自然资源归国家和集体所有。其中，矿藏、水流、城市的土地，属于国家所有；宅基地和自留地、自留山，属于集体所有；森林、山岭、草原、荒地、滩涂等自然资源，既可属于国家所有，也可由法律规定属于集体所有。

2. 我国宪法关于保护社会主义公共财产和公民合法私有财产的规定。

（1）社会主义公共财产神圣不可侵犯。《宪法》第12条规定："社会主义公共财产神圣不可侵犯，国家保护社会主义的公共财产，禁止任何组织或者个人用任何手段侵占或者破坏国家的和集体的财产。"《宪法》第9条规定："国家保障自然资源的合理利用，禁止任何组织或者个人用任何手段侵占或者破坏自然资源。"

（2）国家保护合法私人财产。2004年宪法修正案规定："公民的合法的私有财产

不受侵犯。""国家依照法律规定保护公民的私有财产权和继承权。""国家为了公共利益的需要，可以依照法律规定对公民的私有财产实行征收或者征用并给予补偿。"这些规定表明，我国宪法不仅将私有财产权明文规定为公民的基本权利，而且将私有财产的平等保障上升为一项重要的宪法原则。

精编题库测试题

1. 下列说法错误的是：

A. 国家鼓励、支持和引导非公有制经济的发展，并对非公有制经济依法实行监督和管理

B. 公民的的私有财产不受侵犯

C. 国家为了公共利益的需要，可以依照法律规定对公民的私有财产实行征收或者征用并给予补偿

D. 爱国统一战线是指由中国共产党领导的，由各民主党派参加的，包括社会主义劳动者、拥护社会主义的爱国者和拥护祖国统一的爱国者的政治联盟

答案——BD

简析——B是错误的。只有公民的合法私有财产不受侵犯。

D是错误的。爱国统一战线不仅包括社会主义劳动者、拥护社会主义的爱国者和拥护祖国统一的爱国者，还包括社会主义的建设者。

2. 下列是宪法中关于基本文化制度的说法，哪些是正确的：

A. 国家鼓励集体经济组织、国家企业事业组织和其他社会力量依照法律规定举办各种教育事业。国家推广全国通用的普通话

B. 国家发展自然科学和社会科学事业，普及科学和技术知识，奖励科学研究成果和技术发明创造

C. 国家允许企业事业组织和街道组织

举办各种医疗卫生设施

D. 国家发展为人民服务、为社会主义服务的文学艺术事业、新闻广播电视事业、出版发行事业、图书馆博物馆文化馆和其他文化事业，开展群众性的文化活动

答案——ABD

简析——C 是错误的。现行《宪法》规定，国家鼓励和支持农村集体经济组织、国家企业事业组织和街道组织举办各种医疗卫生设施。

第三章　国家的基本制度（下）

考点要述

本部分的基本考点：

1. 人民代表大会制度：政权组织形式的概念与种类、人民代表大会制度的概念与特点；

2. 选举制度：选举制度的概念、我国选举制度的基本原则（选举权的普遍性原则、选举权的平等性原则、直接选举和间接选举并用的原则、秘密投票原则）、我国选举的组织与程序（选举的组织、划分选区和选民登记、候选人制度、投票选举、对代表的罢免和补选）、特别行政区和台湾省全国人大代表的选举、选举的物质保障和法律保障（对破坏选举的制裁）；

3. 国家结构形式：国家结构形式概念、我国是单一制的国家结构形式、我国的行政区域划分；

4. 民族区域自治制度：民族区域自治制度的概念、民族自治地方的自治机关、民族自治地方的自治权；

5. 特别行政区制度：特别行政区的概念和特点、中央与特别行政区的关系、特别行政区的政治体制（特别行政区行政长官、特别行政区政府、特别行政区立法会、特别行政区的司法机关）、特别行政区的法律制度（特别行政区基本法、予以保留的原有法律、特别行政区立法机关制定的法律、适用于特别行政区的全国性法律）。

本部分的核心考点是：选举制度的基本原则、直接和间接选举的组织与程序、我国的行政区划、民族自治地方的自治制度、中央与特别行政区的关系、特别行政区的政治体制。

考点详述

一、人民代表大会制度

1. 国家的一切权力属于人民是人民代表大会制度的逻辑起点。

2. 选民民主选举代表是人民代表大会制度的前提。

3. 以人民代表大会为基础建立全部国家机构是人民代表大会制度的核心。

4. 对人民负责、受人民监督是人民代表大会制度的关键。

二、选举制度

（一）我国选举制度的基本原则

1. 选举权的普遍性原则。在我国享有选举权的基本条件有三：①具有中国国籍，是中华人民共和国公民；②年满18周岁；③依法享有政治权利。

下列三种情况下不享有选举权和被选举权：①依法被剥夺政治权利的人；②精神病患者不能行使选举权利的，经选举委员会确认而不列入选民名单；③因犯违反国家安全罪或其他严重刑事犯罪案件被羁押、正在受侦查、起诉、审判的人，经人民法院或者人民检察院决定，在被羁押期间停止行使选举权利。

2. 选举权的平等性原则。选举权的平等性不仅着重于实质上的平等，也应该实现形式上的平等：

（1）实行城乡按相同人口比例选举人大代表，体现人人平等。2010年3月14日修改的《选举法》明确规定："全国人民代表大会代表名额，由全国人民代表大会常务委员会根据各省、自治区、直辖市的人口数，按照每一代表所代表的城乡人口数相同的原则，以及保证各地区、各民族、各方面都有适当数量代表的要求进行分配"；"地方各级人民代表大会代表名额，由本级人民代表大会常务委员会或者本级选举委员会根据本行政区域所辖的下一级各行政区域或者各选区的人口数，按照每一代表所代表的城乡人口数相同的原则，以及保证各地区、各民族、各方面都有适当数量代表的要求进行分配"，从而在法律上取消了城乡选举差别，充分实现了选举权的平等性。

（2）保障各地方在国家权力机关有平等的参与权，各行政区域不论人口多少，都应有相同的基本名额数，都能选举一定数量的代表，体现地区平等。

（3）保障各民族都有适当数量的代表，人口再少的民族，也要有一名代表，体现民族平等。

3. 直接选举和间接选举并用的原则。直接选举是指由选民直接投票选举国家代表机关代表和国家公职人员的选举。间接选举则是指由下一级国家代表机关，或者由选民投票选出的代表选举上一级国家代表机关代表和国家公职人员的选举。

在我国，不设区的市、市辖区、县、自治县、乡、民族乡、镇的人民代表大会代表，由选民直接选出；全国人民代表大会代表，省、自治区、直辖市、设区的市、自治州的人民代表大会代表，由下一级人民代表大会选出。所以，我国在选举中采取的是直接选举和间接选举并用的原则。

4. 秘密投票原则。秘密投票亦称无记名投票，指选民不署自己的姓名，亲自书写选票并投入密封票箱的一种投票方法。我国全国和地方各级人民代表大会代表的选举，一律采用无记名投票的方法；《选举法》规定："选举时应当设有秘密写票处"，以更好地实现选举的公正性。对于少数文盲或者因残疾不能写选票的人，选举法规定可以委托他信任的人代写。

（二）我国选举的组织

根据我国选举法的规定，我国存在选举委员会和各级人大常委会两种形式的选举组织机构。

1. 直接选举的主持机构。在实行直接选举的地方，设立选举委员会主持本级人大代表的选举。不设区的市、市辖区、县、自治县的选举委员会受本级人大常委会的领导；乡、民族乡、镇的选举委员会受不设区的市、市辖区、县、自治县的人大常委会的领导。它们要接受省、自治区、直辖市、设区的市、自治州人大常委会对选举工作的指导。

根据选举法第 9 条的规定，不设区的市、市辖区、县、自治县的选举委员会的组成人员由本级人民代表大会常务委员会任命。乡、民族乡、镇的选举委员会的组成人员由不设区的市、市辖区、县、自治县的人民代表大会常务委员会任命。选举委员会的组成人员为代表候选人的，应当辞去选举委员会的职务。

根据选举法第 10 条规定，选举委员会履行下列职责：①划分选举本级人民代表大会代表的选区，分配各选区应选代表的名额；②进行选民登记，审查选民资格，公布选民名单；受理对于选民名单不同意见的申诉，并作出决定；③确定选举日期；④了解核实并组织介绍代表候选人的情况；根据较多数选民的意见，确定和公布正式代表候选人名单；⑤主持投票选举；⑥确定选举结果是否有效，公布当选代表名单；⑦法律规定的其他职责。选举委员会应当及时公布选举信息。

2. 间接选举的主持机构。我国间接选举由本级人大常委会主持。特别行政区全国人大代表的选举由全国人大常委会主持。

（三）我国直接选举的程序

1. 选区划分和选民登记。

（1）选区是以一定数量的人口为基础划分的区域，是选民直接选举产生人民代表的基本单位；同时也是人民代表联系选民进行活动的基本单位。选区可以按居住状况划分，也可以按生产单位、事业单位、工作单位划分。

（2）选民登记是指对每一个享有选举权利的公民，从法律上确认其选民资格的行为。选举委员会将符合法律规定条件的公民，列入选民名单，承认其选民资格。

选民名单应在选举日前 20 日以前公

布，有不同意见的公民可以向选举委员会提出申诉，选举委员会应在 3 日内作出处理决定。申诉人如果对处理决定不服，可以在选举日前 5 日以前向人民法院起诉，人民法院应在选举日以前判决，人民法院的判决即是最后决定。

2. 代表候选人的提出。由选民直接选举人民代表大会代表的，代表候选人的人数应多于应选代表名额 1/3 倍～1 倍。县、乡两级人大代表候选人按选区提名产生。代表候选人可以由各政党、各人民团体单独或联合，以及选民 10 人以上联名推荐提出，但每个选民联名推荐的代表候选人的名额，不得超过本选区应选代表的名额。选举委员会或者人民代表大会主席团应当向选民或者代表介绍代表候选人的情况；推荐代表候选人的政党、人民团体和选民、代表，可以在选民小组或者代表小组会议上介绍所推荐的代表候选人的情况，但在选举日必须停止对代表候选人的介绍。接受推荐的代表候选人应当向选举委员会或者大会主席团如实提供个人身份、简历等基本情况。提供的基本情况不实的，选举委员会或者大会主席团应当向选民或者代表通报。

选举委员会汇总后，在选举日的 15 日以前公布，并在该选区的各选民小组反复酝酿、讨论、协商，根据多数选民的意见，确定正式代表候选人名单，正式代表候选人名单及代表候选人的基本情况应当在选举日的 7 日以前公布。

3. 投票。投票由选举委员会主持。投票一律采用无记名的方法；每一名选民在一次选举中只有一个投票权，如果在选举期间外出，经选举委员会同意，可以书面委托其他选民代为投票，但每一名选民接受的委托不得超过 3 人。选区全体选民过半数参加投票，选举有效；如参加投票的选民不足半数，须改期选举。

4. 计票。投票结束后，由监票、计票人员和选举主持人核对投票人数和所投的票数，作出记录，并由监票人签字。代表候选人的近亲属不得担任监票人、计票人。

每次选举所投的票数等于或少于投票人数的，有效；多于投票人数的，无效。凡选举无效，须当即宣布，并重新组织投票。在确认投票有效后，统计投票结果。每一选票所选的人数，多于规定应选代表人数的作废；等于或少于规定应选代表人数的有效。

5. 代表候选人的当选。代表候选人获得参加选举的选民过半数的选票，始得当选。如获得过半数票的代表候选人名额超过应选代表名额时，以得票多的当选。如代表候选人得票数相等时，应就票数相等的候选人再次投票，以得票多的当选；获得过半数选票的当选代表人数少于应选代表的名额时，不足的名额另行选举。另选时，根据在第一次投票时得票多少的顺序，按照法定差额比例，确定候选人名单；如果只选一人，候选人应为二人。以得票多的当选，但所得票数不得少于参加选举总选票数的 1/3；县级以上的地方各级人民代表大会在另行选举上一级人民代表大会代表时，代表候选人获得全体代表过半数的选票，始得当选。

6. 确认。各选区计票结束后，由选举委员会确认选举结果是否有效，并予以宣布。

7. 补选、辞职和罢免。人大代表在任期内，因故出缺，由原选区补选；代表资格终止的，缺额另行补选；补选出缺的代表时，代表候选人的名额可以多于应选代表的名额，也可以与应选代表的名额相等。补选的具体办法，由省级人大常委会规定。

县级人大代表可以向本级人大常委会书面提出辞职，乡级的人大代表可以向本级人大书面提出辞职。辞职须经县级人大常委会组成人员或乡级人大代表过半数通过。接受辞职的，应当予以公告。

选民有权罢免由其选举所产生的代表。根据选举法第 47 条规定，对于县级的人大代表，原选区选民 50 人以上联名，对于乡级的人民代表大会代表，原选区选民 30 人以上联名，可以向县级的人民代表大会常务委员会书面提出罢免案。罢免案须经原选区过半数的选民通过；被罢免的代表可以出席上述会议或者提出书面申诉意见。罢免决议须报上一级人大常委会备案、公告。

（四）我国间接选举的程序

间接选举是上一级人民代表大会的代表由下一级人民代表大会通过间接方式选举产生的制度。间接选举主要适用于县级以上各级人民代表大会代表的选举、同级军队人大代表的选举和特别行政区全国人大代表的选举。

1. 代表候选人的提出。代表候选人按选举单位提名产生；代表候选人可以由各政党、各人民团体单独或联合，以及代表 10 人以上联名推荐提出。

间接选举人大代表的，代表候选人的人数应多于应选代表名额的 1/5～1/2。候选人名单提出后，如果提出的候选人的人数符合法定差额比例，直接进行投票选举。如果所提候选人的人数超过法定的最高差额比例，进行预选，然后确定正式代表候选人名单。县级以上的地方各级人大在选举上一级人大代表时，提名、酝酿代表候选人的时间不得少于 2 天。

2. 投票。选举大会由主席团主持，采用无记名投票的方式。

3. 计票和宣布当选。投票结束后，由监票、计票人员和大会主席团人员核对投票人数和票数，作出记录，并由监票人签字。

代表候选人获得全体代表过半数的选票者始得当选。选举结果由大会主席团确定是否有效，并予以宣布。经选举产生的人大代表选出之后，须经过代表资格审查委员会的审查，并经常务委员会确认其代表资格是否有效。

4. 补选、辞职与罢免。代表在任期内因故出缺，或资格终止的，其缺额由原选举单位补选；原选举单位人大闭会期间，由其常委会补选。补选时可采用差额选举方式也可采用等额选举方式。补选的具体办法，由省级人大常委会规定。

全国人大代表，省、自治区、直辖市、设区的市、自治州的人大代表，均可向选举他的人大常委会提出辞职。常务委员会接受辞职，须经常务委员会组成人员的过半数通过。接受辞职的决议，须报送上一级人民代表大会常务委员会备案、公告。

县级以上的地方各级人民代表大会举行会议的时候，主席团或 1/10 以上代表联名，可以提出对由它选出的上一级人民代表大会代表的罢免案。在人民代表大会闭会期间，县级以上的地方各级人大常委会主任会议或常委会 1/5 以上的组成人员联名，可以向常委会提出对由该级人民代表大会选出的上一级人民代表大会代表的罢免案。罢免案须分别经代表大会过半数的代表或常委会组成人员的过半数通过，罢免的决议须报告上一级人大常委会备案、公告。

（五）特别行政区和台湾省全国人大代表的选举

1. 特别行政区全国人大代表的选举制度：①在特别行政区成立全国人大代表选举会议，选举会议名单由全国人大常委会公布；②会议选举选举会议成员组成主席团，选举由主席团主持；③代表候选人由选举会议成员 10 人以上联名提出，联名提名不得超过应选人数；④年满 18 周岁的港澳居民中的中国公民有资格参选；⑤代表的选举采用差额选举；⑥选举结果由主席团予以宣布，并报全国人大常委会代表资格审查委员会。全国人大常委会根据代表资格审查委员会的报告，确认代表资格，公布代表名单。

根据全国人民代表大会有关办法的规定，香港特别行政区应选第十一届全国人大代表名额为 36 名，澳门特别行政区应选第十一届全国人大代表名额则为 12 名。

2. 台湾省第十一届全国人大代表的选举制度：①台湾省第十一届全国人民代表大会代表 13 人；②由各省、自治区、直辖市和中央国家机关、中国人民解放军中的台湾省籍同胞派代表到北京参加协商选举会议。按照选举法规定，采用差额选举和无记名投票的方式选举产生；③协商选举会议人数为 122 人。各省、自治区、直辖市出席协商选举会议人选，由各省、自治区、直辖市人大常委会负责组织协商选定。中央国家机关和解放军驻京单位出席协商选举会议人选，由全国人大常委会办公厅与有关部门协商选定；④协商选举会议由第十届全国人民代表大会常务委员会委员召集。（详见《台湾省出席第十一届全国人民代表大会代表协商选举方案》）。

（六）选举的物质保障和法律保障

1. 在物质上，全国人民代表大会和地方各级人民代表大会的选举经费由国库开支。

2. 我国选举法规定，为保障选民和代表自由行使选举权和被选举权，对有下列行为之一，破坏选举，违反治安管理规定的，依法给予治安管理处罚；构成犯罪的，依法追究刑事责任：①以金钱或者其他财物贿赂选民或者代表，妨害选民和代表自由行使选举权和被选举权的；②以暴力、威胁、欺骗或者其他非法手段妨害选民和

代表自由行使选举权和被选举权的；③伪造选举文件、虚报选举票数或者有其他违法行为的；④对于控告、检举选举中违法行为的人，或者对于提出要求罢免代表的人进行压制、报复的。国家工作人员有上述行为的，还应当依法给予行政处分。

三、国家结构形式

（一）国家结构形式概念

国家结构形式是指特定国家的统治阶级根据一定原则采取的调整国家整体与部分、中央与地方相互关系的形式。现代国家的国家结构形式主要有单一制和联邦制两大类。

决定国家结构形式的要素，最主要并起决定作用的是统治阶级的政治需要，其他因素主要包括民族因素和历史因素。

（二）我国是单一制的国家结构形式

我国采取单一制的国家结构形式主要有历史原因和民族原因。我国单一制国家结构形式的主要特点：①通过建立民族区域自治制度解决单一制下的民族问题；②通过建立特别行政区制度解决历史遗留问题。

（三）我国的行政区域划分

现行《宪法》第 30 条规定，中华人民共和国的行政区域划分如下：全国分为省、自治区、直辖市；省、自治区分为自治州、县、自治县、市；县、自治县分为乡、民族乡、镇；直辖市和较大的市分为区、县；自治州分为县、自治县、市；自治区、自治州、自治县都是民族自治地方。

我国行政区划设立、变更的决定机关及其权限：

有权机关	权　　限
全国人大	批准省、自治区和直辖市的建置
国务院	批准省、自治区、直辖市的区域划分
	批准自治州、县、自治县、市的建置和区域划分
省级人民政府	决定乡、民族乡、镇的建置和区域划分
	根据国务院的授权审批县、市、市辖区部分行政区域界限的变更

四、民族区域自治制度

（一）民族自治地方的自治机关

自治地方	自治区、自治州和自治县。民族乡不是民族自治地方
自治机关	自治区、自治州和自治县的人民代表大会和人民政府。不包括民族自治地方的检察机关和审判机关
自治机关的任职要求	民族自治地方的人大常委会中，应当有实行民族区域自治的民族的公民担任主任或者副主任 民族自治地方的人民政府的正职领导必须由实行民族区域自治的民族的公民担任

（二）民族自治地方的自治权

1. 制定自治条例和单行条例。自治条例是指民族自治地方的人民代表大会根据宪法和法律的规定，并结合当地民族政治、经济和文化特点制定的有关管理自治地方事务的综合性法规。单行条例是指民族自治地方的人民代表大会及其常务委员会在自治权范围内，依法根据当地民族的特点，针对某一方具体问题而制定的法规。

自治区制定的自治条例和单行条例须报全国人大常委会批准后才能生效；自治州、自治县制定的自治条例和单行条例，须报省或者自治区的人大常委会批准后生效，并报全国人大常委会备案。

自治条例和单行条例可以对法律和行政法规做出变通规定，但不得违背法律或行政法规的基本原则，不得对宪法和民族区域自治法的规定以及其他有关法律、行政法规专门就民族自治地方所作的规定做出变通规定。

2. 根据当地民族的实际情况，贯彻执行国家的法律和政策。

上级国家机关的决议、决定、命令和指示，如有不适合民族自治地方实际情况的，自治机关可以报经该上级国家机关批准，变通执行或停止执行；该上级国家机关应当在收到报告之日起 60 日内给予答复。

3. 自主地管理地方财政。

（1）民族自治地方的自治机关对本地方的各项开支标准、定员、定额，根据国家规定的原则，结合本地方的实际情况，可以制定补充规定和具体办法。自治区制定的补充规定和具体办法，报国务院备案；自治州、自治县制定的补充规定和具体办法，须报省、自治区、直辖市人民政府批准。

（2）民族自治地方的自治机关在执行国家税法的时候，除应由国家统一审批的减免税收项目以外，对属于地方财政收入的某些需要从税收上加以照顾和鼓励的，可以实行减税或者免税。自治州、自治县决定减税或者免税，须报省、自治区、直辖市人民政府批准。

4. 自主地管理地方性经济建设。

5. 自主地管理教育、科学、文化、卫生、体育事业。

6. 经国务院批准，组织维护社会治安的公安部队。

7. 使用本民族的语言文字。

五、特别行政区制度

（一）中央与特别行政区的关系

中央与特别行政区的关系	全国人民代表大会	决定特别行政区的设立及其制度	
		制定并修改特别行政区基本法的专属权	
		基本法的修改提案权属于全国人大常委会、国务院和特别行政区	
	全国人大常委会	对基本法的解释权	解释特区基本法
			特区法院根据基本法的规定也可以解释基本法
			特区终审法院有权提请全国人大常委会解释基本法
		特区立法的备案审查权	特区立法会制定的法律只须报全国人大常委会备案
			全国人大常委会认为特区立法会制定的法律有问题，可以发回，但不能撤销
			被全国人大常委会发回的法律自发回之日起立即失效，一般不具有溯及力
		特区进入紧急状态的决定权国务院	
	国务院	负责管理与特区有关的外交事务	
		管理特区的防务	
		任命特区行政长官及其他主要行政官员	
		任命澳门检察院检察长	

（二）特别行政区的政治体制

特别行政区的政治体制	特区行政长官	特区行政长官是特区的首长，代表特别行政区
		对中央人民政府和特区负责
		行政长官在当地通过选举或协商产生，由中央人民政府任命
		由特区年满40周岁的、在特区连续居住满20年的、且在国外无居留权的（澳门特首无此要求）、特区永久性居民中的中国公民担任
		行政长官的辞职：（1）因严重疾病或其他原因无力履行职务；（2）因两次拒绝签署立法会通过的法案而解散立法会，重选的立法会仍以全体议员三分之二多数通过所争议的原案，而行政长官仍拒绝签署；（3）因立法会拒绝通过财政预算案或其他重要法案而解散立法会，重选的立法会继续拒绝通过所争议的原案
	特区政府	特区政府对立法会负责特区立法会
	特区立法会	特区立法会是特区的立法机关。香港立法会议员由选举产生，澳门立法会多数议员由选举产生
		议员由特区永久性居民担任（可以是非中国籍；可以在外国有居留权）。但香港立法会中非中国籍的和在外国有居留权的议员，其所占比例不得超过立法会全体议员的20%
		立法会主席：年满40周岁（澳门立法会主席、副主席无此要求）、在特区通常居住连续满20年（澳门立法会主席、副主席要求在澳门通常居住连续满15年）、并在外国无居留权（澳门立法会主席、副主席无此要求）的特区永久性居民中的中国公民担任
	特区司法机关	香港特区的司法机关由香港特区的终审法院、高等法院（设上诉法庭和原讼法庭）、区域法院、裁判署法庭组成，并由律政司主管刑事检察工作
		澳门特区的司法机关由澳门特区终审法院、中级法院、初级法院、行政法院和检察院组成。行政法院是管辖行政诉讼和税务诉讼的法院。不服行政法院裁决者，可向中级法院上诉。检察院独立行使法律赋予的检察职能，检察长负责刑事检察工作。检察长由澳门永久性居民中的中国公民担任
		法官的产生：法官由行政长官任命。（1）香港特区终审法院和高等法院的首席法官，应由在外国无居留权的香港特区永久性居民中的中国公民担任。香港特区终审法院的法官和高等法院首席法官的任命和免职，除具备前述条件外，还须行政长官征得立法会同意，并报全国人大常委会备案。（2）在澳门，符合标准的外籍法官也可聘用。澳门终审法院法官的任命和免职，须报全国人大常委会备案

（三）特别行政区的法律制度

特区基本法	特区制定的法律必须以基本法为依据，不得同基本法相抵触
予以保留的原有法律	原有法律基本不变，除同基本法相抵触或经特区的立法机关作出修改的法律。原有法律是否被采用要经过全国人民代表大会常务委员会审查
特区立法会制定的法律	特别行政区的立法机关对于凡属高度自治范围内的事项都可立法，其制定的法律须报全国人民代表大会常务委员会备案。备案不影响法律的生效
适用于特区的全国性法律	①必须是载明在基本法附件三的法律，仅限于国防、外交和不属于高度自治范围内的法律这些法律并不能自动生效，需要由特区将法律公布或由立法实施 ②附件上所指的全国性法律有：《关于中华人民共和国国都、纪年、国歌、国旗的决议》、《关于中华人民共和国国庆日的决议》、《国籍法》、《国旗法》、《国徽法》、《中华人民共和国外交特权与豁免条例》、《中华人民共和国领海及毗连区法》、《驻军法》等 ③全国人大常委会可以对附件三中的全国性法律进行增减

 命题预测举要

一、我国选举制度有哪些基本原则

1. 选举权的普遍性原则。在我国，凡年满 18 周岁的中华人民共和国公民，除依法被剥夺政治权利的人以外，不分民族、种族、性别、职业、家庭出身、宗教信仰、教育程度、财产状况和居住期限，都享有选举权和被选举权。

2. 选举权的平等性原则。选举权的平等性是指每个选民在每次选举中只能在一个地方享有一个投票权，不承认也不允许任何选民因民族、种族、职业、财产状况、家庭出身、居住期限的不同而在选举中享有特权，更不允许非法限制或者歧视任何选民的选举权的行使。我国选举法实行每一代表所代表的城乡人口数相同的原则。

3. 直接选举和间接选举并用的原则。直接选举是指由选民直接投票选举国家代表机关代表和国家公职人员的选举。间接选举则是指由下一级国家代表机关，或者由选民投票选出的代表（或选举人）选举上一级国家代表机关代表和国家公职人员的选举。

在我国，不设区的市、市辖区、县、自治县、乡、民族乡、镇的人民代表大会代表，由选民直接选出；全国人民代表大会代表，省、自治区、直辖市、设区的市、自治州的人民代表大会代表，由下一级人民代表大会选出。所以，我国在选举中采取的是直接选举和间接选举并用的原则。

4. 秘密投票原则。秘密投票亦称无记名投票，指选民不署自己的姓名，亲自书写选票并投入密封票箱的一种投票方法。我国全国和地方各级人民代表大会代表的选举，一律采用无记名投票的方法；选民如果是文盲或者因残疾不能写选票的，可以委托他信任的人代写。

二、中央政府与特别行政区的关系

特别行政区是中华人民共和国享有高度自治权的地方行政区域，直辖于中央人民政府。因此，中央与特别行政区的关系，是一个主权国家内中央与地方的关系，它的核心在于中央与特别行政区的权力的划分和行使。

1. 中央对特别行政区行使的权力主要有：中央人民政府负责管理与特别行政区有关的外交事务；中央人民政府负责管理特别行政区的防务；中央人民政府任命特别行政区行政长官和行政机关的主要官员；全国人大常委会有权决定特别行政区进入紧急状态；全国人大常委会享有对特别行政区基本法的解释权；全国人大对特别行政区基本法享有修改权。

2. 特别行政区享有高度自治权。自治权包括：①行政管理权。②立法权。③独立的司法权和终审权。④自行处理有关对外事务的权力。

题库测试题

1. 下列关于我国选举的说法，正确的是：

A. 对被判处有期徒刑、拘役、管制的人，没有选举权

B. 设区的市、自治州的人民代表大会代表由选民选举产生

C. 实行每一代表所代表的城乡人口数相同的原则

D. 选举时应当设有秘密写票处

答案——CD

简析——A是错误的。对被判处有期徒刑、拘役、管制而没有附加剥夺政治权利的人，可以行使选举权。B是错误的。设区的市、自治州的人民代表大会代表，由下一级人民代表大会选出。

2. 下列关于我国选举的说法，正确的是：

A. 选举委员会可以组织代表候选人与选民见面，回答选民的问题

B. 代表候选人的近亲属不得担任监票人、计票人

C. 全国人民代表大会和地方各级人民代表大会的代表应当具有广泛的代表性，应当有适当数量的基层代表，特别是工人、农民和知识分子代表

D. 正式代表候选人名单及代表候选人的基本情况应当在选举日的七日以前公布

答案——BCD

简析——A是错误的。新修改的选举法规定："选举委员会根据选民的要求，应当组织代表候选人与选民见面，由代表候选人介绍本人的情况，回答选民的问题。"

3. 下列关于特别行政区说法正确的是：

A. 国家在必要时可以设立特别行政区

B. 特别行政区的行政机关和立法机关由该区居民依照基本法的有关规定组成

C. 特别行政区行政长官为特别行政区政府首长

D. 香港特别行政区的司法机关是特别行政区法院和检察院

答案——AC

简析——B是错误的。特别行政区的行政机关和立法机关由该区永久性居民依照基本法的有关规定组成。永久性居民是指在特别行政区享有居留权和有资格依照特别行政区法律取得载明其居留权和永久性居民身份证的居民。D是错误的。香港特别行政区没有检察院，主管刑事检察工作的部门是律政司。

第四章 公民的基本权利与义务

◀考点要述▶━━━━━

本部分的基本考点包括：

1. 公民基本权利与义务概述：基本权利和基本义务的概念、基本权利效力、基本权利限制界限、基本权利与人权、2004 年修宪载入"国家尊重和保障人权"的重要意义、我国公民基本权利与义务的主要特点（公民基本权利和自由的广泛性、公民基本权利和义务的平等性、公民基本权利和义务的现实性、公民基本权利和义务的一致性）；

2. 我国公民的基本权利：平等权、政治权利和自由（选举权和被选举权、六项政治自由）、宗教信仰自由、人身自由（生命权、人身自由、人格尊严不受侵犯、住宅不受侵犯通信自由和通信秘密受法律保护）、社会经济权利（财产权、劳动权、休息权、获得物质帮助权）、文化教育权利（受教育的权利、文化权利和自由）、监督权和获得赔偿权；

3. 我国公民的基本义务：基本义务的概念与特点、我国公民基本义务的主要内容（维护国家统一和民族团结，遵守宪法和法律，保守国家秘密、爱护公共财产、遵守劳动纪律、遵守公共秩序、尊重社会公德，维护祖国的安全、荣誉和利益，保卫祖国、依法服兵役和参加民兵组织，依法纳税，其他基本义务）。

本部分的核心考点为：公民的基本权利。

考点详述

一、公民基本权利与义务概述

（一）基本权利和基本义务的概念

公民的基本权利也称宪法权利或者基本人权，是指由宪法规定的公民享有的主要的、必不可少的权利。基本义务也称宪法义务，是指由宪法规定的公民必须遵守的和应尽的根本责任。

我国公民以具有我国国籍为条件。我国不承认双重国籍。国家工作人员和现役军人，不得退出中国国籍。受理加入、退出和恢复中国国籍的机关，在国内为当地市、县公安局，在国外为中国外交代表机关和领事机关。加入、退出和恢复中国国籍的申请，由公安部审批。

（二）基本权利效力

1. 对立法机关的效力：基本权利是立法者的界限，立法机关制定的法律不得与基本权利的内容相抵触。

2. 对行政机关的效力：这是基本权利最重要的效力之一，表现为行政机关在其行政行为中不得侵犯公民基本权利。

3. 对司法机关的效力：其有两种表现方式，一种是法院在适用普通法律审理案件过程中，法院对法律的解释不得违反基本权利条款，不得与基本权利条款有抵触。另一种是基本权利对法院有直接的拘束力。

（三）基本权利限制界限

1. 限制基本权利的内涵。

（1）剥夺一部分主体的基本权利。

（2）出于社会公益的需要和考虑，对基本权利特殊主体的活动进行限制，如对公务员的政治权利、军人的政治权利进行限制。

2. 限制基本权利的原则。

（1）法律保留原则。是指在宪法上明确谁可以限制，实际上也同时指明了谁不可以限制，其具有双重意义：一是允许立法机关对基本权利加以限制；二是排除其他机关的限制。

（2）比例原则。一个涉及人权的公权力（可能是立法、司法和行政），其目的和所采取的手段之间，要符合比例原则，具体包括妥当性原则、必要性原则和均衡性原则。

3. 限制基本权利的界限。基本权利可以用法律加以限制，但法律对基本权利的限制须保持在一定限度之内，超过必要的限度则可能构成违宪。其界限主要有：基本权利的本质内容不得限制；限制基本权利的程度要合理；限制基本权利的原则要合理等。

（四）基本权利与人权

人权是指作为一个人应该享有的权利，是一种道德意义上的权利，公民权则是人权的法律表现形式，是宪法和法律所规定的本国公民所享有的权利。宪法所列举的公民基本权利，是该国国内法对人权的具体规定和保护。

二、我国公民的基本权利

平等权	平等权是指公民依法平等地享有权利，不受任何不合理的差别对待，要求国家法律给予权利同等的保护。它包括司法平等（公民在适用法律上平等）和守法平等，但不包括在立法上的平等
政治权利和自由	选举权和被选举权。中华人民共和国年满 18 周岁的公民，不分民族、种族、性别、职业、家庭出身、宗教信仰、教育程度、财产状况、居住期限，都有选举权和被选举权；但是依照法律被剥夺政治权利的人除外
	政治自由，包括言论、出版、集会、结社、游行、示威的自由。1. 言论自由在公民的各项政治自由中居于首要地位。言论自由的表现形式多样，既包括口头形式，又包括书面形式，必要时还可根据法律规定利用电视广播等传播媒介。公民的言论自由必须在法律范围内行使。2. 出版是言论的自然延伸，是固定化的言论；出版自由也就是言论自由的自然延伸。对出版物的管理，我国实行预防制和追惩制相结合的制度，但事前审查主要由出版单位承担。3. 结社自由主要指组织政治性团体的自由。我国对社会团体的成立实行核准登记制度，登记管理机关是民政部和县级以上的地方各级民政部门。社会团体不得从事以营利为目的的经营性活动。4. 集会、游行、示威自由是言论自由的延伸和具体化，是公民表达其意愿的不同表现形式。集会自由是指公民为着共同目的，临时聚集于露天公共场所，发表意见、表达意愿的自由；游行自由是指公民在公共道路、露天公共场所列队行进，表达共同愿望的自由；示威自由是指公民在露天公共场所或者公共道路上以集会、游行、静坐等方式，表达要求、抗议或者支持、声援等共同意愿的自由。《集会游行示威法》对集会、游行、示威的概念和标准，主管机关和具体管理程序及措施，申请和获得许可的程序，违法行为及应承担的法律责任等，都做出了明确的规定
监督权和取得赔偿权	监督权包括批评、建议权，控告、检举、申诉权。公民对于任何国家机关和国家工作人员，有提出批评和建议的权利，公民对任何国家机关和国家工作人员的违法失职行为，有提出申诉、控告或者检举的权利。由于国家机关和国家工作人员侵犯公民权利而受到损失的人，有依照法律规定取得赔偿的权利。1989 年全国人大通过的《行政诉讼法》确立了行政赔偿的原则和制度，1994 年全国人大通过了《国家赔偿法》，使公民的这一宪法权利得到了切实保障
宗教信仰自由	宗教信仰自由是指公民依据内心的信念，自愿地信仰宗教的自由。国家保护正常的宗教活动，但任何人不得利用宗教进行破坏社会秩序、损害公民身体健康、妨碍国家教育制度的活动；宗教团体和宗教事务不受外国势力支配
人身自由	公民的肉体和精神不受非法侵犯，即不受非法限制、搜查、拘留和逮捕
	人格尊严不受侵犯。禁止用任何方法对公民进行侮辱、诽谤和诬告陷害。人格尊严的法律表现是公民的人格权，具体包括：姓名权、肖像权、名誉权、荣誉权和隐私权
	公民的住宅权不受侵犯。禁止非法搜查或者非法侵入公民的住宅。公安机关、检察机关为了收集犯罪证据、查获犯罪嫌疑人，需要对有关人员的身体、物品、住宅及其他地方进行搜查时，必须严格依照法律规定的程序进行
	通信自由和通信秘密。除因国家安全或者追查刑事犯罪的需要，由公安机关或者检察机关依照法律规定的程序对通信进行检查外，任何组织或者个人不得以任何理由侵犯公民的通信自由和通信秘密

社会经济、文化教育方面的权利	财产权。公民的合法的私有财产不受侵犯；国家依照法律规定保护公民的私有财产权和继承权；国家为了公共利益的需要，可以依照法律规定对公民的私有财产实行征收或者征用并给予补偿
	劳动权。有劳动能力的公民有从事劳动并取得相应报酬的权利。劳动既是公民的权利，也是公民的义务
	休息权。劳动者有休息的权利
	受教育权。受教育既是公民的权利，也是公民的义务
	获得物质帮助权。公民在年老、疾病或者丧失劳动能力的情况下，有从国家和社会获得物质帮助的权利
	文化权利和自由。公民有进行科学研究、文学艺术创作和其他文化活动的自由
特定主体的权利	保护妇女的权利
	保护婚姻、家庭、母亲、儿童和老人的权利
	保护华侨的正当的权利和利益，保护归侨和侨眷的合法的权利和利益
	外国人和无国籍人。我国对于因为政治原因要求避难的外国人，可以给予受庇护的权利

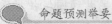 命题预测举要

1. 我国宪法规定的公民的政治权利和自由。

政治权利和自由是公民作为国家政治主体而依法享有的参加国家政治生活的权利和自由。公民享有参与国家政治生活方面的权利，是国家权力属于人民的直接表现，也是人民代表大会制度的基础。

包含：①选举权和被选举权：中华人民共和国年满18周岁的公民，不分民族、种族、性别、职业、家庭出身、宗教信仰、教育程度、财产状况、居住期限，都有选举权和被选举权；但是依照法律被剥夺政治权利的人除外。②六项政治自由：政治自由是指公民表达自己政治意愿的自由；包括言论、出版、集会、结社、游行、示威自由。公民的政治自由是近代民主政治的基础，是公民表达个人见解和意愿，参与正常社会活动和国家管理的一项基本权利。

2. 我国宪法规定的公民的人身自由权。

人身自由包括狭义和广义两个方面：狭义的人身自由主要指公民的身体不受非法侵犯，指公民的肉体和精神不受非法侵犯，即不受非法限制、搜查、拘留和逮捕。人身自由是公民所应享有的最起码的权利。

广义的人身自由则还包括与狭义人身自由相关联的人格尊严、住宅不受侵犯、通信自由和通信秘密等与公民个人生活有关的权利和自由。人身自由是公民具体参加各种社会活动和实际享受其他权利的前提，也是保持和发展公民个性的必要条件。

3. 我国宪法规定的公民的社会经济权利。

社会经济权利是指公民根据宪法规定享有的具有物质经济利益的权利，是公民实现基本权利的物质上的保障。包含：①财产权：指公民对其合法财产享有的不受非法侵犯的所有权。国家依照法律规定保护公民的私有财产权和继承权；国家为了公共利益的需要，可以依照法律规定对公民的私有财产实行征收或者征用，并给予补偿。②劳动权、休息权和获得物质帮助权：公民的劳动权是指有劳动能力的公民有从事劳动并取得相应报酬的权利。公民在年老、疾病或者丧失劳动能力的情况下，有从国家和社会获得物质帮助的权利。

精编题库测试题

1. 我国《宪法》第33条第2款规定："中华人民共和国公民在法律面前一律平等。"以下对平等权的理解正确的有：

A. "公民在法律面前一律平等"是指

法律实施上的平等，而不是指立法上的平等

B. "公民在法律面前一律平等"意味着要取消一切差别，各方面都应做到绝对均等

C. "公民在法律面前一律平等"是指公民权利能力上的平等，而不是行为能力上的平等

D. "公民在法律面前一律平等"，只是在宪法和法律范围内的平等，并不意味事实上的平等

答案 ACD

简析 "公民在法律面前一律平等"一般指法律实施上的平等，不包括立法上的平等。①所有公民平等地享有权利和平等地履行义务，在我国，任何公民都受宪法和法律约束，不允许有超越法律规定的任何特权；②所有公民在司法上一律平等，即实施法律、执行法律和使用法律上平等；③法律面前人人平等是指法律赋予公民权利能力上的平等，同等条件下公民具有获得相同权利的资格，并不表示行为能力上的平等；④平等权是以法律为尺度，不同于平均主义，不主张绝对的均等。可见，选项ACD正确。

2. 根据我国宪法的规定，下列有关公民基本权利的宪法保护的表述，哪些是正确的：

A. 年满18周岁的所有公民都有选举权和被选举权

B. 宪法规定了对华侨、归侨权益的保护，同时也规定对侨眷权益的保护

C. 宪法对建立劳动者休息和休养的设施未加以规定

D. 国家依照法律规定保护公民的私有财产的继承权

答案 BD

简析 《宪法》第13条："国家保护公民的合法的收入、储蓄、房屋和其他合法财产的所有权。国家依照法律规定保护公民的私有财产的继承权。"选项D正确。

第34条："中华人民共和国年满十八周岁的公民，不分民族、种族、性别、职业、家庭出身、宗教信仰、教育程度、财产状况、居住期限、都有选举权和被选举权；但是依照法律被剥夺政治权利的人除外。"显然，选项A不正确。

第43条："中华人民共和国劳动者有休息的权利。国家发展劳动者休息和休养的设施，规定职工的工作时间和休假制度。"选项C不正确。

第50条："中华人民共和国保护华侨的正当的权利和利益，保护归侨和侨眷的合法的权利和利益。"选项B正确。

3. 下列选项中，哪些选项属于宪法所规定的公民的文化权利：

A. 科学研究自由　　B. 出版自由

C. 文艺创作自由　　D. 结社自由

答案 AC

简析 《宪法》第47条规定："中华人民共和国公民有进行科学研究、文学艺术创作和其他文化活动的自由。"公民的文化教育权利包括公民受教育的权利和义务，公民进行科学研究、文艺创作和其他文化活动的自由。其中公民进行科学研究、文艺创作和其他文化活动的自由包括公民的科学研究自由、公民的文化艺术活动自由（包括公民的文艺创作自由、欣赏自由等自由和权利）。因此选项AC均属于公民的文化权利。

《宪法》第35条规定："中华人民共和国公民有言论、出版、集会、结社、游行、示威的自由。"公民的出版自由属于公民的政治权利和自由。公民的政治权利和自由还包括言论自由，集会、游行、结社、示威的自由和公民的选举权和被选举权。故选项BD均属于公民的政治权利和自由。

第五章　国家机构

考点要述

本部分的基本考点包括：

1. 国家机构概述：国家机构的概念和分类、我国国家机构的组织和活动原则（民主集中制原则、社会主义法治原则、责任制原则、联系群众、为人民服务原则、精简和效率原则）；

2. 全国人民代表大会及其常务委员会：全国人民代表大会（全国人大的性质和地位 全国人大的组成和任期、全国人大的职权、全国人大的会议制度和工作程序）、全国人大常委会（全国人大常委会的性质和地位、全国人大常委会的组成和任期、全国人大常委会的职权、全国人大常委会的会议制度与工作程序）、全国人大各委员会（常设性委员会、临时性委员会）、全国人民代表大会代表（代表的权利、代表的义务）；

3. 中华人民共和国主席：国家主席的性质和地位、国家主席的产生和任期（国家主席的产生、国家主席的任期）、国家主席的职权、国家主席职位的补缺；

4. 国务院：国务院的性质和地位、国务院的组成和任期（国务院的组成、国务院的任期）、国务院的领导体制（总理负责制、会议制度）、国务院的职权、国务院所属各部、各委员会（各部、各委员会的性质和地位、各部、各委员会的领导体制、各部、各委员会的职权）、审计机关；

5. 中央军事委员会：中央军事委员会的性质和地位、中央军事委员会的组成和任期、中央军事委员会的领导体制；

6. 地方各级人民代表大会和地方各级人民政府：地方各级人民代表大会（地方各级人大的性质和地位、地方各级人大的组成和任期、地方各级人大的职权、地方各级人大的会议制度和工作程序、专门委员会和调查委员会）、县级以上地方各级人大常委会（地方各级人大常委会的性质、地位、组成和任期、地方各级人大常委会的职权、地方各级人大常委会的会议制度）、地方各级人大代表（代表的权利、代表的义务）、地方各级人民政府（地方各级人民政府的性质和地位、地方各级人民政府的组成、任期和领导体制、地方各级人民政府的职权、地方各级人民政府所属工作部门、地方各级人民政府的派出机关）、基层群众性自治组织；

7. 人民法院与人民检察院：人民法院的组织与制度（人民法院的性质和任务、人民法院的组织体系、人民法院的职权）、人民检察院的组织与制度（人民检察院的性质和任务、人民检察院的组织体系、人民检察院的职权）、人民法院、人民检察院与公安机关的关系。

本部分的核心考点为：全国人民代表大会及其常务委员会的职权、全国人民代表大会代表的权利、国家主席的职位的补缺、国务院的职权、地方各级人大代表的权利、地方各级人民政府的派出机关、基层群众性自治组织和基层政权的关系。

考点详述

一、国家机构概述

（一）国家机构的概念和分类

国家机构是国家为实现其职能而建立起来的国家机关的总和。

一般而言，西方国家一般根据立法、行政、司法三权将国家机关分为立法机关、行政机关和司法机关三种；社会主义国家则按国家权力的统一原则将国家机关分为权力、行政和司法等机关。如果以行使职权的地域范围为标准，则可分为中央国家机关和地方国家机关两种。

（二）我国国家机构的组织和活动原则

1. 民主集中制原则。我国的国家机构实行民主集中制的原则。民主集中制是一种民主与集中相结合的制度，是指在民主基础上的集中和在集中指导下的民主的结合。

在国家机构的组织方面，民主集中制原则主要体现在以下几个方面：第一，在国家机构与人民的关系方面，体现了国家权力来自人民，由人民组织国家机构。第二，在同级国家机构中，国家权力机关居于主导地位。第三，在中央与地方国家机构的关系方面，实行中央和地方的国家机构职权的划分，遵循在中央的统一领导下，充分发挥地方的主动性、积极性的原则。

2. 社会主义法治原则。

3. 责任制原则。我国国家机构实行责任制的原则，表现在：各级人民代表大会都要向人民负责，每一代表都要受原选举单位的监督，选举单位可以随时罢免自己所选出的代表；国家行政机关、审判机关和检察机关等则向同级人民代表大会及其常务委员会负责。

责任制原则由于机关性质的不同而有不同的表现形式，分为集体负责制和个人负责制两种。集体负责制是指全体组成人员和领导成员的地位和权利平等，在重大问题的决定上，由全体组成人员集体讨论，并且按照少数服从多数的原则做出决定，集体承担责任。各级人民代表大会及其常务委员会、人民法院和人民检察院等即是实行集体负责制的机关。个人负责制是指由首长个人决定问题并承担相应责任的领导体制。在我国，国务院及其各部、委，中央军委以及地方各级人民政府等都实行个人负责制。

4. 联系群众，为人民服务原则。

5. 精简与效率原则。

二、全国人民代表大会及其常务委员会

（一）全国人民代表大会

性质和地位	在我国，一切权力属于人民，人民行使国家权力的机关是全国人大和地方各级人大。全国人大是全国最高的权力机关、立法机关
组成和任期	（1）全国人大由省、自治区、直辖市、特别行政区和军队代表组成。我国目前采取的是地域代表制与职业代表制（军队）相结合，而以地域代表制为主的代表制。（2）全国人大代表的名额总数不超过3000名，每一少数民族都应有自己的代表，人口特别少的少数民族至少应有一名代表。（3）全国人大每届任期为5年。（4）全国人民代表大会任期届满的两个月以前，全国人民代表大会常务委员会必须完成下届全国人民代表大会代表的选举。如果遇到不能进行选举的非常情况，由全国人民代表大会常务委员会以全体组成人员的2/3以上的多数通过，可以推迟选举，延长本届全国人民代表大会的任期。在非常情况结束后一年内，必须完成下届全国人民代表大会代表的选举
职权	修改宪法。由全国人民代表大会常务委员会或者1/5以上的全国人民代表大会代表提议，并由全国人民代表大会以全体代表的2/3以上的多数通过
	监督宪法的实施
	制定和修改刑事、民事、国家机构的和其他的基本法律。法律和其他议案由全国人民代表大会以全体代表的过半数通过
	选举中华人民共和国主席、副主席
	根据中华人民共和国主席的提名，决定国务院总理的人选；根据国务院总理的提名，决定国务院副总理、国务委员、各部部长、各委员会主任、审计长、秘书长的人选
	选举中央军事委员会主席；根据中央军事委员会主席的提名，决定中央军事委员会其他组成人员的人选
	选举最高人民法院院长
	选举最高人民检察院检察长
	审查和批准国民经济和社会发展计划和计划执行情况的报告
	审查和批准国家的预算和预算执行情况的报告
	改变或者撤销全国人民代表大会常务委员会不适当的决定

	批准省、自治区和直辖市的建置
	决定特别行政区的设立及其制度
	决定战争和和平的问题
	应当由最高国家权力机关行使的其他职权
会议制度	(1) 全国人民代表大会会议每年举行一次，由全国人民代表大会常务委员会召集。如果全国人民代表大会常务委员会认为必要，或者有 1/5 以上的全国人民代表大会代表提议，可以临时召集全国人民代表大会会议。全国人民代表大会会议有 2/3 以上的代表出席，始得举行。(2) 每届全国人民代表大会第一次会议，在本届全国人民代表大会代表选举完成后的 2 个月内由上届全国人民代表大会常务委员会召集。(3) 全国人民代表大会代表按照选举单位组成代表团。各代表团分别推选代表团团长、副团长。(4) 全国人民代表大会每次会议举行预备会议，选举本次会议的主席团和秘书长，通过本次会议的议程和其他准备事项的决定。(5) 主席团负责主持全国人民代表大会会议。(6) 国务院的组成人员、中央军事委员会的组成人员，最高人民法院院长和最高人民检察院检察长，列席全国人民代表大会会议；其他有关机关、团体的负责人，经主席团决定，可以列席全国人民代表大会会议。(7) 全国人民代表大会会议公开举行；在必要的时候，经主席团和各代表团团长会议决定，可以举行秘密会议
工作程序	全国人大通过法律案以及其他议案，选举和罢免国家领导人都要经过以下四个阶段：(1) 提出议案。全国人民代表大会主席团、全国人大常委会、全国人大各专门委员会、国务院、中央军事委员会、最高人民法院、最高人民检察院、一个代表团、30 名以上的代表联名，可以向全国人大提出属于全国人大职权范围内的议案。(2) 审议议案。对国家机关提出的议案，由主席团决定交各代表团审议，或者先交有关专门委员会审议，提出报告，再由主席团审议决定提交大会表决；对代表团和代表提出的议案，则由主席团审议决定是否列入大会议程，或者先交有关专门委员会审议，提出是否列入大会议程的意见，再决定是否列入大会议程。(3) 表决议案。议案经审议后，由主席团决定提交大会表决，并由主席团决定采用无记名投票方式或者举手表决方式或其他方式通过。宪法修正案由全国人民代表大会全体代表 2/3 以上的多数通过；法律和其他议案由全国人民代表大会全体代表过半数通过。(4) 公布法律、决议。法律议案通过后即成为法律，由国家主席以主席令的形式加以公布；选举结果及重要议案由全国人民代表大会主席团以公告公布或由国家主席以主席令形式公布

（二）全国人大常委会

性质和地位	全国人大常委会是全国人民代表大会的常设机关，在全国人民代表大会闭会期间行使最高国家权力的机关。全国人大常委会与全国人大是隶属关系
组成和任期	(1) 全国人大常委会由委员长、副委员长若干人、秘书长、委员若干人组成。他们都由每届全国人大第一次会议主席团从代表中提出人选，经各代表团酝酿协商后，再由主席团根据多数代表的意见确定正式候选人名单，最后由大会全体会议选举产生。常委会的组成人员不得担任国家行政机关、审判机关和检察机关的职务。自十届全国人大起，全国人大常委会还增设了若干专职委员。同时，在全国人大常委会的组成人员中，应当有适当名额的少数民族代表。(2) 全国人大常委会的任期与全国人大相同，即 5 年。委员长、副委员长连续任职不得超过两届
职权	解释宪法，监督宪法的实施
	制定和修改除应当由全国人民代表大会制定的法律以外的其他法律。在全国人民代表大会闭会期间，对全国人民代表大会制定的法律进行部分补充和修改，但是不得同该法律的基本原则相抵触
	解释法律
	在全国人民代表大会闭会期间，审查和批准国民经济和社会发展计划、国家预算在执行过程中所必须作的部分调整方案
	监督国务院、中央军事委员会、最高人民法院和最高人民检察院的工作
	撤销国务院制定的同宪法、法律相抵触的行政法规、决定和命令
	撤销省、自治区、直辖市国家权力机关制定的同宪法、法律和行政法规相抵触的地方性法规和决议

	在全国人民代表大会闭会期间，根据国务院总理的提名，决定部长、委员会主任、审计长、秘书长的人选
	在全国人民代表大会闭会期间，根据中央军事委员会主席的提名，决定中央军事委员会其他组成人员的人选
	根据最高人民法院院长的提请，任免最高人民法院副院长、审判员、审判委员会委员和军事法院院长
	根据最高人民检察院检察长的提请，任免最高人民检察院副检察长、检察员、检察委员会委员和军事检察院检察长，并且批准省、自治区、直辖市的人民检察院检察长的任免
	决定驻外全权代表的任免
	决定同外国缔结的条约和重要协定的批准和废除
	规定军人和外交人员的衔级制度和其他专门衔级制度
	规定和决定授予国家的勋章和荣誉称号
	决定特赦
	在全国人民代表大会闭会期间，如果遇到国家遭受武装侵犯或者必须履行国际间共同防止侵略的条约的情况，决定战争状态的宣布
	决定全国总动员或者局部动员
	决定全国或者个别省、自治区、直辖市进入紧急状态
	全国人民代表大会授予的其他职权
会议制度	全国人大常委会主要通过举行会议、做出会议决定的形式行使职权。全国人大常委会全体会议一般每两个月举行一次，由委员长召集并主持。在全国人大常委会举行会议的时候，可以由各省、自治区、直辖市的人大常委会派主任或者副主任一人列席会议，发表意见。委员长、副委员长、秘书长组成委员长会议，处理全国人大常委会重要的日常工作，但委员长会议不能代替常务委员会行使职权

（三）全国人大各委员会

全国人大各委员会	专门委员会	性质：专门委员会是全国人大的辅助性的工作机构，是从代表中选举产生的、按照专业分工的工作机关。它的任务是在全国人大及其常委会的领导下，研究、审议、拟订有关议案。各专门委员会在讨论其所属的问题之后，虽然也做出决议，但必须经过全国人大或者全国人大常委会审议通过之后，才具有国家权力机关所作的决定的效力。专门委员会是常设性的机构，在全国人大会议期间向全国人大负责，在全国人大闭会期间向全国人大常委会负责。全国人大专门委员会每届任期与全国人大的任期相同，即5年
		分类：目前全国人大设有民族委员会、法律委员会、财政经济委员会、教育科学文化卫生委员会、外事委员会、华侨委员会、内务司法委员会、环境与资源保护委员会和农业与农村委员会
		组成：各委员会由主任一人、副主任和委员各若干人组成，人选由全国人民代表大会主席团在代表中提名，由大会表决决定。在全国人大闭会期间，全国人大常委会可以补充任命专门委员会的个别副主任委员和部分委员。此外，全国人大常委会可根据需要为各委员会任命一定数量的非全国人大代表的专家作委员会的顾问
	调查委员会	性质：全国人大及其常委会认为必要时，可以按照某项特定的工作需要组成对于特定问题的调查委员会。调查委员会为临时性的委员会，无一定任期，对特定问题的调查任务一经完成，该委员会即予撤销
		组成：调查委员会的组成人员必须是全国人大代表。人大组织的调查委员会，由主席团在代表中提名产生，会议通过；常委会组织的调查委员会由主任会议在代表中提名产生，提请全体会议通过

（四）全国人民代表大会代表

根据宪法和有关法律的规定，全国人大代表享有以下权利：

1. 全国人大代表有出席全国人大会议、依法行使代表职权的权利。

2. 有根据法律规定的程序提出议案、建议和意见的权利。一个代表团或者30名以上代表联名，可以向全国人大提出属于全国人大职权范围内的议案。

3. 有依照法律规定的程序提出质询案

或者提出询问的权利。在全国人大会议期间，一个代表团或者 30 名以上代表联名，可以书面提出对国务院和国务院领导的各部、委的质询案，由主席团决定交受质询机关书面答复，或者由受质询机关的领导人在主席团会议上或者有关的专门委员会会议上或者有关的代表团会议上口头答复。代表在审议议案和报告时，可以向有关国家机关提出询问。有关部门应当派负责人到会，听取意见，回答代表提出的询问。

4. 有依法提出罢免案的权利。《全国人大组织法》第 15 条规定："全国人民代表大会三个以上的代表团或者 1/10 以上的代表，可以提出对于全国人民代表大会常务委员会的组成人员，中华人民共和国主席、副主席，国务院和中央军事委员会的组成人员，最高人民法院院长和最高人民检察院检察长的罢免案，由主席团提请大会审议。"

5. 有非经法律规定的程序，不受逮捕或者刑事审判的权利。在全国人大开会期间，没有经过全国人大会议主席团的许可，在全国人大闭会期间，没有经过全国人大常委会的许可，全国人大代表不受逮捕或者刑事审判。如果因为全国人大代表是现行犯而被拘留的，执行拘留的公安机关必须立即向全国人大会议主席团或者立即向全国人大常委会报告。

6. 言论免责权。宪法规定，全国人大代表在全国人大各种会议上的发言和表决不受法律追究。

7. 其他权利。

三、中华人民共和国主席

性质和地位	中华人民共和国主席是我国的国家元首，是我国国家机构的重要组成部分，对外代表中华人民共和国
产生和任期	国家主席、副主席由全国人大选举产生，其程序是：首先由全国人大会议主席团提出候选人名单，然后经各代表团酝酿协商，再由会议主席团根据多数代表的意见确定正式候选人名单，最后由会议主席团把确定的候选人交付大会表决，由大会选举产生国家主席和副主席
	当选国家主席和副主席的基本条件：（1）政治方面的条件，即必须是有选举权和被选举权的中华人民共和国公民；（2）年龄方面的条件，即必须年满 45 周岁
	国家主席、副主席的任期同全国人大每届任期相同，都是 5 年，连续任职不得超过两届
职权	代表国家，进行国事活动
	代表国家，接受外国使节
	根据全国人大常委会的决定，宣布批准或废除条约和重要协定
	公布法律，发布命令
	发布特赦令、宣布进入紧急状态、动员令、宣布战争状态等
	国务院总理、副总理、国务委员、各部部长、各委员会主任、审计长、秘书长，经全国人大或全国人大常委会正式确定人选后，由国家主席宣布其任职或免职。国家主席根据全国人大常委会的决定，派出或召回驻外大使
	根据全国人大常委会的决定，代表国家向那些对国家有重大功勋的人授予荣誉奖章和光荣称号
职位的补缺	国家主席缺位时，由副主席继任主席的职位；副主席缺位时，由全国人大补选；国家主席、副主席都缺位时，由全国人大进行补选；补选之前，由全国人大常委会委员长暂时代理国家主席的职位

四、国务院

性质和地位	国务院即中央人民政府，是最高国家权力机关的执行机关，是最高国家行政机关，对全国人大及其常委会负责并报告工作
组成和任期	国务院由总理，副总理若干人，国务委员若干人，各部部长、各委员会主任、审计长、秘书长组成。国务院总理根据国家主席的提名，由全国人大决定。副总理、国务委员、各部部长、各委员会主任、审计长和秘书长根据国务院总理的提名，由全国人大决定。在全国人大闭会期间，根据国务院总理的提名，由全国人大常委会决定各部部长、各委员会主任和秘书长的任免。国务院总理、副总理、国务委员、各部部长、各委员会主任、审计长和秘书长的任免决定以后，都由国家主席宣布任免
	每届任期相同5年，总理、副总理、国务委员连续任职不得超过两届
	国务院所属各部、各委员会：国务院各部、各委员会是主管特定方面工作的国家行政机关。国务院所属各部、各委员会受国务院的统一领导。各部、各委员会在工作中的方针、政策、计划和重大行政措施，应向国务院请示报告，由国务院决定。国务院各部、各委员会的设立、撤销或者合并，经总理提出，由全国人大决定；在全国人大闭会期间，由全国人大常委会决定。各部、各委员会实行部长、主任负责制
	审计机关：国务院设立审计机关。审计机关对国务院各部门和地方各级人民政府的财政收支，对国家的财政金融机构和企业事业组织的财务收支，实行审计监督。审计机关在国务院总理领导下，依照法律规定，独立行使审计监督权，不受其他行政机关、社会团体和个人的干涉
领导体制	国务院实行总理负责制，即指国务院总理对他主管的工作负全部责任，与负全部责任相联系的是他对自己主管的工作有完全决定权
会议制度	国务院的会议分为国务院全体会议和国务院常务会议。国务院全体会议由国务院全体成员组成。国务院常务会议由总理、副总理、国务委员、秘书长组成。总理召集和主持国务院的全体会议和常务会议
职权	根据宪法和法律，规定行政措施，制定行政法规，发布决定和命令
	向全国人民代表大会或者全国人民代表大会常务委员会提出议案
	规定各部和各委员会的任务和职责，统一领导各部和各委员会的工作，并且领导不属于各部和各委员会的全国性的行政工作
	统一领导全国地方各级国家行政机关的工作，规定中央和省、自治区、直辖市的国家行政机关的职权的具体划分
	编制和执行国民经济和社会发展计划和国家预算
	领导和管理经济工作和城乡建设
	领导和管理教育、科学、文化、卫生、体育和计划生育工作
	领导和管理民政、公安、司法行政和监察等工作
	管理对外事务，同外国缔结条约和协定
	领导和管理国防建设事业
	领导和管理民族事务，保障少数民族的平等权利和民族自治地方的自治权利
	保护华侨的正当的权利和利益，保护归侨和侨眷的合法的权利和利益
	改变或者撤销各部、各委员会发布的不适当的命令、指示和规章
	改变或者撤销地方各级国家行政机关的不适当的决定和命令
	批准省、自治区、直辖市的区域划分，批准自治州、县、自治县、市的建置和区域划分
	依照法律规定决定省、自治区、直辖市的范围内部分地区进入紧急状态
	审定行政机构的编制，依照法律规定任免、培训、考核和奖惩行政人员
	全国人民代表大会和全国人民代表大会常务委员会授予的其他职权

五、中央军事委员会

性质和地位	中央军事委员会是国家的最高军事领导机关，领导全国的武装力量
组成和任期	中央军事委员会由主席、副主席若干人、委员若干人组成。中央军事委员会主席由全国人大选举产生。全国人大根据中央军委主席的提名，决定其他组成人员的人选。全国人大有权罢免中央军委的组成人员。在全国人大闭会期间，全国人大常委会根据中央军委主席的提名，决定其他组成人员的人选
	中央军事委员会每届任期是5年
领导体制	中央军事委员会主席向全国人大及其常委会负责

六、地方各级人民代表大会和地方各级人民政府

（一）地方各级人民代表大会

1. 地方各级人大的性质和地位。地方各级人大是地方国家权力机关，本级的地方国家行政机关、审判机关、检察机关都由人民代表大会选举产生，对它负责，受它监督。因此，地方各级人大在本行政区域内居于最高地位。全国人大与地方各级人大之间，以及地方各级人大之间没有隶属关系。但上级人大有权依照宪法和法律监督下级人大的工作。

2. 地方各级人大的组成和任期。地方各级人大由人民代表组成。不设区的市、市辖区、县、自治县、乡、镇的人大代表，由选民直接选举产生；省、自治区、直辖市、设区的市、自治州的人大代表，由下一级人大选举产生。地方各级人大的任期为5年。

3. 地方各级人大的职权：①保证宪法、法律、行政法规的遵守和执行，保护机关、组织和个人的合法权利。②选举和罢免国家机关负责人。③决定重大的地方性事务。④监督权。地方各级人大监督本级人民政府的工作、撤销本级人民政府不适当的决定和命令；县以上人大还有权监督本级人民法院和人民检察院的工作，有权改变本级人大常委会不适当的决定和命令。⑤制定地方性法规。

4. 地方各级人大的会议制度和工作程序。

（1）会议制度。地方各级人大主要以召开会议的方式进行工作。会议每年至少举行一次，经1/5以上代表的提议，可以临时召集本级人大会议。县级以上各级人大会议由本级人大常委会召集，由预备会选出的主席团主持会议。

（2）工作程序。县以上地方各级人大举行会议时，主席团、人大常委会、各专门委员会、本级人民政府都可以向大会提出属于本级人大职权范围内的议案。议案由主席团决定提交大会审议或先交有关的专门委员会审议，再由主席团审议决定提交大会表决。县以上人大代表10名以上，乡、镇人大代表5名以上联名，也可以向人大提出属于本级人大职权范围内的议案，由主席团决定是否列入大会议程。议案在交付大会表决前，提案人有权撤回自己的议案。各项议案在表决时，须以全体代表的过半数赞成才能通过。除议案外，对于代表提出的建议、批评和意见，由本级人大常委会的办事机构交有关机关和组织研究处理并负责答复。

县级以上地方人大主席团、常务委员会或者1/10以上代表联名，可以提出对本级人大常委会组成人员、人民政府组成人员、人民法院院长、人民检察院检察长的罢免案，由主席团提请大会审议。乡级人大主席团或1/5以上代表联名，可以提出对本级人大主席、副主席、（副）乡长、（副）镇长的罢免案。

地方各级人大举行会议时，代表10人以上联名可以书面提出对本级人民政府及其各工作部门以及人民法院、人民检察院

的质询案。

5. 专门委员会和调查委员会。省、自治区、直辖市、自治州、设区的市的人大根据需要可以设立法制（政法）、财政经济、教育科学、文化卫生等专门委员会，在本级人大及其常委会领导下研究、审议和拟定议案；对属于本级人大及其常委会职权范围内同本委员会有关的问题，进行调查研究，提出建议。

各专门委员会设主任委员、副主任委员和委员若干人，其人选由人大主席团在人大代表中提名，大会通过。闭会期间，人大常委会可以补充任命专门委员会个别的副主任委员和委员。各专门委员会受本级人大和人大常委会领导。

县以上地方各级人大经主席团或1/10以上代表提议，常委会经主任会议或者1/5以上的常务委员会组成人员书面联名，可以组织对于特定问题的调查委员会，这种调查委员会是非常设性组织。乡、民族乡、镇设立代表资格审查委员会。

（二）县级以上地方各级人大常委会

1. 地方各级人大常委会的性质、地位、组成和任期。

县以上地方各级人大常委会是本级人大的常设机关，是同级国家权力机关的组成部分，地方各级人大常委会对本级人大负责并报告工作。

省、自治区、直辖市、自治州、设区的市的人大常委会由本级人大在代表中选举主任、副主任若干人、秘书长、委员若干人组成；县、自治县、不设区的市、市辖区的人大常委会由本组人大在代表中选举主任、副主任若干人和委员若干人组成。各级人大常委会的名额按照法律规定确定。常委会组成人员不得担任国家行政机关、审判机关和检察机关的职务。

县以上地方各级人大常委会的任期为5年。

2. 地方各级人大常委会的职权：①在本行政区域内，保证宪法、法律、行政法规和上级人大及其常委会决议的遵守和执行。②领导或主持本级人民代表大会代表的选举；召集本级人民代表大会会议。③决定本行政区域内重大事项；根据本级人民政府的建议，对本行政区域内的国民经济和社会发展计划、预算作部分变更；决定授予地方荣誉称号。④对本级人民政府、人民法院、人民检察院和下一级人大及其常委会的工作进行监督，撤销其不适当的决议、决定、命令等，受理人民群众对国家机关及其工作人员的申诉和意见。⑤依法任免国家行政机关、人民法院和人民检察院的有关工作人员；在本级人大闭会期间，补选上一级人大出缺的代表和撤换个别代表。⑥省、自治区、直辖市的人大常委会，在不违背宪法、法律和行政法规的前提下，可以依法制定和颁布地方性法规；省、自治区人民政府所在地的市和较大的市的人大常委会可以依法制定地方性法规。

3. 地方各级人大常委会的会议制度。县以上人大常委会会议分常委会会议和主任会议。常委会会议由主任召集，至少每两个月举行一次。县以上地方各级人民政府、人大各专门委员会，省、自治区、设区的市的人大常委会组成人员5人以上联名，县级人大常委会组成人员3人以上联名，可以向本级人大常委会提出议案，由主任会议决定提请常委会会议审议或先交有关的专门委员会审议，提出报告，再决定是否提请常委会会议审议。省、自治区、直辖市、自治州、设区的市的人大常委会组成人员5人以上联名，县级人大常委会组成人员3人以上联名，可以向常委会书面提出对本级人民政府、人民法院、人民检察院的质询案，由主任会议决定交受质询机关答复。

主任会议由常委会主任、副主任、秘

书长（县级由主任、副主任）组成，处理常委会日常工作。县以上各级人大常委会设立代表资格审查委员会，并设立办事机构。

（三）地方各级人大代表

1. 提出议案权。

2. 批评建议权。地方各级人大代表有权对本级人大或人大常委会的工作提出建议、批评和意见。

3. 人身特别保护权。县以上地方各级人大代表非经本级人大主席团许可，闭会期间未经本级人大常委会许可，不受逮捕或刑事审判。如果因为是现行犯被拘留，执行拘留的公安机关应立即向该级人大主席团或人大常委会报告。

4. 言论免责权。地方各级人大代表，常委会组成人员，在人大或常委会会议上的发言与表决，不受法律追究。

5. 物质保障权。

（四）地方各级人民政府

1. 地方各级人民政府的性质和地位。地方各级人民政府是地方各级国家权力机关的执行机关，是地方各级国家行政机关。

2. 地方各级人民政府的组成、任期和领导体制。省、自治区、直辖市、自治州和设区的市的人民政府分别由省长、副省长、自治区主席、副主席、市长、副市长、州长、副州长和秘书长、厅长、局长、委员会主任等组成。县、自治县、不设区的市、市辖区人民政府分别由县长、副县长、市长、副市长、区长、副区长和局长、科长等组成。乡、民族乡、镇人民政府，分别由乡长、副乡长、镇长、副镇长组成。

地方各级人民政府每届任期为 5 年。地方各级人民政府实行首长负责制。地方各级人民政府的会议分为全体会议和常务会议。全体会议由本级人民政府全体成员组成，常务会议则由人民政府的正副职组成。省、自治区、直辖市、自治州和设区

的市的人民政府秘书长也参加常务会议。

3. 地方各级人民政府的职权：①执行决议、发布决定和命令。②领导和监督权。③管理各项行政工作。④依法保障各方面的权利。

4. 地方各级人民政府所属工作部门。县级以上地方各级人民政府，根据工作需要设立厅、局、委员会、办公室、科等工作部门。乡级政府一般不设工作部门。县级以上人民政府设审计机关，对本级人民政府和政府各部门、财政金融机构和企业的财务情况进行审计监督。地方各级审计机关依法独立行使审计监督权。

5. 地方各级人民政府的派出机关。省、自治区人民政府在必要的时候，经国务院批准，可以设立若干行政公署，作为它的派出机关。县、自治县的人民政府在必要的时候，经省、自治区、直辖市的人民政府批准，可以设立若干区公所，作为它的派出机关。市辖区、不设区的市的人民政府，经上一级人民政府批准，可以设立若干街道办事处，作为它的派出机关。

（五）基层群众性自治组织

1. 村民委员会。

（1）村民委员会是村民进行自我管理、自我教育、自我服务的基层群众性自治组织，实行民主选举、民主决策、民主管理、民主监督。乡、民族乡、镇的人民政府对村民委员会的工作给予指导、支持和帮助，但不得干预依法属于村民自治范围内的事情；村民委员会协助乡、民族乡、镇人民政府开展工作。

（2）村民委员会由主任、副主任和委员共 3～7 人组成。村委会每届任期 3 年，可连选连任。本村 1/5 以上的有选举权的村民可以要求罢免村委会成员，罢免村委会成员须经有选举权的村民过半数通过。

（3）村民会议由 18 周岁以上的村民组成，是村民群众自治的最高组织形式。召

开村民会议，应当由本村18周岁以上村民的过半数参加。村民会议有权制定村规民约，报乡、民族乡、镇的人民政府备案。

（4）村民委员会的设立、撤销、范围调整，由乡、民族乡、镇的人民政府提出，经村民委员会讨论同意后，报县级人民政府批准。

2. 居民委员会。

（1）居民委员会是居民自我管理、自我教育、自我服务的基层群众性自治组织。不设区的市、市辖区的人民政府或者它的派出机关对居民委员会的工作给予指导、支持和帮助；居民委员会协助不设区的市、市辖区人民政府或者它的派出机关开展工作。

（2）居民委员会由主任、副主任和委员共5～9人组成。居委会每届任期3年，可连选连任。

（3）居民会议由居住地范围内18周岁以上的居民组成。居民会议可以讨论制定居民公约，报不设区的市、市辖区的人民政府或它的派出机关备案。

（4）居民委员会的设立、撤销、规模调整，由不设区的市、市辖区的人民政府决定。

七、人民法院与人民检察院

（一）人民法院的组织与制度

1. 人民法院的性质。人民法院是国家的审判机关。

2. 人民法院的组织体系。全国设立最高人民法院、地方各级人民法院和专门人民法院；地方各级人民法院分为高级人民法院、中级人民法院、基层人民法院；专门人民法院包括军事法院、海事法院、铁路运输法院。军事法院有解放军军事法院（军内最高级）、大军区法院及军兵种军事法院三级。

海事法院只有一级，设立在港口城市，相当于中级法院；铁路运输法院分为两级，

铁路分局设的基层的法院和铁路局设立的中级法院。

最高人民法院监督地方各级人民法院和专门人民法院的审判工作，上级人民法院监督下级人民法院的审判工作。

（二）人民检察院的组织与制度

1. 人民检察院的性质。人民检察院是国家的法律监督机关。

2. 人民检察院的组织体系。我国人民检察院的组织体系由下列检察机关组成：全国设立最高人民检察院、地方各级人民检察院和专门人民检察院。地方各级人民检察院分为省、自治区、直辖市人民检察院；省、自治区、直辖市人民检察院分院，自治州和设区的市人民检察院；县、不设区的市、自治县和市辖区人民检察院。专门人民检察院包括军事检察院、铁路运输检察院等。

省一级人民检察院和县一级人民检察院根据工作需要，提请本级人民代表大会常务委员会批准，还在工矿区、农垦区、林区等区域设置人民检察院，作为派出机构。

最高人民检察院是国家最高检察机关，领导地方各级人民检察院和专门人民检察院的工作，上级人民检察院领导下级人民检察院的工作。所以，上下级人民检察院之间的关系是领导与被领导的关系。这种垂直领导体制主要表现在两方面：

（1）人事任免。省、自治区、直辖市人民检察院检察长的任免，须报最高人民检察院检察长提请全国人大常委会批准。自治州、设区的市、县、不设区的市、市辖区人民检察院检察长的任免，须报上一级人民检察院检察长提请该级人大常委会批准。

（2）业务领导。对于下级人民检察院的决定，上级人民检察院有权复核改变；上级人民检察院的决定，下级人民检察院

必须执行。下级人民检察院在办理案件中遇到自己不能解决的困难时，上级人民检察院应及时给予支持和指示，必要时可派人协助工作，或是将案件上调由自己办理。

命题预测举要

1. 全国人民代表大会代表的主要权利。①全国人大代表有出席全国人大会议，依法行使代表职权的权利；②有根据法律规定的程序提出议案、建议和意见的权利；③有依照法律规定的程序提出质询案或者提出询问的权利；④有依法提出罢免案的权利；⑤有非经法律规定的程序，不受逮捕或者刑事审判的权利；⑥有"言论免责"权。

2. 国务院的组织和领导体制。

中华人民共和国国务院即中央人民政府，是最高国家权力机关的执行机关，是最高国家行政机关。统一领导地方各级人民政府的工作，统一领导和管理国务院各部、各委员会的工作。对全国人大及其常委会负责并报告工作。

国务院由总理，副总理若干人，国务委员若干人，各部部长、各委员会主任、审计长、秘书长组成；国务院的任期为5年。总理、副总理、国务委员连续任职不得超过两届。

国务院的领导体制实行：总理负责制和会议制度（国务院的会议分为国务院全体会议和国务院常务会议）。

精编题库测试题

1. 根据我国《宪法》的规定，下列哪些选项是正确的：

A. 国务院有权决定个别省、自治区、直辖市进入紧急状态

B. 国家主席、副主席每届任期5年，连续任职不得超过两届

C. 国家主席、副主席都缺位时，由全国人大进行补选，补选之前，由全国人

大常委会委员长暂时代理国家主席的职位

D. 国务院的会议分为国务院全体会议和国务院常务会议

答案 BCD

简析 A是错误的。根据《宪法》第69条规定，国务院依照法律规定决定省、自治区、直辖市的范围内部分地区进入紧急状态。

2. 依据宪法，下列哪些领导人或机关或组织必须向全国人民代表大会负责：

A. 中华人民共和国主席

B. 中央军委主席

C. 国务院

D. 中国人民政治协商会议

答案 BC

简析 《宪法》第69条规定："全国人民代表大会常务委员会对全国人民代表大会负责并报告工作。"第92条规定："国务院对全国人民代表大会负责并报告工作；在全国人民代表大会闭会期间，对全国人民代表大会常务委员会负责并报告工作。"第94条规定："中央军事委员会主席对全国人民代表大会和全国人民代表大会常务委员会负责。"因此，全国人民代表大会常务委员会、国务院、中央军事委员会主席都向其负责，但是只有全国人民代表大会常务委员会和国务院另行负有报告工作的法定义务。故BC应选。

中华人民共和国主席是国家的象征，行使礼仪性、程序性的职权，无须向全国人大负责，故A不选。

中国人民政治协商会议是爱国统一战线的组织，它是一种政党合作制度，不是国家机关，无须向全国人大负责。故D不选。

3. 下列哪些选项属于全国人民代表大会代表的权利：

A. 在全国人大会议期间，10名以上的全国人大代表可以书面提出对最高人民

法院的质询案

B. 在全国人大会议期间，1/10以上全国人大代表联名，可以提议组成特定问题调查委员会，由大会主席团提请大会全体会议决定

C. 在全国人大会议期间，全国人大代表非经全国人大主席团许可，在全国人大闭会期间，非经全国人大常委会许可，不受刑事拘留、逮捕或者刑事审判

D. 全国人大代表在全国人大各种会议上的发言、表决以及在列席原选举单位的人大各种会议上的发言，不受法律追究

答案——BD

简析——全国人大代表的权利主要包括：①出席全国人大会议，参加各项选举活动，审议有关议案和报告。②依法定程序向全国人大提出属于全国人大职权范围内的议案。③依法定程序提出对各方面工作的建议、批评和意见。④提出质询案和进行询问。在全国人大会议期间，30名以上的全国人大代表可以书面提出对国务院及其各部、委，最高人民法院、最高人民检察院的质询案，故A项论述错误。全国人大代表还可以向有关国家机关提出询问，由有关国家机关派人在代表团全体会议或者代表团小组会上进行说明。⑤提议组成特定问题调查委员会。在全国人大会议期间，1/10以上代表联名，可以提议组成特定问题调查委员会，由大会主席团提请大会全体会议决定。故B项论述正确。⑥人身特别保护权。在全国人大会议期间，全国人大代表非经全国人大主席团许可，在全国人大闭会期间，非经全国人大常委会许可，不受逮捕或者刑事审判。如因系现行犯被拘留，执行拘留的机关应当立即向全国人大主席团或者全国人大常委会报告，故C项论述错误。⑦言论免责权。全国人大代表在全国人大各种会议上的发言、表决以及在列席原选举单位的人大各种会议上的发言，不受法律追究，故D项论述正确。

第六章　宪法的实施及保障

考点要述

本部分的基本考点包括：

1. 宪法实施概述：宪法实施的概念（宪法实施的含义、宪法的执行和宪法的适用、宪法的遵守）、宪法实施的主要特点（广泛性和综合性、最高性和原则性、直接性和间接性）；

2. 宪法的修改：宪法修改的含义、宪法修改的方式（全面修改、部分修改）、宪法修改的程序（提案、先决投票、起草和公布、通过、公布）；

3. 宪法的解释：宪法解释的机关、宪法解释的原则、宪法解释的方法、宪法解释的程序；

4. 宪法实施的保障：宪法实施保障的内容（保障法律、法规等规范性文件的合宪性保障、国家机关及其工作人员、各政党、武装力量、社会团体、企业、事业组织和全体公民行为的合宪性）、宪法实施保障的体制（司法机关负责保障宪法实施的体制、立法机关负责保障宪法实施的体制、专门机关负责保障宪法实施的体制）、宪法实施保障的基本方式（事先审查和事后审查、附带性审查和宪法控诉）、我国的宪法实施保障机制。

本部分的核心考点为：宪法修改的方式、宪法实施保障的体制。

考点详述

一、宪法实施概述

（一）宪法实施的概念

宪法实施是指宪法规范在客观实际生活中的贯彻落实，是宪法制定颁布后的运行状态，也是宪法作用于社会关系的基本形式。

（二）宪法实施的主要特点

1. 广泛性和综合性。

2. 最高性和原则性。

3. 直接性和间接性。

二、宪法的修改

（一）宪法修改的方式

1. 全面修改。全面修改亦即对宪法全文进行修改，以新宪法取代旧宪法。

2. 部分修改。部分修改亦即对宪法原有的部分条款加以改变，或者新增若干条款，而不牵动其他条款和整个宪法的修改方式。

（二）宪法修改的程序

从各国宪法规定和宪政实践看，宪法修改程序一般包括提案、先决投票、起草和公布修宪草案、通过和公布五个阶段。

三、宪法的解释

（一）宪法解释的机关

1. 由立法机关解释。这一制度源自英国。

2. 由司法机关解释。这一制度源自美国。

3. 由特设机关解释。这一制度起源于奥地利，推行于第一次世界大战以后，也是当代最为流行的制度之一。如奥地利、西班牙、德国、意大利、俄罗斯等国就建立了宪法法院，法国、韩国等建立了宪法委员会。

（二）宪法解释的程序

1. 宪法解释的提出：在我国，国务院、中央军事委员会、最高人民法院、最高人民检察院、全国人大专门委员会、省级人大常委会可向全国人大常委会提出宪法解释的要求。

2. 宪法解释的审查：在我国宪法解释的审查机关是全国人大常委会。

3. 宪法解释的决议：对宪法解释的表决须过半数赞成。

4. 宪法解释的公布。

四、宪法实施的保障

（一）宪法实施保障的体制

1. 司法机关负责保障宪法实施的体

制。该体制起源于美国。

2. 立法机关负责保障宪法实施的体制。该体制起源于英国。

3. 专门机关负责保障宪法实施的体制。该体制起源于 1799 年法国宪法设立的护法元老院。

（二）宪法实施保障的基本方式

1. 事先审查和事后审查。

（1）事先审查是指在法律、法规和法律性文件尚未正式颁布实施之前，由有关机关对其是否合宪进行审查。

（2）事后审查是指在法律、法规和法律性文件颁布实施以后，由有关机关对其是否合宪所进行的审查。

2. 附带性审查和宪法控诉。

（1）附带性审查是指司法机关在审理案件过程中，因提出对所适用的法律、法规和法律性文件是否违宪的问题，而对该法律、法规和法律性文件所进行的合宪性审查。

（2）宪法控诉则指当公民个人的宪法权利受到侵害后向宪法法院或者其他相关机构提出控诉的制度。

命题预测举要

宪法解释的机关

近现代各国解释宪法的机关不尽一致，综合起来大致有以下几种：（1）由立法机关解释。这一制度源自英国。（2）由司法机关解释。这一制度源自美国。（3）由特设机关解释。如德国的宪法法院，法国的宪法委员会。

精编题库测试题

1. 下列有关我国宪法修正案的说法错误的是：

A. 由全国人大常委会或者 1/5 以上的全国人大代表提议

B. 我国宪法修正案的议决由全国人大以全体代表的 1/2 以上的多数通过

C. 我国宪法修正案的公布由全国人大主席团公布

D. 我国现行的宪法经过了 1988 年、1993 年、1999 年和 2004 年四次修正

答案——B

简析——B 是错误的。根据《宪法》第 64 条规定，宪法的修改，由全国人民代表大会常务委员会或者 1/5 以上的全国人民代表大会代表提议，并由全国人民代表大会以全体代表的 2/3 以上的多数通过。

2. 关于哪些关于我国宪法解释的说法是正确的：

A. 我国的宪法解释权由全国人大常委会行使宪法解释权

B. 只有国务院、中央军事委员会、最高人民法院、最高人民检察院、全国人大专门委员会、省级人大常委会可向全国人大常委会提出宪法解释的要求

C. 对宪法解释的表决须过半数赞成

D. 司法机关没有宪法解释权

答案——ABCD

简析——依据现行的法律，上述四种说法都正确。

3. 根据立法法的规定，下列哪种法规、规章应由制度机关报请全国人大常委会批准后生效：

A. 民族自治区的自治条例

B. 民族自治州的单行条例

C. 省、自治区、直辖市的人民代表大会及其常务委员会制定的地方性法规

D. 较大的市的人民代表大会及其常务委员会制定的地方性法规

答案——A

简析——《宪法》第 116 条规定："民族自治地方的人民代表大会有权依照当地民族的政治、经济和文化的特点，制定自治条例和单行条例。自治区的自治条例和单行条例，报全国人民代表大会常务委员会批准后生效。自治州、自治县的自治条例和

单行条例，报省或者自治区的人民代表大会常务委员会批准后生效，并报全国人民代表大会常务委员会备案。"

《立法法》第 89 条规定："行政法规、地方性法规、自治条例和单行条例、规章应当在公布后的 30 日内依照下列规定报有关机关备案：（一）行政法规报全国人民代表大会常务委员会备案；（二）省、自治区、直辖市的人民代表大会及其常务委员会制定的地方性法规，报全国人民代表大会常务委员会和国务院备案；较大的市的人民代表大会及其常务委员会制定的地方性法规，由省、自治区的人民代表大会常务委员会报全国人民代表大会常务委员会和国务院备案；（三）自治州、自治县制定的自治条例和单行条例，由省、自治区、直辖市的人民代表大会常务委员会报全国人民代表大会常务委员会和国务院备案。（四）部门规章和地方政府规章报国务院备案；地方政府规章应当同时报本级人民代表大会常务委员会备案；较大的市的人民政府制定的规章应当同时报省、自治区的人民代表大会常务委员会和人民政府备案；（五）根据授权制定的法规应当报授权决定规定的机关备案。"

故此，只有自治区的自治条例和单行条例，才需报全国人民代表大会常务委员会批准后生效。选项 A 为正确选项。

第一章　司法制度和法律职业道德概述

考点要述

本部分基本考点为：

1. 司法和司法制度的概念：司法的概念、司法的功能、司法制度的概念、司法制度的范围、司法公正、司法效率、司法独立、司法考试等内容。

2. 法律职业道德的概念和特征：法律职业的概念、法律职业的特征、法律职业道德的概念、法律职业道德的特征等内容。

3. 法律职业道德的基本原则。

本部分核心考点为：司法的特点、司法公正、司法效率。

考点详述

一、司法和司法制度的概念

（一）司法的概念和特点

我国的司法就是指人民法院和人民检察院依照法定的职权与程序适用法律处理诉讼案件的专门活动。司法的特征(1)独立性；(2)被动性；(3)交涉性；(4)终局性；(5)普遍性；(6)民主性。

（二）司法的功能

我国司法具备以下几种功能：(1)解决纠纷；(2)调整社会关系；(3)解释、补充法律；(4)形成公共政策。

（三）司法制度的概念

广义的司法制度包括审判制度、检察制度、律师制度和公证制度；狭义的司法制度仅指法院的审判制度和检察院的检察制度。我国一般采用广义说。

（四）司法公正

"司法公正"包括实体公正和程序公正两个方面。实体公正主要是指案件事实真相的发现和对实体法的正确适用；程序公正主要是指司法程序具有正当性和合理性，当事人在司法过程中受到公平的对待。

"司法公正"的构成要素：(1)司法活动的公开性；(2)裁判人员的中立性；(3)当事人地位的平等性；(4)司法过程的参与性；(5)司法活动的合法性；(6)案件处理的正确性。

（五）司法效率

"司法效率"强调的是要尽可能地快速解决、多解决纠纷，尽可能地节省和充分利用各种司法资源。司法公正和效率都是司法所追求的目标，二者在很大程度上是相辅相成的。但有些时候，公正和效率之间也存在着一定的冲突，我国的司法现状决定了我们应当"公正优先，兼顾效率"。

（六）司法独立

人民法院、人民检察院独立行使审判权、检察权，不受行政机关、社会团体和个人的干涉。

二、法律职业道德的概念和特征

（一）法律职业道德的概念

法律职业道德是指法官、检察官、律师、公证员等法律职业人员所应遵循的行为规范的总和，是社会道德体系的重要组成部分，是社会道德在法律职业领域中的具体体现和升华。

（二）法律职业道德的特征

1. 主体的特定性。是指法律职业道德所规范的是专门从事法律工作的法官、检察官、律师、公证员等法律职业人员。

2. 职业的特殊性。第一，法律职业的政治属性。第二，法律职业的法律属性。第三，法律职业的行业属性。第四，法律职业的专业属性。

3. 更强的约束性。是指法律职业道德相对于一般社会道德而言，具有更强的约束性。违反职业道德的法律职业人员要承担更大范围的责任。

三、法律职业道德的基本原则

法律职业道德的基本原则是指法律职业道德的基本尺度、基本纲领和基本要求。我国法律职业道德的基本原则主要有：

1. 忠实执行宪法和法律，维护法律的尊严；2. 以事实为根据，以法律为准绳；3. 严明纪律，保守秘密；4. 互相尊重，相互配合；5. 恪尽职守，勤勉尽责；6. 清正廉洁，遵纪守法。

命题预测举要

1. "司法公正"的内容。

包括实体公正和程序公正两个方面。实体公正，主要是指案件事实真相的发现和对实体法的正确适用；程序公正，主要是指司法程序具有正当性和合理性，当事人在司法过程中受到公平的对待。"司法公正"的构成要素：(1)司法活动的公开性。(2)裁判人员的中立性。(3)当事人地位的平等性。(4)司法过程的参与性。(5)司法活动的合法性。(6)案件处理的正确性。

2. 司法独立的内容 。

(1) 人民法院、人民检察院独立行使审判权、检察权，不受行政机关、社会团体和个人的干涉。

(2) 人民法院、人民检察院独立行使审判权、检察权，必须严格遵守宪法和法律的各项规定。

精编题库测试题

1. 下列关于司法的说法正确的是：

A. 人民法院、人民检察院独立行使审判权、检察权，不受行政机关、社会团体和个人的干涉

B. 司法公正包括实体公正和程序公正两个方面

C. 我国司法具有形成公共政策的功能

D. 司法具有主动性

答案——ABC

简析——D是错误的，司法具有被动性。

2. 下列说法错误的是：

A. 司法公正要求裁判人员保持中立性

B. 我国的司法现状决定了我们应当"效率优先，兼顾公正"

C. 人民法院、人民检察院行使职权必须做到"以事实为根据，以法律为准绳"

D. 法律职业道德的主体包括法官、检察官、律师、公证员

答案——B

简析——B是错误的。我国的司法现状决定了我们应当"公正优先，兼顾效率"。

第二章　审判制度与法官职业道德

考点要述

本部分的基本考点:

1. 审判制度:审判制度的概念、我国审判制度的特征、审判制度的基本原则、主要审判制度等内容。

2. 审判机关:人民法院的性质和任务、人民法院的设置和职权、人民法院的业务机构、审判组织等内容。

3. 法官:法官的条件与任免、法官的权利与义务、法官的考核与培训、法官的等级及其升降、法官的奖励和惩戒、法官的辞职与辞退、法官的保障与退休。

4. 法官职业道德:保障司法公正、提高司法效率、保持清正廉洁、遵守司法礼仪、加强自身修养、约束业外活动等内容。

5. 法官职业责任:法官执行职务中违纪行为的责任和法官执行职务中犯罪的刑事责任。

本部分的核心考点:审判制度的基本原则、主要审判制度、审判组织、法官的辞职与辞退、法官职业道德(保障司法公正、保持清正廉洁、遵守司法礼仪、约束业外活动等内容)、法官的纪律责任。

考点详述

一、审判制度

(一)审判制度的概念

我国的审判制度是指国家确立的有关人民法院组织与活动的法律制度,具体包括人民法院的性质、任务、设置、审判组织、审判原则、审判程序等方面的法律规范。它包括刑事审判、民事审判、行政审判三种类型。

(二)我国审判制度的特征

(1)人民法院由国家权力机关产生并受其监督。(2)人民法院统一设立并独立行使审判权。(3)审判活动实行某些特有的原则和制度。

(三)审判制度的基本原则

1. 不告不理原则。不告不理指没有原告的起诉,法院就不能进行审判。具体包括两层含义:一是没有原告的起诉,法院不得启动审判程序,即原告起诉是法院启动审判程序的先决条件;二是法院审判的范围应与原告起诉的范围相一致,法院不得对原告未提出诉讼请求的事项进行审判。

2. 审判权独立行使原则。人民法院依照法律规定独立行使审判权,不受行政机关、社会团体和个人的干涉。

3. 直接、言词原则。直接、言词原则是指审理案件的审判人员(包括法官和陪审员)必须在法庭上亲自听取当事人、证人和其他诉讼参与人的口头陈述,对于案件事实和证据必须由双方当事人当庭口头提出并以口头辩论和质证的方式进行庭审调查。

4. 审判及时原则。

5. 集中审理原则。集中审理原则又称不间断审理原则,是指法庭对各类诉讼案件的审理原则上应当持续进行,除了必要的休息时间以外,不得中断审理。

(四)主要审判制度

1. 两审终审制度。两审终审制度是指一个案件经过两级法院的审判即宣告终结的制度。

2. 审判公开制度。人民法院审理案件,除法律规定的特别情况外,一律公开进行。但下列四种案件不公开审理:涉及国家秘密的案件、涉及个人隐私的案件、未成年人犯罪的案件、经当事人依法申请,人民法院决定不公开审理的某些民事案件。

3. 人民陪审员制度。我国法律规定的由审判员和人民陪审员组成合议庭对案件共同进行审判的一项制度，是各级人民法院审理第一审刑事、民事、行政案件所实行的一项审判制度。

《全国人大常委会关于完善人民陪审员制度的决定》第1条："人民陪审员依照本决定产生，依法参加人民法院的审判活动，除不得担任审判长外，同法官有同等权利。"第3条："人民陪审员和法官组成合议庭审判案件时，合议庭中人民陪审员所占人数比例应当不少于1/3。"第4条："公民担任人民陪审员，应当具备下列条件：拥护中华人民共和国宪法；年满23周岁；品行良好、公道正派；身体健康；担任人民陪审员，一般应当具有大学专科以上文化程度。"第5条："人民代表大会常务委员会的组成人员，人民法院、人民检察院、公安机关、国家安全机关、司法行政机关的工作人员和执业律师等人员，不得担任人民陪审员。"第6条："下列人员不得担任人民陪审员：因犯罪受过刑事处罚的；被开除公职的。第8条："符合担任人民陪审员条件的公民，可以由其所在单位或者户籍所在地的基层组织向基层人民法院推荐，或者本人提出申请，由基层人民法院会同同级人民政府司法行政机关进行审查，并由基层人民法院院长提出人民陪审员人选，提请同级人民代表大会常务委员会任命。"第9条："人民陪审员的任期为5年。"

4. 审判监督制度。审判监督制度又称再审制度，是指人民法院对已经发生法律效力的判决和裁定依法重新审判的一种特殊审判制度。

5. 司法建议制度。司法建议制度是指人民法院在审判活动中，针对有关单位在机制、制度、管理等方面存在的问题，以人民法院的名义提出堵塞漏洞，消除隐患，改进管理或追究有关当事人的党纪、政纪责任的建议或意见。应制作《司法建议书》。

二、审判机关

（一）人民法院的设置

1. 基层人民法院；

2. 中级人民法院；

3. 高级人民法院；

4. 军事法院。军事法院主要受理审判军人违反职责的犯罪案件。此外，还审理涉及军人的普通刑事案件以及军内经济纠纷等案件。中国人民解放军军事法院由三级军事法院组成。军事法院的最高审级是中华人民共和国最高人民法院。三级军事法院的设置与职权如下：①中国人民解放军军事法院。它是高级层次的军事法院。②大军区、军兵种军事法院。③军级军事法院。

5. 铁路运输法院。铁路运输法院是设在铁路沿线的专门人民法院。在铁路管理分局所在地设立铁路运输基层法院；在铁路管理局所在地设立铁路运输中级法院，对其判决、裁定的上诉案件和抗诉案件由所在地的省、自治区、直辖市高级人民法院负责审理。

6. 海事法院。海事法院是国家为行使海事司法管辖权而设立的专门审理一审海事、海商案件的专门人民法院。海事法院专门受理海事、海商一审案件，而不受理刑事案件和其他民事案件，其建制相当于中级人民法院。

对不服海事法院判决、裁定的上诉案件，由各海事法院所在地的高级人民法院负责审理。

7. 最高人民法院。

（二）审判组织

代表人民法院对案件进行审理和裁判的组织形式，通常称为审判组织。根据《人民法院组织法》和三大诉讼法的规定，人民法院审判组织有三种，即独任庭、合议庭和审判委员会。

1. 独任庭是指由审判员一人独任审判的制度。根据刑事诉讼法第 147 条第 1 款的规定，独任制仅限于基层人民法院适用简易程序审判的案件。

2. 合议庭：必须是三人以上的单数的审判人员组成；合议庭的组成人员，只能由审判员组成或审判员和人民陪审员共同组成；评议按多数人原则作出决定；合议庭由院长或者庭长指定审判员一人担任审判长；院长或庭长参加审判案件的时候，自己担任审判长；人民陪审员不担任审判长职务，但在人民法院执行职务时，同审判员有同等的权利。合议庭进行评议的时候，如果意见分歧，应当按多数意见作出决定，但少数人的意见应当写入笔录；评议笔录由合议庭的组成人员签名。合议庭开庭审理并且评议后，应当作出判决，对于疑难、复杂、重大的案件，合议庭认为难以作出决定的，由合议庭提请院长决定提交审判委员会讨论决定。审判委员会的决定，合议庭应当执行。

3. 审判委员会：是人民法院内部设立的对审判工作实行集体领导的组织。主要工作包括：总结审判经验；讨论重大的或者疑难的案件；讨论其他有关审判工作的问题。各级人民法院审判委员会委员，由院长提请本级人民代表大会常务委员会任免；审判委员会是人民法院内部对审判工作实行集体领导的组织形式，是人民法院的最高审判组织。其工作程序与原则是要重点掌握的：①审判委员会会议由院长或院长委托的副院长主持。②审判委员会委员超过半数时，方可开会。③审判委员会实行民主集中制。审判委员会的决定，必须获得半数以上的委员同意方能通过。少数人的意见可以保留并记录在卷。④审判委员会讨论案件时，同级人民检察院检察长可以列席并发表意见，但不参加表决。

三、法官

（一）法官的条件与任免

1. 法官的任职条件有：具有中华人民共和国国籍；年满 23 岁；拥护中华人民共和国宪法；有良好的政治、业务素质和良好的品行；身体健康；具有相应的学历、专业知识以及工作年限；没有曾因为犯罪受过刑事处罚或曾被开除公职。

2. 法官的任免。各级法院院长由同级人大选举和罢免，副院长、审判委员会委员、庭长、副庭长和审判员由同级人民法院院长提请同级人大常委会任免；在省、自治区内按地区设立的和在直辖市内设立的中级人民法院院长，由省、自治区、直辖市人大常委会根据主任会议的提名决定任免，副院长、审判委员会委员、庭长、副庭长和审判员由高级人民法院院长提请省、自治区、直辖市人大会常委员任免；

军事法院等专门人民法院院长、副院长、审判委员会委员、庭长、副庭长和审判员的任免办法，由全国人民代表大会常务委员会另行规定。

人民法院的助理审判员由本院院长任免；

法官任职回避制度，即法官之间有夫妻关系、直系血亲关系、三代以内旁系血亲以及近姻亲关系的，不得同时担任下列职务：①同一人民法院的院长、副院长、审判委员会委员、庭长、副庭长；②同一人民法院的院长、副院长和审判员、助理审判员；③同一审判庭的庭长、副庭长、审判员、助理审判员；④上下相邻两级人民法院的院长、副院长。

（二）法官的考核与培训

《法官法》第 21 条规定，对法官的考核，由所在人民法院组织实施。《法官法》第 22 条规定："对法官的考核，应当客观公正，实行领导和群众相结合，平时考核和年度考核相结合。"《法官法》第 23 条规定："对法官的考核内容包括：审判工作实绩，思想品德，审判业务和法学理论水平，工作态度和审判作风。重点考核审判工作实绩。"《法官法》第24条规定："年度考核结果分为优秀、称职、不称职三个等次。考核结果作为对法官奖惩、培训、免职、辞退以及调整等级和工资的依据。"《法官法》第25条规定："考核结果以书面形式通知本人。本人对考核结果如有异议，可以申请复议。"

法官是由法官考评委员会来考核的。《法官法》第48条规定："人民法院设法官考评委员会。法官考评委员会的职责是指导对法官的培训、考核、评议工作。具体办法另行规定。"《法官法》第49条规定："法官考评委员会的组成人员为5至9人。法官考评委员会主任由本院院长担任。"

（三）法官的等级

《法官法》第18条规定："法官的级别分为12级。最高人民法院院长为首席大法官，2～12级法官分为大法官、高级法官、法官。"

（四）法官的奖励和惩戒

《法官法》第十章对奖励做了规定。《法官法》第29条规定："法官在审判工作中有显著成绩和贡献的，或者有其他突出事迹的，应当给予奖励。对法官的奖励，实行精神鼓励和物质鼓励相结合的原则。"《法官法》第31条规定："奖励分为：嘉奖，记三等功、二等功、一等功，授予荣誉称号。"

《法官法》第33条规定："对法官的违法乱纪行为应当给予处分；构成犯罪的，依法追究刑事责任。处分分为：警告、记过、记大过、降级、撤职、开除。受撤职处分的，同时降低工资和等级。"

（五）法官的辞职与辞退

1. 辞职。按照法官法的规定，法官有辞职的权利。法官要求辞职的，应当由本人提出书面申请。依照法律规定的程序免除其职务。

2. 辞退。法官有下列情形之一的，予以辞退：在年度考核中，连续2年确定为不称职的；不胜任现职工作，又不接受另行安排的；因审判机构调整或者缩减编制员额需要调整工作，本人拒绝合理安排的；旷工或者无正当理由逾假不归连续超过15天，或者1年内累计超过30天的；不履行法官义务，经教育仍不改正的。

辞退法官应当依照法律规定的程序免除其职务。

3. 法官对人民法院关于本人的辞退处理不服的，自收到辞退处理决定之日起30日内可以向原处理机关申请复议，并有权向原处理机关的上级机关申诉。受理申诉的机关必须按照规定作出处理。复议和申诉期间，不停止对法官辞退处理决定的执行。

四、法官职业道德

1. 保障司法公正。

（1）遵守回避规定；

（2）抵制关系案、人情案；

（3）公开审判；

（4）保持中立地位。《基本准则》第11条第1款规定："法官审理案件应当保持中立。"法官中立的规定，主要是确保法官始终处于中立裁判的地位，而不偏向任何一方当事人，更不能对当事人进行压制。第11条第2款和第3款规定："法官在宣判前，不得通过言语、表情或者行为流露自己对裁判结果的观点或者态度；法官调解案件应当依法进行，注意言行审慎，避免当事人和其他诉讼参与人对其公正性产生合理的怀疑。"第5条规定："法官不得违背当事人的意愿，以不正当的手段迫使当事人撤诉或者接受调解。"

（5）禁止单方接触。《基本准则》第8条规定："法官在审判活动中，不得私自单独会见一方当事人及其代理人。"

（6）审慎处理法官与法官、法官与当事人或律师之间的关系。《基本准则》第14条规定："法官除履行审判职责或者管理职责外，不得探询其他法官承办案件的审理情况和有关信息；不得向当事人或者其代理人、辩护人泄露或者提供有关案件的审理情况、承办、案件法官的联系方式和其他有关信息；不得为当事人或者其代理人、辩护人联系和介绍承办案件的法官。"

（7）正确处理与媒体的关系。《基本准则》第15条规定："法官在审理案件的过程中，应当避免受到新闻媒体和公众舆论的不当影响。"第16条规定："法官在公众场合和新闻媒体上，不得发表有损生效裁判的严肃性和权威性的评论。如果认为生效裁判或者审判工作中存在问题的，可以向本院院长报告或者向有关法院反映。"第45条规定："法官发表文章或者接受媒体采访时，应当保持谨慎的态度，不得针对具体案件和当事人进行不适当的评论，避免因言语不当使公众对司法公正产生合理的怀疑。"

（8）维护司法独立。《基本准则》第2条规定："法官在履行职责时，应当忠实于宪法和法律，坚持和维护审判独立的原则，不受任何行政机关、社会团体和个人的干涉，不受来自法律规定之外的影响。"第13条规定："法官应当尊重其他法官对审判职权的独立行使，并做到：①除非基于履行审判职责或者通过适当的程序，不得对其他法官正在审理的案件发表评论，不得对与自己有利害关系的案件提出处理建议和意见；②不得擅自过问或者干预下级人民法院正在审理的案件；③不得向上级人民法院就二审案件提出个人的处理建议和意见。"第7条规定："法官在审判活动中，应当独立思考、自主判断，敢于坚持

正确的意见。"

2. 提高司法效率。

3. 保持清正廉洁。不得接受诉讼当事人的钱物和其他利益。

不得经商。《基本准则》第25条规定："法官不得参与可能导致公众对其廉洁形象产生不信任感的商业活动或者其他经济活动。"

不得以其地位、身份、声誉谋取利益。《基本准则》第26条规定："法官应当妥善处理个人事务，不得为了获得特殊照顾而有意披露自己的法官身份；不得利用法官的声誉和影响为自己、亲属或者他人谋取私人利益。"

保持正常的生活方式和水准。《基本准则》第27条规定："法官及其家庭成员的生活方式和水准，应当与他们的职位和收入相符。"此外，第29条规定："法官应当按照国家有关规定如实申报财产。"

不得提供法律服务。《基本准则》第28条规定："法官不得兼任律师、企事业单位或者个人的法律顾问等职务；不得就未决案件给当事人及其代理人、辩护人提供咨询意见和法律意见。"必须指出，不论这种兼职或咨询是有偿的，还是无偿的，都在禁止之列。

约束家庭成员。《基本准则》第30条规定："法官必须向其家庭成员告知法官行为守则和职业道德的要求，并督促其家庭成员不得违反有关规定。"

4. 遵守司法礼仪。

5. 加强自身修养。

6. 约束业外活动。这一准则主要包括以下内容：

（1）法官从事各种职务外活动，应当避免使公众对法官的公正司法和清正廉洁产生合理怀疑，避免影响法官职责的正常履行，避免对人民法院的公信力产生不良影响。

（2）法官必须杜绝与公共利益、公共秩序、社会公德和良好习惯相违背的，可能影响法官形象和公正履行职责的不良嗜好和行为。

（3）法官应当谨慎出入社交场合，谨慎交友，慎重对待与当事人、律师以及可能影响法官形象的人员的接触和交往，以免给公众造成不公正或者不廉洁的印象，并避免在履行职责时可能产生的困扰和尴尬。

（4）法官可以参加有助于法制建设和司法改革的学术研究和其他社会活动。但是，这些活动应当以符合法律规定、不妨碍司法公正和维护司法权威、不影响审判工作为前提。法官不得参加带有邪教性质的组织；不得参加营利性社团组织或者可能借法官影响力营利的社团组织。

（5）法官发表文章或者接受媒体采访时，应当保持谨慎的态度，不得针对具体案件和当事人进行不适当的评论，避免因言语不当使公众对司法公正产生合理的怀疑。法官在职务外活动中，不得披露或者使用非公开的审判信息和在审判过程中获得的商业秘密、个人隐私以及其他非公开的信息。

（6）法官退休后应当继续保持自身的良好形象，避免因其不当言行而使公众对司法公正产生合理的怀疑。

五、法官职业责任

1. 法官的纪律责任。警告；记过；记大过；降级；撤职；开除。

2. 法官的刑事责任。法官因职务行为构成犯罪的，应当追究其刑事责任。

命题预测举要

1. 法官职业道德中的保持中立地位的具体要求。《基本准则》第11条第1款规定："法官审理案件应当保持中立。法官中立的规定，主要是确保法官始终处于中立

裁判的地位，而不偏向任何一方当事人，更不能对当事人进行压制。"第11条第2款和第3款规定："法官在宣判前，不得通过言语、表情或者行为流露自己对裁判结果的观点或者态度；法官调解案件应当依法进行，注意言行审慎，避免当事人和其他诉讼参与人对其公正性产生合理的怀疑。"第5条规定："法官不得违背当事人的意愿，以不正当的手段迫使当事人撤诉或者接受调解。"

2. 法官如何正确处理与媒体的关系。《基本准则》第15条规定："法官在审理案件的过程中，应当避免受到新闻媒体和公众舆论的不当影响。"第16条规定："法官在公众场合和新闻媒体上，不得发表有损生效裁判的严肃性和权威性的评论。如果认为生效裁判或者审判工作中存在问题的，可以向本院院长报告或者向有关法院反映。"第45条规定："法官发表文章或者接受媒体采访时，应当保持谨慎的态度，不得针对具体案件和当事人进行不适当的评论，避免因言语不当使公众对司法公正产生合理的怀疑。"

■精编题库测试题

1. 下列说法正确的是：

A. 人民法院在审判活动中有权制作《司法建议书》

B. 法官在宣判前，可以私下向当事人表达自己对裁判结果的观点或者态度

C. 法官调解案件应当依法进行，注意言行审慎，避免当事人和其他诉讼参与人对其公正性产生合理的怀疑

D. 法官不得违背当事人的意愿，以不正当的手段迫使当事人撤诉或者接受调解

答案　ACD

简析　B是错误的。法官在宣判前，不得通过言语、表情或者行为流露自己对裁判

结果的观点或者态度。

2．法官下列哪些做法不正确：

A．甲法官在审理案件的过程中，不受新闻媒体和公众舆论的不当影响

B．乙法官向案件当事人推销妻子工厂的产品

C．乙法官发表文章针对本院判决生效的某个具体案件进行不适当的评论

D．丁法官兼任其叔叔企业的法律顾问

答案——BCD

简析——B是错误的。《基本准则》第26条规定："法官应当妥善处理个人事务，不得为了获得特殊照顾而有意披露自己的法官身份；不得利用法官的声誉和影响为自己、亲属或者他人谋取私人利益。"

C是错误的。《基本准则》第45条规定："法官发表文章或者接受媒体采访时，应当保持谨慎的态度，不得针对具体案件和当事人进行不适当的评论，避免因言语不当使公众对司法公正产生合理的怀疑。"

D是错误的。《基本准则》第28条规定："法官不得兼任律师、企事业单位或者个人的法律顾问等职务。"

第三章 检察制度与检察官职业道德

◀考点要述▶

本部分的基本考点为：

1. 检察制度概述：检察制度的概念、我国检察制度的特征、检察制度的基本原则、主要检察制度（检务公开制度、人民监督员制度、法律监督制度、刑罚执行与监所监督制度、民事行政检察制度、检察建议制度）；

2. 检察机关：人民检察院的性质和法律地位、人民检察院的任务、人民检察院的设置和职权、人民检察院的工作机构、人民检察院的领导体制；

3. 检察官：检察官的条件与任免、检察官的权利与义务、检察官的考核与培训、检察官的奖励和惩戒、检察官的辞职与辞退、检察官的保障与退休；

4. 检察官职业道德：检察官职业道德的概念和特征、检察官职业道德的主要内容（忠诚 公正 清廉 严明）；

5. 检察官职业责任：检察官执行职务中违纪行为的责任 检察官执行职务中犯罪的刑事责任。

本部分的核心考点为：检察制度的基本原则、人民监督员制度、检察官的条件与任免、检察官职业道德的主要内容、检察官的纪律责任。

考点详述

一、检察制度概述

（一）我国检察制度的特征

1. 检察机关由人民代表大会产生，对其负责，受其监督。

2. 检察机关是国家的法律监督机关。

3. 检察机关依照法律规定独立行使检察权，不受行政机关、社会团体和个人的干涉。

4. 公安机关、检察机关、审判机关办理刑事案件，实行分工负责、互相配合、互相制约的原则。

5. 在领导体制上实行上级检察机关领导下级检察机关，在检察机关内部实行民主集中制和检察长负责制相结合。

（二）检察制度的基本原则

1. 检察权统一行使原则。检察权统一行使原则又称检察一体原则，是指各级检察机关、检察官依法构成统一的整体，在行使职权、执行职务的过程中实行"上命下从"，即根据上级检察机关、检察官的指示和命令进行工作。

2. 检察权独立行使原则。

3. 对诉讼活动实行法律监督原则。

（三）我国的主要检察制度

1. 检务公开制度。

2. 人民监督员制度。根据最高人民检察院 2003 年 10 月公布、2004 年 7 月修订的《关于实行人民监督员制度的规定（试行）》，担任人民监督员的条件：拥护中华人民共和国宪法；有选举权和被选举权；年满 23 岁；公道正派，有一定的文化水平和政策、法律知识；身体健康；受过刑事处罚、受到刑事追究、被开除公职或者开除留用的人，不得担任人民监督员；因职务原因可能影响履行人民监督员职责的人员不宜担任人民监督员。人民监督员的任期为 3 年，连任不得超过两个任期。

3. 法律监督制度。检察机关的法律监督主要是：立案监督制度、侦查监督制度、刑事审判监督制度、刑罚执行与监所监督制度、民事行政检察制度、检察建议制度。

二、检察机关

（一）人民检察院的设置和职权

1. 最高人民检察院。

2. 地方各级人民检察院。

3. 专门人民检察院。

军事检察院是设立在中国人民解放军的专门法律监督机关，对现役军人的军职犯罪和其他刑事犯罪案件依法行使检察权。

专门人民检察院还有铁路运输检察院，包括在各铁路局所在地设立的铁路运输检察分院和在各铁路分局所在地设立的基层铁路运输检察院。

（二）人民检察院的领导体制

人民检察院实行双重领导体制。我国人民检察院内部实行的是检察长负责制与检察委员会集体领导相结合的领导体制。

三、检察官

《检察官法》第12条规定："地方各级人民检察院检察长的任免，须报上一级人民检察院检察长提请该级人民代表大会常务委员会批准。"

四、检察官职业道德

忠诚。公正。清廉。文明

五、检察官职业责任

　命题预测举要

一、关于检察官免除职务的规定

检察官有下列情形之一的，应当依法提请免除其职务：(1)丧失中华人民共和国国籍；(2)调出本检察院的；(3)职务变动不需要保留原职务的；(4)经考核确定为不称职的；(5)因健康原因长期不能履行职务的；(6)退休的；(7)辞职或被辞退的；(8)因违纪、违法犯罪不能继续任职的。

二、人民监督员有哪些职责

人民监督员对人民检察院查办职务犯罪案件的下列情形实施监督：犯罪嫌疑人不服逮捕决定的；拟撤销案件的；拟不起诉的。但涉及国家秘密或者经特赦令免除刑罚以及犯罪嫌疑人死亡的职务犯罪案件，不实行人民监督员制度。

人民监督员可以应邀参加人民检察院查办职务犯罪案件工作的其他执法检查活动，发现有违法违纪情况的，可以提出建议和意见。

三、检察建议的具体内容

检察建议是指人民检察院在办理案件

的过程中，针对相关行业、系统或单位在机制、制度、管理等方面存在的问题，以检察机关的名义提出堵塞漏洞、消除隐患、改进管理或追究有关当事人的党纪、政纪责任的建议或对策。

■精编题库测试题

1. 关于人民监督员说法正确的有：

A. 人民监督员对人民检察院查办的所有职务犯罪案件实施监督

B. 受过刑事处罚、受到刑事追究、被开除公职或者开除留用的人，不得担任人民监督员

C. 人民监督员可以应邀参加人民检察院查办职务犯罪案件工作的其他执法检查活动

D. 人民监督员发现有违法违纪情况的，可以提出建议和意见

答案：BCD

简析——A是错误的。涉及国家秘密或者经特赦令免除刑罚以及犯罪嫌疑人死亡的职务犯罪案件，不实行人民监督员制度。

2. 下列关于检察官说法正确的是：

A. 检察官的纪律责任包括：警告；记过；记大过；降级；撤职；开除

B. 检察官从人民检察院离任后2年内，不得以律师身份担任诉讼代理人或者辩护人

C. 检察官从人民检察院离任后4年内，不得担任原任职检察院办理案件的诉讼代理人或者辩护人

D. 检察官的配偶、子女不得担任该检察官所任职检察院办理案件的诉讼代理人或者辩护人

答案——ABD

简析——C是错误的。《检察官法》第20条规定："检察官从人民检察院离任后，不得担任原任职检察院办理案件的诉讼代理人或者辩护人，而不是仅仅4年。"

第四章　律师制度与律师职业道德

考点要述

本部分的基本考点为：

1. 律师制度概述：律师制度的概念、我国律师制度的特征、我国律师管理体制；

2. 律师：律师的概念、律师的业务范围、执业律师的权利和义务、律师执业的条件、申请律师执业证书的程序、律师执业的限制性规定、律师执业的基本原则；

3. 律师事务所：律师事务所的性质、律师事务所的分类、律师事务所的设立、律师事务所的管理制度、律师收费制度；

4. 律师职业道德：律师职业道德的概念和特征、律师职业道德的依据、律师职业道德的基本准则（忠实于宪法和法律 诚实守信，勤勉尽责 注重职业修养，珍视和维护律师职业声誉 保守国家秘密、委托人的商业秘密及个人隐私 努力钻研业务，不断提高执业水平 尊重同行，公平竞争，同业互助 关注和积极参加社会公益事业 遵守律师协会章程，履行会员义务）、律师的执业职责；

5. 律师执业行为规范：执业前提、执业组织、委托代理关系的建立、律师收费规范、委托代理关系的终止、执业推广、律师同行关系中的行为规范、律师在诉讼与仲裁中的行为规范、律师与律师行业管理或者行政管理机构关系中的行为规范、律师执业机构的行为规范；

6. 律师职业责任：律师执业中违纪行为的处分、律师和律师事务所执业中违法犯罪行为的法律责任；

7. 法律援助制度：法律援助制度的概念、法律援助对象、法律援助范围、法律援助机构、法律援助申请和审查、法律援助实施。

本部分的核心考点为：执业律师的权利和义务、律师执业的限制性规定、律师职业道德的基本准则、委托代理关系的终止、执业推广。

考点详述

一、律师制度概述

1. 律师行政管理。我国《律师法》第4条规定："司法行政部门依照本法对律师、律师事务所和律师协会进行监督、指导。"这就确定了司法行政机关在律师管理工作中的法律地位。

我国的司法行政机关共分四级：中央设司法部，省、自治区、直辖市设司法厅（局），地区、省辖市设司法局（处），县、县级市、市辖区设司法局。各级司法行政机关都设有专门机构对律师工作进行监督管理：司法部设律师公证管理司；省、自治区、直辖市司法厅（局）设律师公证管理处；地、市司法局（处）和县、区司法局设律师公证管理科。

2. 律师行业管理。在我国，《律师法》第43条规定："律师协会是社会团体法人，是律师的自律性组织。全国设立中华全国律师协会，省、自治区、直辖市设立地方律师协会，设区的市根据需要可以设立地方律师协会。"律师协会是律师的行业组织，只有律师才能成为律师协会的会员。按照《律师法》第45条的规定，律师应当加入所在地的地方律师协会；加入地方律师协会的律师同时是中华全国律师协会的会员；律师协会会员按照律师协会章程，享有章程赋予的权利，履行章程规定的义务。

二、律师

（一）律师的概念

根据我国《律师法》第2条的规定，律师是指依法取得律师执业证书，为当事人提供法律服务的执业人员。

（二）执业律师的权利和义务

1. 执业律师的权利。

（1）查阅案卷权。《律师法》第34条规定："受委托的律师自案件审查起诉之日起，有权查阅、摘抄和复制与案件有关的诉讼文书及案卷材料。受委托的律师自案件被人民法院受理之日起，有权查阅、摘抄和复制与案件有关的所有材料。"

（2）同犯罪嫌疑人、被告人会见和通信权。《律师法》第33条规定："犯罪嫌疑人被侦查机关第一次讯问或者采取强制措施之日起，受委托的律师凭律师执业证书、律师事务所证明和委托书或者法律援助公函，有权会见犯罪嫌疑人、被告人并了解有关案件情况。律师会见犯罪嫌疑人、被告人，不被监听。"

（3）调查取证权。《律师法》第35条规定："受委托的律师根据案情的需要，可以申请人民检察院、人民法院收集、调取证据或者申请人民法院通知证人出庭作证。律师自行调查取证的，凭律师执业证书和律师事务所证明，可以向有关单位或者个人调查与承办法律事务有关的情况。"

（4）拒绝辩护或代理权。《律师法》第32条第2款规定："律师接受委托后，无正当理由的，不得拒绝辩护或者代理，但委托事项违法、委托人利用律师提供的服务从事违法活动或者委托人隐瞒事实的，律师有权拒绝辩护或者代理。"

（5）得到人民法院开庭通知权。

（6）在法庭审理阶段的权利。《律师法》第36条规定："律师担任诉讼代理人或者辩护人的，其辩论或者辩护的权利应当依法保障。"在法庭审理中，律师享有广泛的权利。具体包括：对法庭不当询问的拒绝回答权；发问权；提出新证据的权利；质证权；参加法庭辩论的权利；代为上诉的权利；代理申诉或控告权；依法执行职务受法律保障的权利；获取本案诉讼文书副本的权利；为犯罪嫌疑人、被告人申请取保候审或解除强制措施的权利。

2.执业律师的义务。

（1）应当在一个律师事务所执业，不得同时在两个以上律师事务所执业。必须加入所在地的地方律师协会，并履行律师协会章程规定的义务。

（2）不得私自接受委托，私自向委托人收取费用，收受当事人的财物。律师接受委托后，无正当理由的，不得拒绝辩护或代理。

（3）不得扰乱法庭、仲裁庭秩序，干扰诉讼、仲裁活动的正常进行。

（4）不得以诋毁其他律师或者支付介绍费等不正当手段争揽业务，如靠给委托人或者有关人员回扣、劳务费，靠贬损其他律师的业务能力和执业声誉，靠与案件承办人员拉关系甚至行贿等不正当手段争揽业务。不得利用提供法律服务的便利牟取当事人争议的权益，或者接受对方当事人的财物。

（5）不得故意提供虚假证据，隐瞒事实或者威胁、利诱他人提供虚假证据，隐瞒事实以及妨碍对方当事人合法取得证据。

（6）曾担任法官、检察官的律师，从人民法院、人民检察院离任后2年内，不得担任诉讼代理人或者辩护人。

（7）必须依法纳税。必须按照国家规定承担法律援助义务。

（8）应当保守在执业活动中知悉的国家秘密和当事人的商业秘密，不得泄露当事人的隐私。

（9）不得在同一案件中，为双方当事人担任代理人。

（10）不得违反规定会见法官、检察官、仲裁员；不得向法官、检察官、仲裁员以及其他有关工作人员请客送礼或者行贿，或者指使、诱导当事人行贿。

（三）律师执业的条件

《律师法》第5条规定："申请律师执业，应当具备下列条件：拥护中华人民共和国宪法；通过国家统一司法考试；在律师事务所实习满1年；品行良好。"

实行国家统一司法考试前取得的律师资格凭证，在申请律师执业时，与国家统一司法考试合格证书具有同等效力。

《律师法》第8条规定了取得律师资格的特许条件，即"具有高等院校本科以上学历，在法律服务人员紧缺领域从事专业工作满15年，具有高级职称或者同等专业水平并具有相应的专业法律知识的人员，申请专职律师执业的，经国务院司法行政部门考核合格，准予执业。具体办法由国务院规定。"

《律师法》第7条规定："申请人有下列情形之一的，不予颁发律师执业证书：①无民事行为能力或者限制民事行为能力的；②受过刑事处罚的，但过失犯罪的除外；③被开除公职或者被吊销律师执业证书的。"

（四）申请律师执业证书的程序

申请律师执业，应当向设区的市级或者直辖市的区人民政府司法行政部门提出申请，并提交下列材料：国家统一司法考试合格证书；律师协会出具的申请人实习考核合格的材料；申请人的身份证明；律师事务所出具的同意接收申请人的证明。

申请兼职律师执业的，还应当提交所在单位同意申请人兼职从事律师职业的证明。

受理申请的部门应当自受理之日起20日内予以审查，并将审查意见和全部申请材料报送省、自治区、直辖市人民政府司法行政部门。省、自治区、直辖市人民政府司法行政部门应当自收到报送材料之日起10日内予以审核，作出是否准予执业的决定。准予执业的，向申请人颁发律师执业证书；不准予执业的，向申请人书面说明理由。

（五）律师执业的限制性规定

我国《律师法》第10条、第11条规定，律师执业受到以下两个方面的限制：

（1）律师只能在一个律师事务所执业。律师变更执业机构的，应当申请换发律师执业证书。（2）公务员不得兼任执业律师。律师担任各级人民代表大会常务委员会组成人员的，任职期间不得从事诉讼代理或者辩护业务。

《律师法》第41条规定，"曾经担任法官、检察官的律师，从人民法院、人民检察院离任后2年内，不得担任诉讼代理人或者辩护人。"

三、律师事务所

（一）律师事务所的分类

根据《律师法》的规定，我国的律师事务所有以下三种类型：

1. 合伙律师事务所。《律师法》第15条规定："设立合伙律师事务所，除应当符合本法第14条规定的条件外，还应当有3名以上合伙人，设立人应当是具有3年以上执业经历的律师。担任合伙人的资格，除依法取得专职律师执业证书外，还应当具备5年以上执业经历，且担任合伙人之前3年内未受到过停止执业以上的行政处罚。合伙律师事务所的财产归合伙人所有，合伙人对律师事务所的债务承担无限连带责任，合伙律师事务所内部的管理职能由合伙人会议行使。"

2. 个人律师事务所。《律师法》第16条规定："设立个人律师事务所，除应当符合本法第14条规定的条件外，设立人还应当是具有5年以上执业经历的律师。设立人对律师事务所的债务承担无限责任。"

3. 国资律师事务所。我国《律师法》第20条规定："国家出资设立的律师事务所，依法自主开展律师业务，以该律师事务所的全部资产对其债务承担责任。"

（二）律师事务所的设立

设立律师事务所应当具备以下条件：有自己的名称、住所和章程；有符合本法规定的律师；设立人应当是具有一定的执业经历，且3年内未受过停止执业处罚的律师；资产达到省、自治区、直辖市人民政府司法行政部门规定的数额。

《律师法》第19条规定："成立3年以上并具有20名以上执业律师的合伙律师事务所，可以设立分所。设立分所，须经拟设立分所所在地的省、自治区、直辖市人民政府司法行政部门审核。申请设立分所的，依照本法第18条规定的程序办理。合伙律师事务所对其分所的债务承担责任。"申请设立分所前2年内未受过处罚。

分所应当具备下列条件：有自己的名称和住所；有10万元以上人民币的资产；有3名以上律师事务所派驻的专职律师；其中分所负责人应当具有2年以上的执业经历设立律师事务所分所，应向拟设立分所所在地的省、自治区、直辖市人民政府司法行政机关提出申请。

四、律师职业道德

1. 不得在2个或2个以上律师事务所执业。同时在一个律师事务所和一个其他法律服务机构执业的视同在两个律师事务所执业。

2. 提供法律服务时，应当进行独立的职业思考与判断，认真、负责。

3. 不得向委托人就某一案件的判决结果作出承诺。律师在依据事实和法律对某一案件作出某种判断时，应向委托人表明作出的判断仅是个人意见。

4. 提供法律服务时，不仅应当考虑法律，还可以以适当方式考虑道德、经济、社会、政治以及其他与委托人的状况相关的因素。

5. 提供法律服务时，应当庄重、耐心、有礼貌地对待委托人、证人、司法人员和相关人员。

6. 在执业活动中不得从事，或者协助、诱使他人从事以下行为：①具有恶劣社会影响的行为；②欺骗、欺诈的行为；③妨碍国家司法、行政机关依法行使权力的行为；④明示或暗示具有某种能力，可能不恰当地影响国家司法、行政机关改变既定意见的行为；⑤协助或怂恿司法、行政人员或仲裁人员进行违反法律的行为。

7. 不得私自接受委托承办法律事务，不得私自向委托人收取费用、额外报酬、财物或可能产生的其他利益。

8. 曾任法官、检察官的律师，离任后未满2年，不得担任诉讼代理人或者辩护人。

五、律师执业行为规范

（一）执业前提

律师执业证是律师执业的惟一凭证。

（二）执业组织

律师事务所是律师的执业机构（执业组织）。律师的执业活动必须接受律师事务所的管理、监督。

（三）委托代理关系的建立

1. 在建立委托代理关系以后，律师应当遵守以下基本要求：

（1）应当在授权范围内从事代理，如需特别授权，应事先取得委托人的书面确认。

（2）有权根据法律的要求和道德的标准，选择实现委托人目的的方法。

（3）应当严格按照法律规定的期间、时效以及与委托人约定的时间，办理委托事项；对委托人了解委托事项情况的要求，应当及时给予答复。

（4）应当建立律师业务档案，保存完整的业务工作记录；应当谨慎保管委托人提供的证据和其他法律文件，保证其不遭灭失。

（5）不得泄露委托人的商业秘密、隐私以及通过办理委托人的法律事务所了解的委托人的其他信息。但是律师认为保密可能会导致无法及时阻止发生人身伤亡等严重犯罪及可能导致国家利益受到严重损害的除外；律师代理工作结束后，仍有保密义务。

（6）律师可以公开委托人授权同意披露的信息；在代理过程中可能无辜地被牵涉到委托人的犯罪行为时，律师可以为保护自己的合法权益而公开委托人的相关信息。

2. 接受委托的权限。

（1）律师接受委托后，只能在委托权限内开展执业活动，不得擅自超越委托权限；律师在进行受托的法律事务时，如发现委托人所授权限不能适应需要时，应及时告知委托人，在未经委托人同意或办理有关的授权委托手续之前，律师只能在授权范围内办理法律事务。

（2）律师接受委托时须与委托人规定包括程序法和实体法的委托权限。委托权限不明确的，律师应主动提示。律师与委托人明确解除委托关系后，不得再以被委托人的名义进行活动。

（3）律师在未征得委托人同意的情况下，不得同时接受有利益冲突的他方当事人委托，为其办理法律事务。

（4）律师接受委托后，无正当理由不得拒绝履行协议约定的职责，不得无故拒绝辩护或代理。

（四）律师收费规范

1. 律师收费的原则。律师收取的费用可以分为律师费和办案费用。律师费是指律师事务所因本所执业律师为当事人提供法律服务，根据国家法律规定或双方的自愿协商，向当事人收取的一定数量的费用。办案费用是指律师在办理案件过程中发生的律师费以外的其他费用

2. 附条件收费。①附条件收费的特殊要求。以诉讼结果或其他法律服务结果作为律师收费依据的，该项收费的支付数额及支付方式应当以协议形式确定，应当明确计付收费的法律服务内容、计付费用的

标准、方式，包括和解、调解或审判不同结果对计付费用的影响，以及诉讼中的必要开支是否已经包含于风险代理酬金中等。②不能附条件收费的情况。律师和律师事务所不能以任何理由和方式向赡养费、扶养费、抚养费以及刑事案件中的委托人提出采用根据诉讼结果协议收取费用，但当事人提出的除外。

（五）委托代理关系的终止

律师在办理委托事项过程中出现下列情况，律师事务所应终止其代理工作：①与委托人协商终止；②被取消或者中止执业资格；③发现不可克服的利益冲突；④律师的健康状况不适合继续代理；⑤继续代理将违反法律或者律师执业规范。

律师在辩护、代理过程中出现下列情况时，可以拒绝辩护、代理：①委托人利用律师提供的法律服务从事犯罪活动的；②委托人坚持追求律师认为无法实现的或不合理的目标的；③委托人在相当程度上没有履行委托合同义务，并且已经合理催告的；④在事先无法预见的前提下，律师向委托人提供法律服务将会给律师带来不合理的费用负担，或给律师造成难以承受的、不合理的困难的；⑤委托人提供的证据材料不具有客观真实性、关联性与合法性，或经司法机关审查认为存在伪证嫌疑的；⑥其他合法的缘由。

根据《律师法》第 32 条第 1 款的规定，委托人可以拒绝律师为其继续辩护或者代理，也可以另行委托律师担任辩护人或者代理人。

（六）执业推广

1. 律师执业推广的原则。律师可以通过简介等方式介绍自己的业务领域和专业特长；可以发表学术论文、案例分析、专题解答、授课等，以普及法律并宣传自己的专业领域；可以举办或者参加各种形式的专题、专业研讨会，以推荐自己的专业

特长；可以以自己或者律师事务所的名义参加各种社会公益活动，参加各类依法成立的社团组织。

律师在执业推广中，不得向中介人或推荐人以许诺兑现任何物质利益或者非物质利益的方式，获得有偿提供法律服务的机会；不得提供虚假信息或夸大自己的专业能力，不得明示或者暗示与司法、行政等关联机关的特殊关系，不得贬低同行的专业能力和水平，不得以提供或者承诺提供回扣等方式承揽业务，不得以明显低于行业的收费水平竞争某项法律业务。

2. 律师广告规范：①不得自己进行或授意、允许他人以宣传的形式发布律师广告；②不能进行歪曲事实或法律实质，或可能会使公众产生对律师不合理期望的宣传；③可以宣传所从事的某一专业法律服务领域，但不能自我声明或暗示其被公认或证明为某一专业领域的专家；④不能进行律师之间或律师事务所之间的比较宣传；⑤律师和律师事务所通过公众传媒以回复信函、自问自答等形式进行法律咨询的行为，亦应当符合有关律师宣传规范的规定。

（七）律师同行关系中的行为规范

1. 尊重与合作。

（1）律师和律师事务所不得阻挠或者拒绝委托人再委托其他律师和律师事务所参与同一事由的法律服务。

（2）就同一事由提供法律服务的律师之间应明确分工，相互协作，意见不一致时应当及时通报委托人决定。

（3）律师和律师事务所不得在公众场合及传媒上发表贬低、诋毁、损害同行声誉的言论。

（4）在庭审或谈判过程中各方律师应互相尊重，不得使用挖苦、讽刺或者侮辱性的语言。

2. 禁止不正当竞争。

（1）律师和律师事务所在与委托人及其他人员接触中，不得采用下列不正当手段与同行进行业务竞争：故意诋毁、诽谤其他律师或律师事务所的信誉、声誉；无正当理由，以在同行业收费水平以下收费为条件吸引客户，或采用承诺给予客户、中介人、推荐人回扣，馈赠金钱、财物方式争揽业务；故意在委托人与其代理律师之间制造纠纷；向委托人明示或暗示律师或律师事务所与司法机关、政府机关、社会团体及其工作人员具有特殊关系，排斥其他律师或律师事务所；就法律服务结果或司法诉讼的结果作出任何没有事实及法律根据的承诺；明示或暗示可以帮助委托人达到不正当目的，或以不正当的方式、手段达到委托人的目的。

（2）律师或律师事务所在与行政机关或行业管理部门接触中，不得采用下列不正当手段与同行进行业务竞争：借助行政机关或行业管理部门的权力，或通过与某机关、某部门、某行业对某一类的法律服务事务进行垄断的方式争揽业务；没有法律依据地要求行政机关超越行政职权，限定委托人接受其指定的律师或律师事务所提供的法律服务，限制其他律师正当的业务竞争。

（3）律师和律师事务所在与司法机关及司法人员接触中，不得采用下列不正当手段与同行进行业务竞争：利用律师兼有的其他身份影响所承办业务正常处理和审理；在司法机关内及附近200米范围内设立律师广告牌和其他宣传媒介；向司法机关和司法人员散发附带律师广告内容的物品。

（4）依照有关规定取得从事特定范围法律服务的执业律师和律师事务所不得采取下列不正当竞争的行为：限制委托人接受经过法定机构认可的其他律师或律师事务所提供法律服务；强制委托人接受其提供的或者由其指定的其他律师提供的法律

服务；对抵制上述行为的委托人拒绝、中断、拖延、削减必要的法律服务或者滥收费用。

（5）律师和律师事务所相互之间不得采用下列手段排挤竞争对手的公平竞争，损害委托人的利益或者社会公共利益：串通抬高或者压低收费；以低价收费，不正当获取其他律师和律师事务所收费报价或者其他提供法律服务的条件；非法泄露收费报价或者其他提供法律服务的条件等暂未公开的信息，损害所属律师事务所合法权益。

（6）律师和律师事务所不得擅自或非法使用社会特有名称或知名度较高的名称以及代表其名称的标志、图形文字、代号以混淆、误导委托人。所称的社会特有名称或知名度较高的名称是指：有关政党、国家行政机关、行业协会名称；具有较高社会知名度的高等法学院校名称；为社会公众共知、具有较高知名度的非律师公众人物名称；知名律师以及律师事务所名称。

（7）律师和律师事务所不得伪造或者冒用法律服务质量名优标志、荣誉称号。使用已获得的律师以及律师事务所法律服务质量名优标志、荣誉称号的应当注明获得时间和期限。

（八）律师在诉讼与仲裁中的行为规范

1. 回避规范。《律师法》第 41 条规定："曾担任法官、检察官的律师，从人民法院、人民检察院离任后 2 年内，不得担任诉讼代理人或者辩护人。"

《法官法》第 17 条规定："法官从人民法院离任后 2 年内，不得以律师身份担任诉讼代理人或者辩护人；法官从人民法院离任后，不得担任原任职法院办理案件的诉讼代理人或者辩护人；法官的配偶、子女不得担任该法官所任职法院办理案件的诉讼代理人或者辩护人。"

《检察官法》第 20 条规定："检察官从人民检察院离任后 2 年内，不得以律师身份担任诉讼代理人或者辩护人；检察官从人民检察院离任后，不得担任原任职检察院办理案件的诉讼代理人或者辩护人；检察官的配偶、子女不得担任该检察官所任职检察院办理案件的诉讼代理人或者辩护人。"

2. 调查取证规范。不得以自己对案件相关人员的好恶选择证据，不得以自己的主观想象去改变证据原有的形态及内容；不得伪造证据，不能为了诉讼意图或目的，非法改变证据的内容、形式或属性。

律师不得威胁、利诱他人提供虚假证据；不得利用他人的隐私及违法行为，胁迫他人提供与实际情况不符的证据材料；不得利用物质或各种非物质利益引诱他人提供虚假证据。

律师不得向司法机关和仲裁机构提交已明知是由他人提供的虚假证据；在已了解事实真相的情况下，不得为获得支持委托人诉讼主张或否定对方诉讼主张的司法裁判和仲裁而暗示委托人或有关人员出具无事实依据的证据。

律师作为必要证人出庭作证的，不得再接受委托担任该案的辩护人或代理人出庭。

3. 庭审仪表和举止规范。

4. 谨慎司法评论规范。律师不得在公共场合或向传媒散布、提供与司法人员及仲裁人员的任职资格和品行有关的轻率言论。在诉讼或仲裁案件终审前，承办律师不得通过传媒或在公开场合发布任何可能被合理地认为损害司法公正的言论。

六、律师职业责任

（一）律师执业中违纪行为的处分

1. 律师的纪律处分是律师协会对律师和律师事务所违反律师执业规范的行为所作的执业处分。律师协会对会员的纪律处分，是律师协会管理职能的重要组成部分，对于维护律师执业秩序，保障律师依法执业的权利，具有重要作用。律师纪律处分的种类：训诫、通报批评、公开谴责、取消会员资格。各省、自治区、直辖市律师协会及设区的市律师协会设立惩戒委员会，负责对违规会员进行处分。

2. 律师和律师事务所的行政法律责任。

(1) 律师的行政法律责任。律师的行政法律责任具体表现为司法行政部门所给予的行政处罚。根据《律师法》的规定，对律师的行政处罚分为警告、罚款、停止执业、没收违法所得、吊销律师执业证书。律师因故意犯罪受到刑事处罚的，由省、自治区、直辖市人民政府司法行政部门吊销其律师执业证书。

(2) 律师事务所的行政法律责任。律师事务所的行政法律责任具体表现为司法行政部门给予的行政处罚。根据《律师法》的规定，对律师事务所的行政处罚分为警告、没收违法所得、停业整顿、罚款、吊销执业证书。

(二) 律师和律师事务所执业中违法犯罪行为的法律责任

我国《律师法》第49条规定："律师有下列行为之一的，由设区的市级或者直辖市的区人民政府司法行政部门给予停止执业6个月以上1年以下的处罚，可以处5万元以下的罚款；有违法所得的，没收违法所得；情节严重的，由省、自治区、直辖市人民政府司法行政部门吊销其律师执业证书；构成犯罪的，依法追究刑事责任：违反规定会见法官、检察官、仲裁员以及其他有关工作人员，或者以其他不正当方式影响依法办理案件的；向法官、检察官、仲裁员以及其他有关工作人员行贿，介绍贿赂或者指使、诱导当事人行贿的；向司法行政部门提供虚假材料或者有其他弄虚作假行为的；故意提供虚假证据或者威胁、利诱他人提供虚假证据，妨碍对方当事人

合法取得证据的；接受对方当事人财物或者其他利益，与对方当事人或者第三人恶意串通，侵害委托人权益的；扰乱法庭、仲裁庭秩序，干扰诉讼、仲裁活动的正常进行的；煽动、教唆当事人采取扰乱公共秩序、危害公共安全等非法手段解决争议的；发表危害国家安全、恶意诽谤他人、严重扰乱法庭秩序的言论的；泄露国家秘密的。

律师因故意犯罪受到刑事处罚的，由省、自治区、直辖市人民政府司法行政部门吊销其律师执业证书。

七、法律援助制度

(一) 法律援助制度的概念

法律援助制度是由政府设立的法律援助机构组织法律援助人员和社会志愿人员，为某些经济困难的公民或者特殊案件的当事人提供免费的法律帮助，以保障其合法权益得以实现的一项法律制度。

(二) 法律援助对象

1. 有充分理由证明为保障自己合法利益需要帮助，或者确因经济困难，无能力或者无完全能力支付法律服务费用的我国公民，可以通过申请获得法律援助。

2. 盲、聋、哑人和未成年人为刑事被告人或者犯罪嫌疑人，没有委托辩护律师的，应当获得法律援助；可能被判处死刑的刑事被告人没有委托辩护人的，应当获得法律援助；其他残疾人、老年人为刑事被告人或者犯罪嫌疑人，因经济困难没有能力聘请辩护律师的，可以获得法律援助。

3. 刑事案件中外国籍被告人没有委托辩护人，人民法院为其指定律师辩护的，可以获得法律援助。

(三) 法律援助范围

公民对下列需要代理的事项，因经济困难没有委托代理人的，可以向法律援助机构申请法律援助：

1. 依法请求国家赔偿的；

2. 请求给予社会保险待遇或者最低生活保障待遇的；

3. 请求发给抚恤金、救济金的；

4. 请求给付赡养费、抚养费、扶养费的；

5. 请求支付劳动报酬的；

6. 主张因见义勇为行为产生的民事权益的。

命题预测举要

1. 律师事务在何种情况下应终止律师的代理工作。

（1）与委托人协商终止；（2）被取消或者中止执业资格；（3）发现不可克服的利益冲突；（4）律师的健康状况不适合继续代理；（5）继续代理将违反法律或者律师执业规范。

2. 律师有哪些任职回避规范。

（1）担任法官、检察官的律师，从人民法院、人民检察院离任后2年内，不得担任诉讼代理人或者辩护人。（2）法官从人民法院离任后2年内，不得以律师身份担任诉讼代理人或者辩护人；法官从人民法院离任后，不得担任原任职法院办理案件的诉讼代理人或者辩护人；法官的配偶、子女不得担任该法官所任职法院办理案件的诉讼代理人或者辩护人。（3）检察官从人民检察院离任后2年内，不得以律师身份担任诉讼代理人或者辩护人；检察官从人民检察院离任后，不得担任原任职检察院办理案件的诉讼代理人或者辩护人；检察官的配偶、子女不得担任该检察官所任

职检察院办理案件的诉讼代理人或者辩护人。

精编题库测试题

1. 根据我国《律师法》的规定，下列哪一选项是正确的：

A. 司法局负责对律师处以纪律处分

B. 律师纪律处分的种类：训诫、通报批评、公开谴责、取消会员资格

C. 律师在法庭上发表的代理、辩护意见不受法律追究。但是，发表危害国家安全、恶意诽谤他人、严重扰乱法庭秩序的言论除外

D. 律师因故意犯罪受到刑事处罚的，由省、自治区、直辖市人民政府司法行政部门吊销其律师执业证书

答案——BCD

简析——A是错误的。律师协会负责对律师处以纪律处分。

2. 甲律师在下列哪些情况下应当终止委托代理关系：

A. 甲律师发现委托事项与自己有不可克服的利益冲突

B. 甲律师已担任检察官

C. 甲律师因车祸半身不遂

D. 甲律师代理了另一个案件

答案——ABC

简析——A情况下存在着不可克服的利益冲突；B情况下甲将丧失执业资格；C情况下甲的健康状况不适合继续代理；所以ABC情况下甲都应当终止委托协议。

第五章　公证制度与公证员职业道德

考点要述

本部分的基本考点：

1. 公证制度概述：公证制度的概念、我国公证制度的特征、我国公证管理体制；

2. 公证员和公证机构：公证员的概念、公证员的条件与任免、公证员的权利和义务、公证机构的概念、公证机构的设立、公证业务范围、法定公证制度、公证机构的管理制度、公证执业责任保险；

3. 公证程序与公证效力：公证的申请、公证的受理、公证的审查、出具公证书、不予办理公证和终止公证、公证书的认证、公证程序的特别规定、公证登记和立卷归档、证据效力、强制执行效力、法律行为成立要件效力、公证的救济；

4. 公证员职业道德：公证员职业道德的概念、公证员职业道德的依据、公证员职业道德的主要内容；

5. 公证职业责任：公证员执业中违纪行为的处分、公证员和公证机构执业中违法犯罪行为的法律责任。

本部分的核心考点：公证员的条件与任免、公证员的权利和义务、公证的效力、公证员执业中违纪行为的处分。

考点详述

一、公证制度概述

（一）公证制度的概念

公证是指公证机构根据自然人、法人或者其他组织的申请，依照法定程序对民事法律行为、有法律意义的事实和文书的真实性、合法性予以证明的活动。

（二）我国公证制度的特征

1. 公证是一种特殊的证明活动。

2. 公证是一种非诉讼司法活动。

（三）我国公证管理体制

我国实行司法行政机关行政管理与公证员协会行业管理相结合的公证管理体制。

二、公证机构和公证员

（一）公证员的条件与任免

1. 公证员的条件。国籍条件。我国的公证员必须具有中华人民共和国国籍。

年龄条件。担任公证员的年龄须在25周岁以上65周岁以下。

品德条件。必须公道正派，遵纪守法，品行良好。

业务条件。担任公证员的业务条件由两方面构成：①通过国家司法考试；②在公证机构实习2年以上或者具有3年以上其他法律职业经历并在公证机构实习1年以上，经考核合格。

《公证法》第19条规定："从事法学教学、研究工作，具有高级职称的人员，或者具有本科以上学历，从事审判、检察、法制工作、法律服务满10年的公务员、律师，已经离开原工作岗位，经考核合格的，也可以担任公证员。

有下列情形之一的，不得担任公证员：①无民事行为能力或者限制民事行为能力的；②因故意犯罪或者职务过失犯罪受过刑事处罚的；③被开除公职的；④被吊销执业证书的。"

2. 公证员的任职。《公证法》第21条规定："担任公证员，应当由符合公证员条件的人员提出申请，经公证机构推荐，由所在地的司法行政部门报省、自治区、直辖市人民政府司法行政部门审核同意后，报请国务院司法行政部门任命，并由省、自治区、直辖市人民政府司法行政部门颁发公证员执业证书。"

《公证法》第24条规定："公证员有下列情形之一的，由所在地的司法行政部门报省、自治区、直辖市人民政府司法行政部门提请国务院司法行政部门予以免职；丧失中华人民共和国国籍的；年满65周岁或者因健康原因不能继续履行职务的；自愿辞去公证员职务的；被吊销公证员执业证书的。"

（二）公证机构的设立

公证机构按照统筹规划、合理布局的原则，可以在县、不设区的市、设区的市、直辖市或者市辖区设立；在设区的市、直辖市可以设立一个或者若干个公证机构。公证机构不按行政区划层层设立。公证机构设立的条件：①有自己的名称；②有固定的场所；③有2名以上公证员；④有开展公证业务所必需的资金。

（三）法定公证制度

法定公证是指法律、行政法规规定应当公证的事项，自然人、法人或者其他组织应当申请办理公证，公证机构应当依法给予公证，经过公证，该事项才能发生法律效力的一项公证制度。

三、公证程序与公证效力

（一）公证的申请

根据《公证法》第25条的规定："自然人、法人或者其他组织申请办理公证，可以向住所地、经常居住地、行为地或者事实发生地的公证机构提出；申请办理涉及不动产的公证，应当向不动产所在地的公证机构提出，但申请办理涉及不动产的委托、声明、赠与、遗嘱的公证，可以向住所地、经常居住地、行为地或事实发生地的公证机构提出。"

（二）不予办理公证和终止公证

1. 不予办理公证。有下列情形之一的，公证机构不予办理公证：①无民事行为能力人或者限制民事行为能力人没有监护人代理申请办理公证的；②当事人与申请公证的事项没有利害关系的；③申请公证的事项属专业技术鉴定、评估事项的；④当事人之间对申请公证的事项有争议的；

⑤当事人虚构、隐瞒事实，或者提供虚假证明材料的；⑥当事人提供的证明材料不充分或者拒绝补充证明材料的；⑦申请公证的事项不真实、不合法的；⑧申请公证的事项违背社会公德的；⑨当事人拒绝按照规定支付公证费的。

2. 终止公证。有下列情形之一的，公证机构应当终止公证：①因当事人的原因致使该公证事项在六个月内不能办结的；②公证书出具前当事人撤回公证申请的；③因申请公证的自然人死亡、法人或者其他组织终止，不能继续办理公证或者继续办理公证已无意义的；④当事人阻挠、妨碍公证机构及承办公证员按规定的程序、期限办理公证的；⑤其他应当终止的情形。

（三）公证的效力

1. 证据效力。《公证法》第36条规定："经过公证的民事法律行为、有法律意义的事实和文书，应当作为认定事实的根据，但有相反证据足以推翻该项公证的除外。"

2. 强制执行效力。我国《民事诉讼法》第218条第1款规定："对公证机关依法赋予强制执行效力的债权文书，一方当事人不履行的，对方当事人可以向有管辖权的人民法院申请执行，受申请的人民法院应当执行。"

3. 法律行为成立要件效力。公证书的法律行为成立要件效力，是指在特定情形下必须办理公证的法律行为，在办理公证后方具有法律效力；未办理公证的，该法律行为不能成立，不受法律保护。

（四）公证的救济

1. 公证书的复查。当事人、公证事项的利害关系人认为公证书有错误的，可以向出具该公证书的公证机构提出复查。公证书的内容违法或者与事实不符的，公证机构应当撤销该公证书并予以公告，该公证书自始无效；公证书有其他错误的，公证机构应当予以更正。

2. 公证书内容争议的诉讼。当事人、公证事项的利害关系人对公证书的内容有争议的，可以就该争议向人民法院提起民事诉讼。

四、公证职业责任

（一）公证员执业中违纪行为的处分

公证员违纪行为的种类。根据中国公证员协会常务理事会制定的《公证员惩戒规则（试行）》的规定，对公证员的惩戒有六种，即警告、严重警告、罚款、记过、暂停会员资格、取消会员资格。

（二）公证员和公证机构执业中违法犯罪行为的法律责任

公证机构及其公证员因职业行为构成犯罪的，应当追究其刑事责任。根据《公证法》第42条的规定和刑法的有关规定，公证机构或其公证员的职务行为，可能构成以下犯罪：职务侵占罪；挪用资金罪；泄露国家秘密罪；侵犯商业秘密罪。

 命题预测举要

一、哪些情形不得担任公证员

1. 无民事行为能力或者限制民事行为能力的。

2. 因故意犯罪或者职务过失犯罪受过刑事处罚的。

3. 被开除公职的。

4. 被吊销执业证书的。

二、公证的救济途径

1. 公证书的复查。当事人、公证事项的利害关系人认为公证书有错误的，可以向出具该公证书的公证机构提出复查。公证书的内容违法或者与事实不符的，公证机构应当撤销该公证书并予以公告，该公证书自始无效；公证书有其他错误的，公证机构应当予以更正。

2. 公证书内容争议的诉讼。当事人、

公证事项的利害关系人对公证书的内容有争议的，可以就该争议向人民法院提起民事诉讼。

■精编题库测试题

1. 下列关于公证员职业道德的做法，正确的有：

A. 公证员不得利用知悉的秘密为自己或他人谋取利益

B. 如果发现其他公证员有违法行为或已生效的公证文书存在问题，应当及时向有关机关或部门反映

C. 公证员应当妥善处理个人事务，不得利用公证员的身份和职务为自己、家属或他人谋取私人利益

D. 公证员可以经商

答案　ABC

简析　D是错误的。《公证员职业道德基本准则》第23条规定："公证员不得经商和从事与公证员职务、身份不相符的活动。"

2. 下列关于公证的救济手段，说法正确的是：

A. 当事人、公证事项的利害关系人认为公证书有错误的，可以向出具该公证书的公证机构提出复查

B. 公证书因内容违法或者与事实不符而被撤销的，公正书自撤销之日起无效

C. 公证机构撤销内容违法或者与事实不符的公证书时应予以公告

D. 当事人、公证事项的利害关系人对公证书的内容有争议的，可以就该争议向人民法院提起民事诉讼

答案　ACD

简析　B是错误的，公证书因内容违法或者与事实不符而被撤销的，公证书自始无效。